馬瑞芳講聊齋

【圖文本】

當代作家與古代作家的心靈對話
比小說更好讀的權威解說

馬瑞芳◎著

目錄

智力過人的巾幗奇才

神鬼狐妖的魅力

目錄

奧妙無窮寫夢幻

刺貪刺虐話聊齋

書生洋相大全

目錄

懲惡揚善的道德追求

商業繁榮的精采畫卷

點鐵成金的天才創造

從聊齋到紅樓

後記

序

和馬先生結緣是從《幽冥人生》開始的。

我是一個喜歡淘書的人，幾年前在北京海澱風入松書店的一個角落裏，我發現了《幽冥人生》這本書。不知不覺中，我被書中的美文和精闢的點評所吸引，於是我就忘我地讀了進去。讀《幽冥人生》的感覺正如馮鎮巒所説，如名儒講學，如老僧談禪，如鄉曲長者讀頌勸世文，乃有益身心，有關世教之書。《幽冥人生》猶如一絲甘泉沁入心脾，猶如一劑良藥把我從浮躁的現實中拽了出來。馬先生爲我與至美至趣的奇書《聊齋志異》架起了一座橋樑。於是我在店員打烊的催促聲中買下了這本書。

在我的感覺中，這位作者是一位老先生，學富五車，人情練達，但又不食人間煙火，他在用一種超然的態度引導著我們走進文學大師蒲松齡筆下的林林總總的人和具有人性的物，我一次又一次地被其中的花鬼狐妖的可愛與多姿所感染，還有那看似信手拈來的點評中所透著的人文關懷。

五年之後，與這位老先生相識了，起因於我在中央電視臺科教頻道《百家講壇》節目二〇〇四年春末策劃了《説聊齋》系列節目。我們節目的宗旨是「讓專家爲大眾服務」，本來研究聊齋的專家很多，但是眞正找到專家和電視的結合點是很不容易的。突然，我想到了《幽冥人生》的作者馬瑞芳先生，當時我還不知道這位老先生有多大歲數，身子骨是否還硬朗，我抱著試試看的態度撥通了馬先生家的電話。當我聽到馬先生爽朗的笑聲的時候，我才知道，這是一位「女先生」，我更知道了這個系列節目，馬先生「有戲」。隨後我對馬先生有了一個進一步的認識——認眞、豁達。

《百家講壇》的節目要求既有學術性，又要通俗，還要主講嘉賓有很好的口才，以及會講故事等諸多因素限制。最後我們選中了馬先生作爲《説聊齋》系列的主講嘉賓。當每次與馬先生在電話中溝通《説聊齋》選題的時候，每次都要聊一個小時，馬先生的口才與學養讓我們深深佩服；可是當我們在逐漸明白馬先生所要講的内容的時候，就「得寸進尺」地讓馬先生在内容和結構上面爲電視做出讓步，馬先生很不情願地一次次爲我們做出了「犧牲」。當我們在「用知識來爲電視機前的觀衆服務」方面達成共識的時候，我們之間的搏弈終於變成了一個巨大的合力。

於是我們經過近多半年的交流，終於在中央電視臺科教頻道《百家講壇》節目上爲觀衆奉上了一道《説聊齋》的精神大餐——《神鬼狐妖的魅力》、《刺貪刺虐話聊齋》、《人鬼情未了》、《苦行僧蒲松齡》、《聊齋志異中的女性》（上、下）共六期節目。馬先生演講的特色就是在用聊齋故事來述説著人生的大情大理，這正是人們所喜聞樂見的。馬先生用她的學識，她的風采，她的熱情，以及她講故事的技巧征服了電視機前的觀衆。

這個系列節目獲得了很好的收視效果。

這就是我與馬先生的緣分。

很高興看到馬先生能夠把聊齋故事説給更多的人聽。

緣分即爲序。

魏學來

二〇〇五年三月十一日

「苦行僧」蒲松齡

如果問大家：中國古代最好的小說是哪一部？毫無疑問，白話長篇小說《紅樓夢》；如果再問：哪部書與《紅樓夢》形式上互補，成就上媲美？那當然是文言短篇小說集《聊齋志異》。聊齋紅樓，一文一白，一短一長，形成中國古代小說的雙峰。《聊齋志異》不僅是中國文學的驕傲，還是世界文庫中的東方瑰寶，它經常讓漢學家驚奇。二十世紀八〇年代，芝加哥大學教授朱迪·蔡曾對我說：現在美國報紙上鋪天蓋地的文章都是教女人如何在男人面前保持性魅力，而在三百年前封建閉塞的中國，蒲松齡竟然已經寫出了像《恆娘》這樣的小說！妻子利用性魅力打敗競爭對手，把丈夫牢牢握在手心。十七世紀中國作家寫出可供二十世紀美國婦女行爲參考的小說，太神奇了。

《聊齋志異》是部神奇小說，其實它的作者蒲松齡的出生就有幾分神奇。

明崇禎十三年（一六四〇）四月十六日夜間，山東淄川蒲家莊的商人蒲槃做了個奇怪的夢，他看到一個身披袈裟、瘦骨嶙峋、病病歪歪的和尚，走進了他妻子的內室，和尚裸露的胸前貼著塊銅錢大的膏藥。

蒲槃從夢中驚醒，聽到嬰兒的哭聲。原來，他第三個兒子出生了。「抱兒洗榻上，月斜過南廂」，在明亮的月光照耀下，蒲槃驚訝地看到，新生兒胸前有塊銅錢大的青痣，跟他夢中所見病和尚胸前的膏藥大小、位置完全符合。病和尚入室，是蒲松齡四十歲時對自己出生情境的描繪。古代作家喜歡把自己的出生蒙上一層神奇色彩，李白是母親夢太白金星入懷而生，蒲松齡是父親夢病和尚入室而生。他還解釋：我如此不得志，如此困苦，很可能因爲我前世是苦行僧。

苦行僧轉世是蒲松齡在《聊齋自誌》裏杜撰的宿命故事。他一生確實相當苦，可以說三苦並存：生活很貧苦；科舉失利很痛苦；創作《聊齋志異》很艱苦。他的苦是和國家苦、民族難聯繫在一起的。蒲松齡，這位字留仙，又字劍臣，號柳泉居士，世稱「聊齋先生」的世界級大作家，始終是下層百姓的一員。

【生活的貧苦】

蒲松齡的父親蒲槃本來是讀書人，因爲屢考不中，棄儒經商，成爲小康之家。蒲松齡青年時代在父親羽翼下安心讀書，跟朋友張篤慶、李希梅、王鹿瞻組成「郢中詩社」，孝婦河泛舟，大明湖遊覽，青雲寺讀書。但好日子沒過多久，二十五歲時，他分家了。蒲松齡的兩個哥哥是秀才，兩個嫂嫂卻是潑婦，爲了雞毛蒜皮的事整天鬧得雞犬不寧。蒲松齡後來能寫出那麼多精采的潑婦形

蒲松齡臥室

象，就因爲他日常生活耳濡目染。家裏鬧得實在不像話，蒲松齡的父親說：「此烏可居耶？」只好給四個兒子分家。家分得很不公平，好房子好地都給哥哥分走，蒲松齡分了薄田二十畝，農場老屋三間，破得連門都沒有。蒲松齡找堂兄借了塊門板，帶著妻子、兒子搬進去。他分到二百四十斤糧食，只夠一家三口吃三個月。

爲了養家糊口，蒲松齡開始了長達四十五年的私塾教師生涯。私塾教師是得不到功名的讀書人謀生的出路，但寄人籬下的生活很辛酸。蒲松齡寫的《鬧館》裏的教師和爲貴向雇主承諾：我雖然是來教書的，但颳風下雨我背孩子，放了學我挑土墊豬圈，來了客人我擦桌子端菜燒火。簡直成全能僕人了。這當然有點兒誇張，但身分低微的農村私塾教師生活確實艱難，待遇不高，一年能拿八兩銀子就算不錯。而維持一戶莊稼人最低生活得二十兩，這是《紅樓夢》裏劉姥姥算的。

柳泉

蒲松齡三十多歲時，四個孩子陸續出生，父親故去，老母在堂，他到了「家徒四壁婦愁貧」的地步，有時不得不賣文爲活，替別人寫文章掙幾個錢，比如說寫封婚書，寫篇祭文，報酬不過是一斗米，或者一隻雞，兩瓶低檔的酒。蒲松齡最犯愁的就是怎樣按時交稅不讓催稅的人登門。當時官吏爲了催稅，搞所謂「敲比」，就是把欠稅人拖到公堂上打板子，有時活活打死。蒲松齡

柳泉先生行吟圖　方成畫

爲了交稅，要賣掉缸底的存糧，賣掉妻子織的布，甚至賣掉耕牛。他抱怨土地：怎麼穀穗不直接長銀子？蒲松齡多次寫自己的貧困。有首詩寫他看到市上賣青魚，很想吃，但是沒錢，只好「安分忘饞嚼」。青魚很便宜，是屬於平民階層消費的，但是蒲松齡吃不起。他的《日中飯》寫全家沒有乾糧吃，煮了鍋麥粥，幾個兒子搶起來，大兒子先把勺子搶到手裏，到鍋底撈稠的；二兒子拿著碗叫著吵著跟哥哥搶；三兒子剛會走路，翻盆倒碗像餓鷹；小女兒站在一邊可憐巴巴看著父親。蒲松齡有首詞《甲寅辭灶作》，寫「到手金錢，如火燎毛」，一烘而盡，除夕祭灶，連肉都沒有，他懇請灶王爺不要因爲祭神不豐到天上說壞話，風趣地說：灶王爺看不過去，就請上帝賜給萬鍾粟、萬兩金，一家老小活得光鮮，祭神也有錢，豈不兩相便宜？他的《除日祭窮神文》說：「窮神，窮神，我與你有何親，興騰騰的門兒你不去尋，偏把我的門兒進？……我就是你貼身的家丁，護駕的將軍，也該放假寬限施恩。你爲何步步把我跟，時時不離身，鰾黏膠合，卻像個纏熱了的情人？」

在古代大作家裏，蒲松齡的平民特點很突出，貧困使他和下層百姓同命運，共呼吸，使他對吏治黑暗有深刻認識。

「文窮而後工」，艱難困苦，玉汝於成。康熙十八年（一六七九）春天，蒲松齡四十歲那年，《聊齋志異》初步成書，蒲松齡寫了《聊齋自誌》敘述創作過程。

《聊齋志異》初步成書這一年，蒲松齡到王村西鋪畢家坐館，設帳於綽然堂。東家畢際有是知州，蒲松齡尊稱「刺史」，畢際有的父親畢自嚴是明代尚書，也叫「白陽尚書」，畢家號稱「三世一品，四士同朝」。畢家甲第如雲，家裏有專門供尚書大人晾官服的「振衣閣」，有藏書豐富的「萬卷樓」，還有個佔地三畝、花木繁盛的石隱園。畢際有和地方大員、世家大族都聯絡有親。蒲松齡教書之餘，還要代畢際有應酬賀弔，接待賓客，代寫信札，但賓主融洽，待遇也較好。隨著兒子們長大，蒲松齡的生活基本擺脫了貧困。畢際有的兒子畢韋仲跟蒲松齡情同手足，畢際有去世後，畢韋仲一再挽留蒲松齡，蒲松齡在畢家整整待了三十年，七十歲才撤帳回家。

【科舉失利的痛苦】

蒲松齡一生科舉不得志，這不得志又恰好從少年得志開始。

清順治十五年（一六五八），十九歲的蒲松齡參加科舉考試，在縣、府、道三試中名列榜首，成為秀

畢家振衣閣

才。錄取蒲松齡的是山東學道大詩人施閏章。清初詩壇號稱「南施北宋」，指的就是安徽的施閏章和山東的宋琬。施閏章給童生道試出的第一道制藝題是《蚤起》。「蚤起」這兩個字出自《孟子》「齊人有一妻一妾」。科舉考試的八股文形式上有嚴格要求，寫多少字，分哪些段，都有具體要求，更重要的是，內容要揣摩聖賢語氣，代聖賢立言。既然題目是「蚤起」，顧名思義，就應該模仿孟子的語氣，闡發《孟子》「齊人有一妻一妾」的文章本義，闡述修身齊家治國平天下的大道理。蒲松齡卻寫成了既像小品，又像小說的文章。文章開頭寫了一段，是文言文，用白話說出來就是：「我曾經觀察那些追求富貴的人，君子追求金榜題名的功名，小人追求發財致富，有些人自己並不富貴卻迫不及待地伺候在富貴者門前，唯恐見晚了。至於那些悠然自在睡懶覺、無所事事的人，不是放達的高人，就是深閨的女子。」這段話不像八股文，是描寫人情世態的小品文。接下來，蒲松齡走得更遠，乾脆虛構起來，他寫齊人之婦如何夜裏輾轉反側，琢磨著追蹤丈夫，而且想「我得起來了」。寫到妻子決定跟蹤丈夫時對妾說：「你關上門吧，我走啦。」有人物心理，有人物獨白和對話，很像小說，怎能符合八股文要求？但是，蒲松齡遇到的是大文學家施閏章，愛才如命的施閏章。施閏章欣賞蒲松齡對人情世態栩

綽然堂

栩如生的描寫，他加批語說蒲松齡「將一時富貴醜態畢露於〈蚤起〉二字之上」，還寫個批語：「觀書如月，運筆如風。」大筆一揮，蒲松齡，山東秀才第一名。

蒲松齡三試第一，名氣很大，躊躇滿志地走上了求仕之路。但他接連參加四次鄉試（舉人考試），都名落孫山。追根究底，施閏章對蒲松齡的賞識實際是誤導，蒲松齡用寫小品和小說筆法寫八股，雖然得到施閏章的讚賞，其他考官卻不會認可。他們都是用刻板的八股文做敲門磚取得功名，只會寫這樣的文章，也只欣賞這樣的文章。可以說，蒲松齡最初參加科舉考試就偏離了軌道。

蒲松齡三十一歲時到江蘇寶應縣給知縣孫蕙做幕賓，幕賓就是代寫公文書信的秘書。孫蕙的家離蒲家莊很近，蒲松齡三試第一後頗有些名氣，孫蕙邀請了他。南遊是蒲松齡平生唯一一次混跡官場，他觀察了官場的方方面面，也堅定了進入官場的決心。有一次孫蕙問他，你想仿效古時什麼人啊？他回答：「他日勳名上麟閣，風規雅似郭汾陽。」有朝一日我的名字能上凌煙閣，氣派像汾陽王郭子儀。這似乎很滑稽，明明是縣官請來處理文稿的文字秘書，卻說將來要做郭子儀那樣比縣官大得多的官！其實不難理解，蒲松齡如果不想青雲直上，他數十年如一日參加科舉考試是爲什麼？

蒲松齡做了半個多世紀秀才。秀才是最低的功名，卻最辛苦，總得考試。各省學道任期三年，學道一到任先舉行秀才考試，叫「歲考」。歲考決定秀才的等級，考得不好降級，考到一等，才有了做廩生的資格。所謂「廩生」，就是享受朝

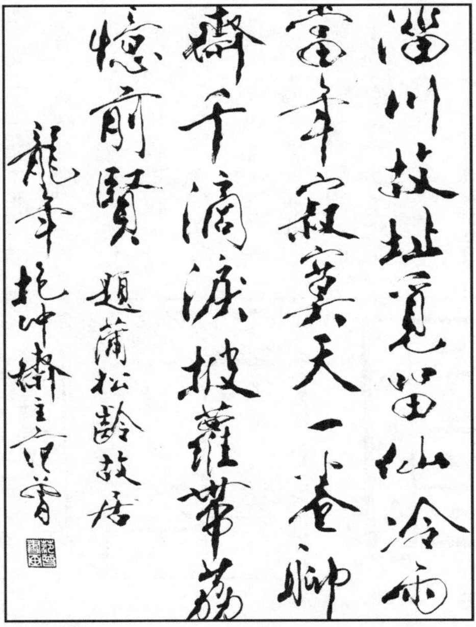

范曾題詞

廷津貼的秀才。廩生有名額限制，即使歲考一等，也得有了空額才能「補廩」。歲考第二年舉行「科考」，成績分六等，考前幾等可以參加鄉試，考五、六等降級。鄉試三年一次，納稅多的省可以錄取百名左右舉人。蒲松齡到底參加了多少次鄉試？從有關資料看，大約十次左右。也就是說，蒲松齡爲了求區區「舉人」功名，用了不少於三十年時間反覆參加歲試、科考、鄉試。實在太可怕也太可惜了。我們現在旁觀者清，當年蒲松齡卻當局者迷。因爲，朝爲田舍郎，暮登天子堂，科舉制度是下層知識份子改變人生命運的唯一出路。蒲松齡一直希望有朝一日金殿對策，光宗耀祖。他反覆練習，挖空心思琢磨寫八股文。現在傳下來的《蒲松齡集》裏有大量這類文章。四十多歲時蒲松齡寫的八股文跟當年施閏章欣賞的文章已經很不相同。可是，他還是考不上！一方面，科舉腐敗，金錢和權勢越來越起作用；另一方面，蒲松齡很沒運氣。我們從他寫的詞看到他鄉試失利的具體情況。

康熙二十六年，蒲松齡四十八歲那年參加考試，拿到考題，覺得很有把握，寫得很快，回頭一看，天塌地陷！原來他「闈中越幅」了，違犯了書寫規則。科舉考試有嚴格的書寫規範，每一頁寫十二行，每一行寫二十五個字，還必須按照頁碼一、二、三連續寫。蒲松齡下筆如有神，寫完第一頁，飛快一翻，連第二頁一起翻過去，直接寫到第三頁上了，隔了一幅，這就叫「越幅」，而越幅不僅要取消資格，還要張榜公布，是件很

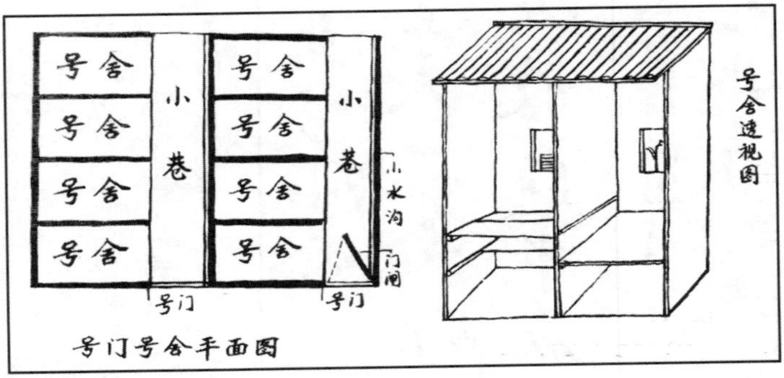

鄉試號舍

沮喪很栽面兒的事。蒲松齡寫了首詞《大聖樂》描寫闈中越幅的感受：「得意疾書，回頭大錯，此況何如？覺千瓢冷汗沾衣，一縷魂飛出舍，痛癢全無。」他痛心疾首，無顏見江東父老。

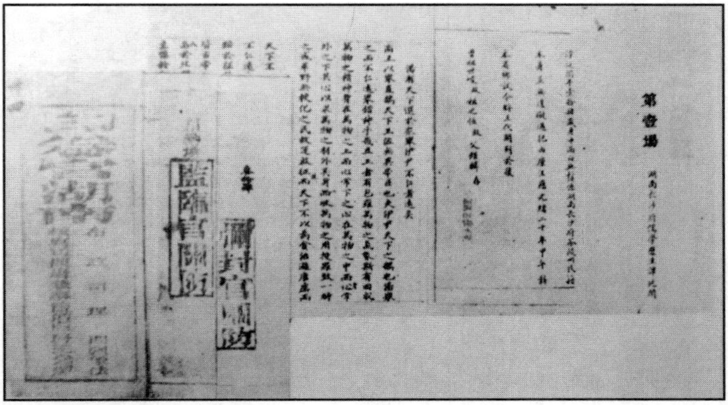
鄉試考卷

蒲松齡雖然被鄉試折磨得如癡如狂，卻仍然不肯放棄，又為下一次鄉試做準備，寫了這些擬表：

《擬上加意養老，詔令天下年七十、八十以上者，各賜粟帛等項有差，群臣謝表》；

《擬上以「萬世師表」四字頒行天下黌宮，仍制對廟碑文，御書勒石，命大臣齎至曲阜建立，群臣謝表》；

……

康熙二十九年，蒲松齡五十一歲時參加鄉試，頭場考完，被內定第一名，偏偏第二場考試他因病沒能考完。又是名落孫山！他的《醉太平》詞寫「倔強老兵，蕭條無成，熬場半生」，「將孩兒倒綳」，像有育兒經驗的婦人把嬰兒襁褓包倒了。年過半百的蒲松齡仍然不肯罷休，他的妻子劉氏比他看得開，勸他：不要再考了，如果你命裏有官運，早就出將入相了。山林自有樂地，何必一定要去聽打著板子向老百姓催稅的聲音呢？蒲松齡雖然覺得妻子說得不錯，卻仍不甘心，他六十三歲時在《寄紫庭》中寫「三年復三年，所望盡虛懸」，說明他鄉試再次失利。自己的仕途希望破滅後，他又寄希望於兒孫。可惜他的

豐子愷繪蒲松齡像

子孫同樣不能飛黃騰達。更不可思議的是，他教的學生也沒有官運。

蒲松齡自認爲他做個進士綽綽有餘，只是缺少舉人這個環節，他始終通不過的，正是舉人考試。《聊齋志異》反映出強烈的「舉人」情結。《王子安》對秀才考舉人加了七個極其生動精采的比喻：「秀才入闈，有七似焉：初入時，白足提籃，似丐。唱名時，官呵隸罵，似囚。其歸號舍也，孔孔伸頭，房房露腳，似秋末之冷蜂。其出闈場也，神情惝怳，天地異色，似出籠之病鳥。迨望報也，草木皆驚，夢想亦幻。時作一得志想，則頃刻而樓閣俱成；作一失志想，則瞬息而骸骨已朽。此際行坐難安，則似被縶之猱。忽然而飛騎傳人，報條無我，此時神色猝變，嗒然若死，則似餌毒之蠅，弄之亦不覺也。初失志，心灰意敗，大罵司衡無目，筆墨無靈，勢必舉案頭物而盡炬之；炬之不已，而碎踏之；踏之不已，而投之濁流。從此披髮入山，面向石壁，再有以『且夫』、『嘗謂』之文進我者，定當操戈逐之。無何，日漸遠，氣漸平，技又漸癢；遂似破卵之鳩，只得銜木營巢，從新另抱矣。如此情況，當局者痛哭欲死；而自旁觀者視之，其可笑孰甚焉？」

「七似」對秀才入闈的精采概括，沒有切身體會絕對寫不出來。蒲松齡在科舉路上拼搏了幾十年，折磨了幾十年，終於明白：「仕途黑暗，公道不彰，非袖金輸璧，不能自達於聖明。」

現在看來，蒲松齡的苦惱實在可笑、可憐、可悲。中國古代舉人數以萬計，世界級短篇小說大師有幾個？但正是蒲松齡的可憐可悲可笑，成就了中國小說史上如《葉生》、《王子安》、《司文郎》、《賈奉雉》等多篇精采小說。因爲蒲松齡對科舉制度有深刻認識，《聊齋志異》是較早的集中揭露科舉制度弊端和危害的作品。

蒲松齡十九歲成秀才，七十二歲成爲貢生，相當於舉人副榜。貢生有幾種，蒲松齡是歲貢。所謂歲貢，又叫「挨貢」，就是做廩生做夠年頭，挨號排到了，帶安慰賽的意思。做了貢生，理論上可以做官，蒲松齡得了個「候選儒學訓導」虛銜。「儒學訓導」是哪級官？不是官，也沒有品，算個小吏。封建社會有各級官學，國子監，府學，最低的是縣學。縣學正教官叫「教諭」，需要舉人出身；副教官叫「儒學訓導」，而蒲松齡的「儒學訓導」前邊還加「候選」兩個字，就是你有儒學訓導資格，能不能做上還得看山東省除淄川縣之外，有沒有空出位子，如果空出位子，再看有沒有排在你前邊的人。蒲松齡做廩生二十七年，才挨號做上貢生。再照此挨下去，這個大約相當於縣中學副校長的「儒學訓導」何時能到手？所以，對於年

蒲松齡貢生像

逾古稀的蒲松齡來說，貢生只是帶來精神安慰和小小的實際利益：四兩貢銀。縣令卻遲遲不肯給蒲松齡樹旗匾，發規定的貢銀。蒲松齡不得不一再上呈，請求縣官給樹旗匾，還聲明，因爲天旱少收，他欠了稅，急等這幾兩銀子交稅。縣令給他樹了旗匾，那幾兩貢銀蒲松齡卻始終沒拿到。

我們現在在蒲松齡故居看到的蒲松齡畫像，就穿著貢生的官服，這畫像是蒲松齡七十四歲時，他的三兒子請偶然到淄川的江南畫家朱湘鱗畫的。蒲松齡曾題詩誇讚畫家的畫技：「生平絕技能寫照，三毛頰上如有神。」說明蒲松齡認爲，畫像很傳神。

【寫作《聊齋志異》的艱苦】

蒲松齡總考不上舉人，跟他愛寫小說有很大關係。蒲松齡是淄川人，淄川離齊國故都臨淄數十里，是齊文化的發祥地。淄川縣東南有座小山，叫黌山，漢代大儒鄭康成曾經在黌山上開過書院。黌山山後有個梓橦洞，鬼谷子曾經在梓橦洞講學。聽講者何人？有蘇秦、張儀。蘇秦、張儀下山後，中國歷史上著名的合縱連橫、逐鹿中原開始了。淄川南部有個不高的山叫「夾谷台」，孔夫子擔任魯國司寇時，曾經陪著魯定公到夾谷台跟齊侯相會。……各種美麗的傳說影響了蒲松齡。蒲松齡從小喜歡天馬行空的作品，他酷愛小說。蒲松齡青少年時正值明清易代，天崩地裂、改朝換代，發生了很多新奇事，引發了他寫小說的熱情。大約他二十五歲時《聊齋志異》的寫作就開始了。這個推論是從他的朋友張篤慶的詩得出的。張篤慶的詩說蒲松齡「自是神仙人不識」，「司空博物本風流」。司空就是東晉時的司空張華，博物就是張華寫的志怪小說《博物志》。張篤慶用晉代寫過《博物志》的志怪小說家張華比喻蒲松齡，說明蒲松齡已經開始寫志怪小說。張篤慶認爲這不利於科舉，該放棄，「聊齋且莫競談空」。但蒲松齡沒有接受朋友勸告，他選擇了寫《聊齋志異》。天才總要表現自己，天才也總能找到表現自己的形式。我們要感謝蒲松齡這個似乎不識時務的選擇，他的選擇給世界文學留下了一部奇書。

但選擇寫小說對蒲松齡來說，是掉進了無底深淵，他得一邊做私塾教師，維持全家的生活，一邊繼續參加科舉考試，見縫插針寫小說。那時寫小說非但拿不到稿費，連寫小說的紙都得從嘴裏省。蒲松齡冬天穿個破棉襖，手凍得筆都拿不住，腳像是給貓咬了，硯臺裏磨的墨水都結冰了，還是著了迷似的寫。不管聽到什麼新鮮事，馬上寫。他南遊期間走到沂州時遇雨，住在旅店休息，一個叫劉子敬的讀書人拿出《桑生傳》給他看，一個狐女和一個鬼女跟一個書生戀愛，最後雙美共一夫。蒲松齡被吸引住了，他把《桑生傳》改寫成聊齋名篇《蓮香》。

聊齋著書圖

蒲松齡南遊期間有兩句很有名的詩：「新聞總入鬼狐史，鬥酒難消塊磊愁。」鬼狐向來是中國小說的重要內容，但「鬼狐史」不是單純的鬼狐故事，而是以鬼狐寫人生，以鬼狐寄託塊磊愁。塊磊愁是憂國憂民之愁，是屈原、司馬遷那樣上下求索、報國無門之愁。既想青雲直上，又喜歡寫小說，兩者是矛盾的。蒲松齡的東家孫蕙注意到蒲松齡寫小說影響求取功名，勸他說：老兄絕頂聰明，只要「斂才攻苦」，就能在科舉上獲得成功。所謂「斂才」就是收斂寫志怪小說的才能，把精力集中到攻讀聖賢書上。蒲松齡沒有接受孫蕙的勸告，繼續在窮困潦倒、全家食粥的情況下堅持寫作。

關於《聊齋志異》，有兩個傳得很廣的說法：一個是蒲松齡在柳泉擺茶攤，請人喝茶講故事，回到家加工，寫成《聊齋志異》。另一個是「聊齋」是聊天之齋。蒲松齡擺茶攤從未見於蒲松齡後人和朋友記載，這個說法來自《三借廬筆談》，魯迅先生早就認為不可靠。蒲松齡「我為糊口耘人田」，一直在富貴人家坐館，哪有空閒到柳泉擺茶攤聽故事？不過，蒲松齡在求生存同時，把寫小說看得跟生命一樣重要。他總是有意識地向朋友收集小說素材，這就是《聊齋自誌》所說的：「雅愛搜神」，「喜人談鬼」，「聞則命筆，遂以成編」。至於說「聊齋」就是聊天之齋也太表淺。「聊」有「姑且」之意，「聊齋」跟屈原《離騷》叩天門不開「聊逍遙以相羊」有關，跟陶淵明辭官歸鄉「聊乘化以歸盡」有關，「聊齋」含有作者鵬飛無望，聊以著書，

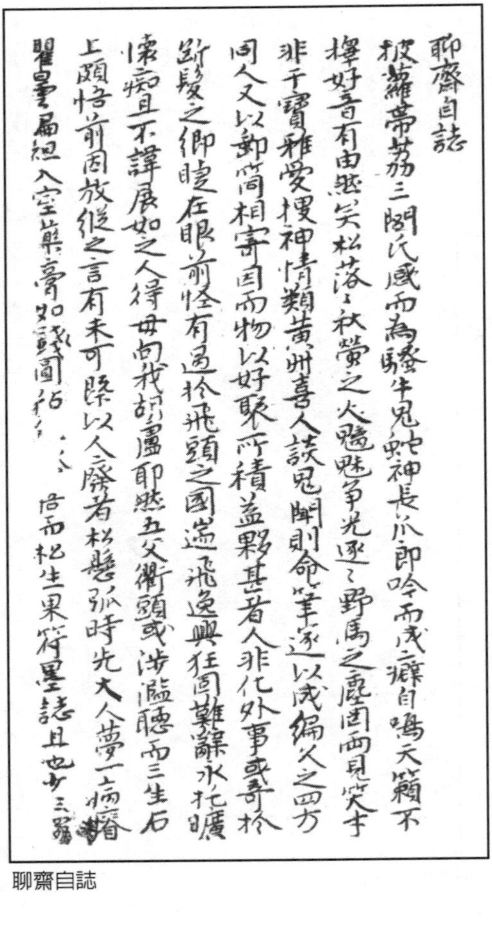
聊齋自誌
披蘿帶荔三閭氏感而為騷牛鬼蛇神長爪郎吟而成癖自鳴天籟不
擇好音有由然矣松落〃秋螢之火魑魅爭光逐〃野馬之塵罔兩見笑才
非干寶雅愛搜神情類黃州喜人談鬼聞則命筆遂以成編久之四方
同人又以郵筒相寄因而物以好聚所積益夥甚者人非化外事或奇於
斷髮之鄉睫在眼前怪有過於飛頭之國遄飛逸興狂固難辭永托曠
懷痴且不諱展如之人得毋向我胡盧耶然五父衢頭或涉濫聽而三生石
上頗悟前因放縱之言有未可概以人廢者松懸弧時先大人夢一病瘠
瞿曇偏袒入室藥膏如錢圓粘乳際寤而松生果符墨誌且也少羸多病

聊齋自誌

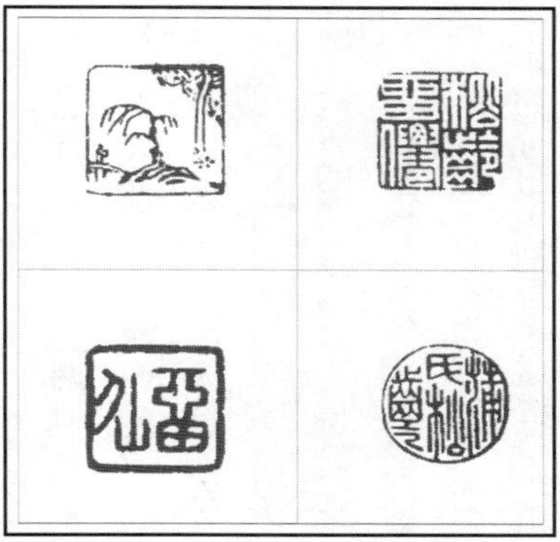
蒲松齡印章

聊以明志的意思。

和大文學家王士禛的結識算得上蒲松齡人生的重要事件。王士禛號阮亭，又號漁洋山人，新城人，官做到刑部尚書。他提出「神韻說」，主張作詩以神韻爲先，是清初一代文宗。王士禛丁憂期間到西鋪探望從姑母畢際有的夫人，和蒲松齡相識。這時，王士禛正在寫作筆記小說《池北偶談》，他對《聊齋志異》很感興趣，大加讚賞。他向蒲松齡借閱《聊齋志異》，寫下三十六條評語，說《張誠》是「一本絕妙傳奇」，說《連城》「雅是情種，不意《牡丹亭》後復有此人」。他還寫下一首詩《戲題蒲生〈聊齋志異〉卷後》：「姑妄言之姑聽之，豆棚瓜架雨如絲。料應厭作人間語，愛聽秋墳鬼唱時。」這首詩稱讚《聊齋志異》的傳奇性、趣味性，用李賀「秋墳鬼唱鮑家詩」說出《聊齋志異》的底蘊。蒲松齡寫了《次韻答王阮亭先生見贈》：

「志異書成共笑之，布袍蕭索鬢如絲。十年頗得黃州意，冷雨寒燈夜話時。」陳訴自己的不得志和矢志不移創作聊齋的志向。蒲松齡寫小說受到孫蕙、張篤慶等朋友勸阻，卻在一位台閣大臣那兒得到賞識，

茅盾書王漁洋《戲題〈聊齋志異〉卷後》詩

他非常激動，有一種「春風披拂凍雲開」、「青眼忽逢涕欲來」的感覺，他以王士禎的私附門牆的弟子自居，眞誠地希望王士禎能給《聊齋志異》寫序。王士禎答應可以考慮，但最終沒有寫。這可以理解，台閣重臣給窮秀才的「鬼狐史」寫序，是需要一點兒勇氣的。有趣的是，歷史常跟人們開玩笑，當年蒲松齡希望通過王士禎寫序提高《聊齋志異》的知名度，現在《漁洋山人精華錄》煌煌巨著裏，知名度非常高的詩歌，竟然就是這首《戲題蒲生〈聊齋志異〉卷後》。

大家感興趣的是：蒲松齡寫了那麼多優美愛情故事，他自己有沒有「月上柳梢頭，人約黃昏後」？有沒有逾牆相從的生死戀？有專家考證，蒲松齡寫過一篇《陳淑卿小像題辭》，內容是文章作者跟陳淑卿的生死戀，於是據此推斷蒲松齡有第二個夫人陳淑卿，兩人自由戀愛，被父母棒打鴛鴦。但是又有專家考證，《陳淑卿小像題辭》是蒲松齡南遊歸來後在豐泉鄉王家坐館時替一位叫王敏入的朋友寫的，這樣一來，蒲松齡所謂第二夫人就不復存在了。

蒲松齡爲什麼能夠寫出那麼多互不重樣的愛情故事？非常耐人尋味。蒲松齡妻子劉氏是賢妻良母，蒲松齡在外坐館，她支撐家庭，養老育小，有點好吃的，都留給蒲松齡，有時都留壞了。蒲松齡家有賢妻，卻數十年如一日，把家舍當郵亭，梅妻鶴子。蒲松齡是個感情非常豐富的人，當他白天教完學生，夜深人靜，一

戴敦邦畫荷花三娘子

個人孤零零待在書齋，月色朦朧，樹影婆娑，遠處傳來狐狸的叫聲，他很容易想像出這樣的情節：一個像他這樣才華橫溢卻不得志的書生在荒齋獨坐，美麗的少女推門而入，給書生安慰，和書生談詩論文下圍棋，幫助書生飛黃騰達，替書生生兒育女。而這個少女不要父母之命，媒妁之言，不要名分，不要金錢，還反過來給書生金錢。這是多麼稱心如意、一廂情願的男人的幻想，窮書生的情愛幻想？在禮教森嚴、男女七歲不同席的社會能有這樣的女性嗎？不可能。這美人，只能是天上來的，海底來的，深山洞穴來的，陰曹地府來的，是鮮花變的，飛鳥變的，狐狸變的，甚至像《書癡》寫的，書架上拿下《漢書》，翻到第八卷，裏邊夾著個紗帛剪的美人，背面寫著「天上織女」，突然，這紗剪美人從書本上折腰而起，飄然而下，花容月貌，善解人意，自稱「顏如玉」，眞是「書中自有顏如玉」！弗洛伊德說「夢是願望的達成」，我們說，花妖狐魅變成的美女就是窮秀才蒲松齡的白日夢。

蒲松齡在畢家寫過聊齋名篇《狐夢》，主人公姓名鑿鑿，是畢怡庵做了個跟狐女相戀的美夢，他的情人狐女請畢怡庵求蒲松齡把他們的事寫下來，讓他跟狐女青鳳一樣傳世。但是我們眞去查畢家世譜，卻沒發現這位畢怡庵。這個人是蒲松齡造的，他做的夢是蒲松齡的夢。雨果曾說：想像是偉大的潛水者。蒲松齡能寫出這麼多愛情故事，靠的不是生活經歷，而是想像天才，這麼多的愛情故事絕不是也

蒲松齡墓園

不可能是一位窮秀才的親身經歷。如果我們想從聊齋數十個愛情故事一一坐實蒲松齡的經歷，窮秀才蒲松齡就不是研究者喜歡說的世界短篇小說之王，倒成了世界戀愛之王了。所以在考察《聊齋志異》成書時，我們可以說，有許多故事是蒲松齡經歷過的，是朋友告訴的，是對前人作品的再創造，但是，最重要的一點卻是：《聊齋志異》是天才作家的想像才能和創造才能的集中表現。

蒲松齡二十幾歲開始寫小說，四十歲那年，《聊齋志異》初步成書，六十八歲那年他寫過《夏雪》，記錄夏天下雪的奇聞。花費畢生精力創作、修訂一部短篇小說集，在中國古代文學史甚至世界文學史上都是罕見的。從《聊齋志異》傳下的半部手稿可以看出他如何精益求精，百餘字的《妾擊賊》，題目就修改四次。

康熙五十四年（一七一五）正月二十二日酉時，蒲松齡依窗危坐而卒，距今二百九十年。他生前因爲窮，沒有能力把《聊齋志異》刻印出來，《聊齋志異》只是以手抄本形式流傳。現在，《聊齋志異》已經有二十五種外文譯本。《聊齋志異》雖然是文言，在中國卻婦孺皆知。毛澤東欣賞《席方平》，鄧小平酷愛聊齋。《聊齋志異》是億萬華人的必讀書。

窮秀才出將入相的理想終成泡影；《聊齋志異》卻光芒四射。歷史是公正的。

聊齋宮（以《席方平》和《羅刹海市》為主建造的地、海、天三界聊齋宮。中國工程院士張錦秋設計，馬瑞芳任文學顧問。）

姹紫嫣紅的愛情百花園

古希臘神話說：在往古，人是一種圓球樣的東西，有四隻手，四條腿，四隻耳朵，一顆頭顱上長著觀察相反方向的兩張臉。人的能力讓奧林匹亞山的眾神感到忐忑不安，宙斯決定：用一根頭髮，把人像切雞蛋那樣切開。人從此變得軟弱了，用兩條腿走路。人被分成兩半後，每一半都急切地想撲向另一半，糾結在一起，擁抱在一起，強烈地希望融爲一體……於是，塵世愛情產生了。

費樂巴哈說：愛，就是成爲一個人。

瓦西列夫說：愛情是人類精神最深沉的衝動。

愛情是文學作品的永恆主題。無數作家探索過愛情的秘密和愛情迷人的奧秘，愛情描寫隨著時代發展而發展，一曲《西廂記》轟動文壇，杜麗娘還魂又幾令西廂減價。蒲松齡繼承前人又超越前人，他在《聊齋志異》裏構建了一座愛情百花園，春蘭秋菊，夏荷冬梅，紛紛綻放自己的美麗。今天的讀者仍然能從《聊齋志異》千姿百態的愛情故事中得到啓發。

我們通過具體例子看蒲松齡怎麼樣巧奪天工寫愛情。

《第六感生死戀》是好萊塢大片的片名，男主角森被害，他是好人，該進天國，他卻不肯離開人世，他放不下心心相印的戀人摩莉。生死隔不斷戀人的情絲。《第六感生死戀》迴腸盪氣的主題曲感動了多少少男少女的心？其實美國建國前一千多年，中國作家就已經寫出人鬼之戀，而蒲松齡最擅長寫的愛情正是人鬼情未了。《宦娘》是代表。

【人鬼知音情未了】

溫如春擅長音樂，因爲偶然機會學得了「塵世無對」的琴藝，有一次他回家途中天晚了，又下雨，匆忙跑到一戶人家，遇到個天仙似的姑娘。姑娘一見他，回身走進屋子。然後出來個老太太，溫如春要求借宿，老太太同意了。溫如春問剛才的姑娘是誰？老太太說是她的侄女兒，叫宦娘。溫如春馬上求婚，老太太說：絕對不可能。問她什麼原因？老太太不肯說。因爲老太太借給的草墊子很潮濕，溫如春就危坐鼓琴，以消永夜。半夜，雨停了，溫如春回了家。

此後，他到葛公家彈琴，又和葛家喜愛彈琴的女兒良工一見鍾情。他向葛家求婚，葛公嫌他窮，拒絕了。幸好良工還惦記著他，想聽他彈琴，但溫如春再也不肯登門，看來溫如春梅開二度的愛情之花又要凋謝了。但是奇怪的事發生了。圍繞沒有任何越軌行爲的溫生和良工，連續發生三件莫名其妙的怪事，最終促成了他們的婚姻。第一件是，良工撿到一首《惜餘春詞》，有這樣的話：「因恨成癡，轉思作想，日日爲情顛倒」、「自別離，只在奈何天裏，度將昏曉。今日個蹙損春山，望穿秋水，道棄已拚棄了」，顯然是女性在抒發對心上人的刻骨思戀。良工很喜歡，抄了一遍，放到案頭，被父親發現，以爲是她寫的，很惱火。葛公爲了避免閨門醜事，打算把良工趕快嫁出去。第二件是，有錢有勢人才出眾的劉公子來相親，葛公很滿意。劉公子走後，在他座位下邊發現了女人的睡鞋。葛公很生氣，認爲劉公子太輕浮，不肯把女兒嫁給他。接著，第三件怪事出現了。溫如春家的菊花變成了綠菊，而綠菊是葛家秘不傳人的祖傳品種，良工在閨中培育。葛公懷疑良工和溫如春有私情送給他綠菊，前去探察，偏偏在溫如春的案頭發現了他認爲女兒寫的淫詞，還有溫如春寫的帶「色」的評語！溫如春立即把葛公手裏的詞奪走，像做賊心虛。葛公斷定女兒跟溫如春私相往來，因怕醜事暴露，就把女兒嫁給了溫如春。溫如春、葛良工有情人終成眷屬，又是有情人莫名其妙能成眷屬。

兩個人結婚後，發現冥冥中有人在向溫如春學琴，學得很執著，越彈越好。小兩口拿著一面可以照出鬼魅的古鏡，到有琴聲而沒有人影的書房一照，溫如春當年鍾情過的少女宦娘出現，說明前因後果。宦娘是死了一百年的少女，喜歡琴箏。她對溫如春傾心向往，但人鬼有別，她就想方設法給溫如春撮合佳偶，報答溫如春對自己的感情：「劉公子之女舃，《惜餘春》之俚詞，皆妾爲之也。」「調他人之琴瑟，代薄命之裳衣」（但明倫評語）。她對溫如春說：「如有緣，再世可相聚耳。」這是多麼

宦娘

深沉的愛情！酷愛音樂的少女沉魂爲音樂生情、幫助心上人跟他所愛的人結合，自己再跟心上人相約來世。在蒲松齡之前的作家還沒有探討過，男女之情能不能在性愛之外以精神契合爲終極目標？蒲松齡用《宦娘》使人鬼戀進入更高級的精神領域，像雪地上永不凋謝的花朵。《宦娘》寫戀愛，不涉及性愛，只涉及精神上的聯繫，在古代小說裏是少有的純美情節，不僅是人鬼戀，還是精神戀愛，是歐洲哲學家所謂柏拉圖式的愛。柏拉圖式的愛要求男女在「純」精神享受的雲中暢遊，具有「天使般的純潔」。這種愛常常只是一種超脫塵世的幻想。

《宦娘》是人鬼之戀，「知音」之戀，精神戀愛，是蒲松齡栽種到神州愛情百花園的神品。另一個精神戀愛的例子是人們百讀不厭的聊齋故事《嬌娜》。

孔生雪笠跟皇甫生交往，亦友亦師。不久孔生胸前生了腫塊，皇甫生請妹妹嬌娜來醫治，「引妹來視

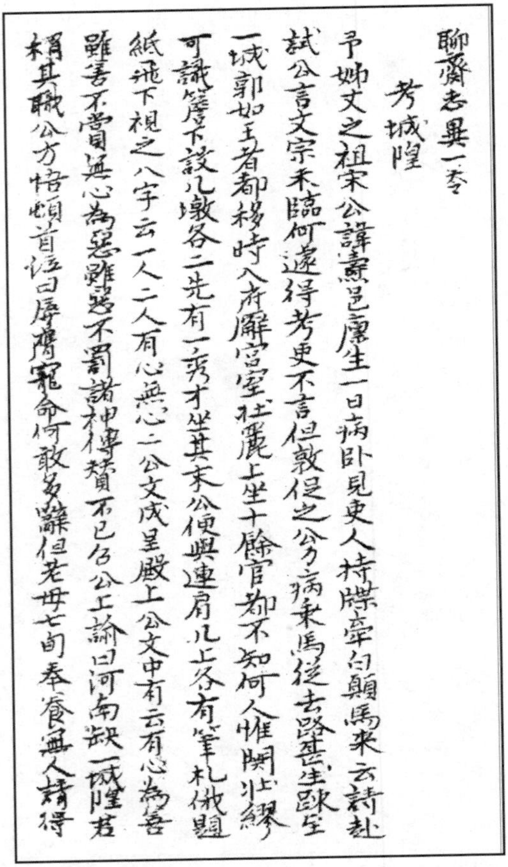

聊齋志異一卷

考城隍

予姊丈之祖宋公諱燾邑廩生一日病臥見吏人持牒牽白顛馬來云請赴試公言文宗未臨何遽得考吏不言但敦促之公力病乘馬從去路甚生疏至一城郭如王者都移時入府廨宮室壯麗上坐十餘官都不知何人惟關壯繆可識簷下設几墩各二先有一秀才坐其末公便與連肩几上各有筆札俄題紙飛下視之八字云一人二人有心無心二公文成呈殿上公文中有云有心為善雖善不賞無心為惡雖惡不罰諸神傳贊不已召公上諭曰河南缺一城隍君稱其職公方悟頓首泣曰辱膺寵命何敢多辭但老母七旬奉養無人請得

《聊齋志異》手稿

生，年約十三四，嬌波流慧，細柳生姿。生望見顏色，嚬呻頓忘，精神爲之一爽」。孔生立即迷上了嬌娜。嬌娜動手割除腫塊，「一手啓羅衿，解佩刀，刃薄於紙，把釧握刃，輕輕附根而割。紫血流溢，沾染床席。而貪近嬌姿，不唯不覺其苦，且恐速竣割事，偎傍不久」。《紅樓夢》裏寶玉挨打，要喊姐姐妹妹，據說可以解疼。聊齋的聖人後裔早就比寶玉走得更遠：因爲挨著美女，開刀都不怕疼了！孔生對嬌娜一見鍾情，向皇甫家求婚，卻因嬌娜年齡小，娶了嬌娜的表姐松娘。再跟嬌娜見面時，已是姐夫小姨。我家鄉青州有玩笑話：「姐夫小姨，擠眼弄鼻。」嬌娜這位小姨在姐夫跟前卻表現得那樣的活潑、幽默、大方。「嬌娜亦至，抱生子掇提而弄曰：『姊姊亂吾種矣。』」對孔生，「笑曰：『姊夫貴矣，創口已合，未忘痛耶？』」眞是面面生風，顯得天眞、眞誠、富有情趣。嬌娜和孔生既已成爲親戚，他們之間的感情似乎就永遠埋在心底了。但是，災難時刻見人心，當嬌娜遇難時，孔生仗劍保護，不顧自己安危，爲雷霆擊暈。此時，嬌娜的眞情像火山一樣爆發：「孔郎爲我而死，我何生矣！」「嬌娜使松娘捧其首，兄以金簪撥其齒，自乃撮其頤，以舌度紅丸入，又接吻而呵之。」……嬌娜已經無家可歸，嬌娜完全可以跟松娘一起「效娥皇女

嬌娜

英」，蒲松齡偏偏不做這俗套的處理，他讓嬌娜搬到孔生家的「閑園」中，經常與孔生一起喝酒、下棋、聊天，卻就是再也不談男女情！嬌娜和孔生甚至於沒有像宦娘和溫生那樣，既有赤誠的愛情表白又相約來世。表面上看來，有情人未成眷屬，有點兒遺憾，實際上，蒲松齡正是想通過嬌娜這個形象追求一種全新的理念：男女之間高於肉體關係的精神聯繫是更爲難得、更爲可貴的。這種精神聯繫，是善的，美的，更是新穎的。蒲松齡把這樣的兩性關係叫「膩友」，就是關係親密卻不涉及男女私情的朋友。異史氏曰：「余於孔生，不羨其得豔妻，而羨其得膩友也。觀其容，可以忘饑；聽其聲，可以解頤。得此良友，時一談宴，則『色授魂與』，尤勝於『顛倒衣裳』矣。」男女之間除了肌膚之親之外，還應該有更深的精神聯繫，而且精神聯繫勝於肌膚之親，是封建時代其他作家從來沒有涉及的領域。

【知己之戀的頌歌】

連城是個美麗才女，知書達禮，擅長刺繡。他的父親史孝廉拿她的「倦繡圖」徵少年題詠，其實想挑女婿。「倦繡」是少女懷春的意思。貧士喬生寫了兩首詩，其中有兩句：「刺到鴛鴦魂欲斷，暗停針線蹙雙蛾。」刺繡刺到鴛鴦時非常失落，停下了針線皺起了眉頭。想什麼？當然是想自己年輕美貌卻不能像鴛鴦那樣成雙成對。喬生讀懂了連城對愛情的渴望，跟連城產生共鳴。連城看到喬生的詩，很高興，對父親極力稱讚喬生，但史孝廉嫌喬生窮，原來史孝廉徵詩擇婿，徵詩是幌子，挑有錢人做女婿才是眞正目的。連城逢人就誇喬生，還僞稱父命，派傭人送銀子給喬生，讓他安心讀書。喬生說：「連城我知己也。」思念連城，如饑似渴。連城和喬生取得感情契合時，還從來沒見過面，這和因外貌吸引，以「色」爲標誌的一見鍾情有本質區別。連城大概想通過幫助喬生金榜題名實現洞房花燭，但父母之命卻用金錢說話，史孝廉把連城許給鹽商的兒子王化成。不久，連城病倒，奄奄一息。西域頭陀出了個偏方，用男子胸頭肉一錢做藥引子。這時，父母之命選擇的女婿露出自私面目，嘲笑史孝廉：「癡老翁，欲剜我心頭肉耶！」史孝廉一氣之下宣布：哪個男子肯割肉給連城治病，就把女兒嫁他。關鍵時刻，喬生登門，親手割下胸前肉交給頭陀，知己之戀發展爲給心上人獻身。史孝廉被感動了，想實踐諾言。這時，在生死考驗面前潰不成軍的王化成又跳出來，堅持對連城的佔有，要告官。史孝廉只好把喬生請來，用一千兩銀子致謝。喬生拂袖而去：我不愛惜心頭肉是爲報答知己，我不是賣肉的！這時，連城派僕婦勸喬生說：我夢到三年必死，你何必跟人爭「泉下物」？喬生明確表示，他對連城的愛是知己之愛：「士爲知己者死，不以色也。」只要連城和他同心，婚姻不過是可有可無的形式。連城信守忠誠，在鹽商逼婚時憂憤而死。喬生前往弔唁，一痛而絕，相從地下。喬生對連城說：你死了，我怎麼能自己活？他追索連城的托生地，想繼續追隨，結再生緣。他們的癡情感動了一位在陰司掌權的好朋友，給他們爭得復活的機會。經過生死相從，連城、喬生在陰司完成了自主婚姻。連城和喬生爲了愛情，生者可以死，死者可以生，生生死死不變。他們的愛情是生死戀，更是「知己之戀」，他們是超越貧富

連城

辛十四娘

之別的知己。在這個愛情故事裏，以封建家長、官府爲一邊，以眞心相愛的青年男女爲一邊，白熱化相拼，在金錢不能誘、威武不能屈、生死不能隔的戀人面前，父母之命、金錢官府被打得落花流水。《連城》是一曲頑石爲之點頭的「知己之戀」頌歌。

聊齋還有個知己之戀的小故事《瑞雲》。瑞雲是杭州名妓，身價很高，清貧的賀生喜歡她，卻沒能力跟她相聚，給她贖身。不久，有位異人在瑞雲額頭上按了一指頭，瑞雲臉上留下一塊墨痕，並一天天變大，美女瑞雲變得醜狀類鬼。這個時候，賀生毅然將她贖回家。瑞雲不肯以正妻自居，賀生大義凜然地說：「人生所重者知己，卿盛時猶能知我，我豈以衰故忘卿哉！」故事結局是喜劇性的，異人幫瑞雲恢復了如花的容顏，而且感歎：「天下唯眞才人爲能多情，不以妍媸易念也。」古代小說的妓女形象經常是美麗的，蒲松齡卻寫個醜狀類鬼者而且讓她的情人經受考驗，唱了曲「知己」之戀的讚歌。

《辛十四娘》也寫知己之戀。馮生偶遇嬌美的狐女辛十四娘，拚命追求，把十四娘娶回家。馮生爲人輕薄，十四娘勸戒他遠離小人，馮生不聽，和豺狼公子楚某往來，被誣陷入獄，十四娘費盡心力把馮生救出。

本來輕脫縱酒、好色獵豔的馮生把對辛十四娘美色的迷戀轉移到對愛情的忠誠上。狐女十四娘施展法術讓自己變得黑醜，像鄉村老太婆，馮生仍然對她鍾情不改。小說開頭十四娘美而豔，小說結尾十四娘老而醜，美醜相形，考驗馮生的眞情，讓馮生的感情得到昇華。馮生忠誠於衰老得像老太太的十四娘，拒不接受十四娘替他挑選的年輕美麗的祿兒。他的選擇，標誌著愛情生活中靈魂的美勝過了容貌的美。

像《連城》這樣男女主角已經共生死，還沒見過面，當然不會是見色起意；《瑞雲》、《辛十四娘》把古代小說常見的驚豔、獵豔發展到不以妍媸爲念，從兩性吸引到靈魂相通，到道德淨化，是很大進步。

【為情癡而離魂】

戀人生死相許，跨越人鬼界限，人妖界限，靠的是什麼？情。蒲松齡特別強調「情」，特別擅長寫「情」。情到深處，成了情癡。聊齋「情癡」故事很多，爲愛情離魂的男性形象孫子楚，是典型例子。

孫子楚是《阿寶》的男主人翁，他是個窮讀書人，生有枝指，多長一個指頭。他「性癡」，認死理，撞了南牆不回頭。因爲對少女阿寶的追求，性癡變情癡。阿寶是美麗的富家少女，家裏給他選女婿，怎麼也選不到孫子楚

阿寶

頭上。孫子楚的朋友捉弄他，讓他向阿寶求婚，他傻呵呵地貿然求婚，碰了一鼻子灰。媒人從阿寶家離開時，阿寶對媒人戲曰：讓孫子楚去掉枝指，我就嫁他。本是開玩笑，拿窮書生的血肉之軀開涮，這事誰也不會當眞。孫子楚偏偏冒著生命危險一斧頭把枝指砍了去，血流如注，差點死了，然後鄭重其事給媒人看。阿寶很震驚，卻又「戲請再去其癡」，再次拿孫子楚開玩笑。孫子楚有點兒灰心喪氣，他想，阿寶未必眞美，爲什麼要把自己看得這麼高？孫子楚暫時冷靜下來。

他的朋友又捉弄他，說：你爲什麼不親眼看看阿寶？清明踏青，孫子楚遠遠看到有位少女在樹下休息，惡少年環如牆堵。孫子楚的朋友說：肯定是阿寶。過去一看，果然是。阿寶什麼樣兒？「娟麗無雙」，漂亮得沒人能比。於是「爲情顚倒，品頭題足，紛紛若狂」，只有孫子楚一聲不吭。阿寶走了，眾人散了，他還呆呆地站在那兒。他的朋友說：「魂隨阿寶去耶？」果然，孫子楚魂靈出竅，跟阿寶回家。「坐臥依之，夜輒與狎」，形影不離，還像夫妻一樣住到一起。

孫子楚靈魂跟阿寶走了，他的軀體被朋友拖回家，處於昏迷狀態，孫家的人大張旗鼓到阿寶家招魂。孫子楚回家再次病倒，絕食，夢中叫著阿寶的名字。家裏一隻鸚鵡死了，孫子楚的靈魂又附到鸚鵡身上，飛到阿寶身邊。阿寶看到飛來一隻鸚鵡，喜而撲之。小鳥大叫：「姐姐勿鎖，我孫子楚也。」別人餵牠不吃，阿寶餵牠才吃。阿寶坐，牠趴到膝上；阿寶躺下，牠依偎在身邊。人鳥有別，愛情卻發展了。阿寶對小鳥說：你如果恢復人形，我誓死相隨。小鳥聽說，叼起阿寶的繡花鞋飛走了。蔚藍的天空上，一隻黃嘴綠鸚鵡叼著隻繡花鞋，很像一幅美麗的油畫。小鳥飛回，孫子楚甦醒，說：繡花鞋是阿寶的信誓物。阿寶也向父母表示：非孫子楚不嫁。阿寶的父母只好同意。在這個愛情故事裏，男的貧窮、喪偶且有小孩、長六個手指頭，在一般人看來傻呵呵；女的家裏富比王侯，待字閨中，美麗聰慧，按門當戶對要求，雙方懸殊得不摸邊，按父母之命，阿寶家根本不同意。可是，精誠所至，金石爲開，窮書生孫子楚居然能引起富家小姐阿寶感情共鳴，形成平等和默契。阿寶的情癡還後來居上，孫子楚病死後，阿寶絕食而死，「以癡報癡，至以身殉」。這感天動地的癡情打動了閻王，放他們夫婦同回人間，成就了「千古一對情癡」。

孫子楚離魂也就是魂遊，而「魂遊」是古代小說戲劇常用的構思模式，六朝小說《搜神記·龐阿》寫石氏女因慕美男龐阿魂遊。此後，唐傳奇，元明雜劇、擬話本出了很多「離魂」名作。在這些名作裏，因情癡離魂者都是女性。爲什麼「離魂」有單一性別趨向？因爲，男性在社會佔據官場、戰場、文場，台閣應對、戍邊殺敵、撰文題賦之餘，家庭婚姻僅是他生活的次要部分。女性被關進灶台、妝台，除了向男人託以終身，別無選擇。私奔、離魂是勇敢的女性在自我選擇受到父母阻撓後的主要做法。女性以愛情爲生命唯一，以所愛男子爲愛的唯一。男性卻既不以愛情爲生命唯一，也不以某一女性爲愛的唯一。蒲松齡寫男子因情癡而魂遊，把千百年被顚倒的歷史顚倒過來，是可貴的創造。

【一見鍾情的新內涵】

聊齋愛情在人鬼戀上出彩，在情癡描寫上出眾，在前輩作家最常寫的題材上，能不能出新？比如說：古代作家最喜歡凡間男女一見鍾情，蒲松齡會怎麼寫？

中國古代因男女之大防，青年男女要有意外際遇才能見面，一見鍾情後，以外貌吸引爲主的愛情產生了。《西廂記》張生在佛殿看到崔鶯鶯：「眼花繚亂口難言，魂靈兒飛上半天。」蒲松齡對這種佛殿相逢愛情模式駕輕就熟。聊齋寫一見鍾情，甚至寫「杯水之歡」。「色」和「性」在聊齋愛情裏佔相當重要的位置，可貴的是蒲松齡給一見鍾情賦予一些新內容，可以《王桂庵》爲例看一下。

王桂庵

王桂庵，大名府世家公子，剛死了妻子，南遊泊舟江邊，看到鄰船有個繡花女很美，「風姿韻絕」。他高聲吟誦「洛陽女兒對門居」，繡花女看看他，低下頭繡花。王桂庵投了錠金子過去，繡花女撿起來，不屑一顧，丟到岸邊。王桂庵又把一股金釧擲到她腳下，繡花女還是低頭繡花，好像沒看到。這時她父親回來了，王桂庵害怕被發現，焦急萬分，繡花女卻不動聲色把金釧藏了起來。繡花女的父親解開纜繩把船撐走，王桂庵後悔沒及時把婚事定下來，立即追趕，趕不上，沿江尋訪，找不到，王桂庵害起相思病來。這是典型的一見鍾情。還不知道對方是什麼人，愛情已油然而生。王桂庵對繡花少女，從對美色迷戀開始，到下決心求婚，已經有了人格因素。少女美麗自重，蒲松齡寫她，不側重「美」，而著眼於「韻」，「風姿韻絕」，是說少女不僅漂亮，還特別有韻味。她對偶然相逢的貴公子謹慎觀察，一開始她抬頭看王桂庵一眼，是因爲王桂庵吟詩，說明這個人是個風雅之士，她有好感；王桂庵投金子給她，成了以金錢爲誘餌，她立即「拾棄之」，有骨氣；王桂庵再擲金釧，她心領神會，這是愛情信物，就機警地保護起來。

王桂庵對他認爲的榜人女，也就是船夫的女兒，一見鍾情後，癡迷地尋找，乾脆買條船住在江邊，天天盯著來來往往的船仔細尋找。找了半年沒有音信，坐臥不寧，廢寢忘食。有一天，他做夢到了個美麗的江村，在門前有一樹馬纓花的農舍，看到了日夜思念的少女。還沒來得及說話，少女的父親回來，他的夢也醒了。再過一年，他到鎭江，居然在跟夢境完全一樣的地方跟夢中情人相遇。他述說相思之苦和艱難尋找，說自己做的夢。少女隔著窗子認眞詢問王桂庵的家世，說：既然你是官宦人家，哪兒找不到好媳婦，怎麼想著我？王桂庵表白：如果不是爲了你，我早就娶了。這時，少女才告訴王桂庵，她也一直保存著金釧，等待投金釧的人來找，還爲他拒絕了好幾家求婚者。她讓王桂庵趕快派媒人來，至於想非禮成耦，就是不經明媒正娶而私通，絕對不成。王桂庵喜出望外，扭頭就跑，少女叫住他說：我叫芸娘，姓孟，父親字江籬。

這是多麼有趣的細節！兩年尋尋覓覓，偶然再度相逢，戀人感情塵埃落定，女主人翁名字才浮出水面。好萊塢名片《魂斷藍橋》有個很有名的片段，男女主角一見鍾情，直到申請結婚登記，男主角柯洛寧才想起來問女主角瑪拉：你姓什麼？這被看成是經典影片的典範趣筆。其實三百年前蒲松齡老頭早就寫過。

《王桂庵》寫的一見鍾情有優美的思想意蘊。一個富家公子對不知姓名、不知鄉里的貧家女一見鍾情，留著嫡妻位子苦苦尋覓，整整找了兩年。無獨有偶，他想念的少女也在等待，爲了這無望的等待幾次拒婚。一對青年男女爲了偶然的驚鴻一瞥，爲了電光石火般短暫的感情交流，爲了一個不知姓名、沒有留下地址的人，在茫茫人海，殷切翹盼，苦苦尋找，這樣的愛情既是不可思議的，又是眞誠純淨，堅如磐石的。兩人意外相逢後，芸娘明確告訴王桂庵不能非禮成耦，把兩人的關係定位於平等婚姻。王桂庵認爲以自己顯赫的家世向船夫求婚豈不是太容易了？沒想到，當他以百金爲聘求婚時，芸娘父親孟江籬卻拒絕了，說，我女兒有人家了。芸娘明明沒訂婚，她父親爲什麼這樣說？王桂庵當夜輾轉反側，想不明白。這位貴公子不得不冒著娶榜人女的恥辱請很有地位的親戚出面求婚，這才弄明白，孟江籬不是船夫，而是讀書人，他拒婚正是因爲王桂庵的大把銀子，「僕雖空匱，非賣昏者」。蒲松齡的文筆妙不可言。兩人結合後，新的考驗，更嚴峻的考驗來了。王桂庵帶芸娘坐船回家，煞有介事地開玩笑說：你這樣愼重，聰明，卻上我的當了，我家裏有妻子。芸娘聽後，臉色變了，稍作思考，毫不猶豫地跳進了滔滔江水！芸娘維護自己的人格，寧死不做妾，追求平等的愛，不平等寧可死！王桂庵因爲貴家子弟的紈袴習氣開「家中固有妻在」的玩笑，芸娘以死相拚，王桂庵憂慟交集。結局當然是花好月圓，兒子寄生襁褓認父，夫妻團圓。

《王桂庵》寫的是一見鍾情，是眞摯愛情對「門當戶對」的對抗。聊齋裏一見鍾情的愛情比比皆是，但常有不同內涵。《青鳳》是著名的聊齋故事，狂生耿去病遇到借住他本家荒園的狐仙一家，對美麗的青鳳一見鍾情，拍著桌子大叫：「得婦如此，南面王不易也。」立即狂熱追求。但青鳳的叔父阻撓，帶著青鳳搬走了。耿去病一直想念、尋覓青鳳，後來偶然遇到被獵狗追趕的受傷的小狐狸，抱回家，變成了青鳳，一對戀人經過人世滄桑走到一起。有的研究者把這個故事解釋爲青年男女對抗父母之命、以愛情爲基礎的自主婚姻。

另一個大家耳熟能詳的愛情故事是《紅玉》。書生馮相如坐在月下時，有個美麗少女從牆上窺視他，自我介紹說是東鄰女紅玉。馮相如發現紅玉很美，用梯子接她過牆，兩人大相愛悅，海誓山盟。半年後被耿直的馮翁發現，罵馮相如不好好讀書，是淫蕩的畜生；罵紅玉不守閨戒，害人害己。馮相如想繼續跟紅玉私下來往，紅玉堅決不同意，她替馮相如安排，讓他娶到美麗而賢慧的衛氏女後，自己離開。但是衛氏沒能跟馮相如白頭偕老，她被一個退休御史看上搶走，不屈而死，馮相如家破人亡。這時，紅玉出現了，幫助馮相如養育兒子，重建家業。不少專家認爲，《紅玉》這個愛情故事更多地跟揭露社會黑暗聯繫到一起。

【女人操縱男人的惡之花】

一位西方理論家有句名言：「小說家總是喜歡把男女主人翁弄到一張床上結束。」又說：「床是愛情的搖籃，也是愛情的墳墓。」夫妻之間的愛情如何描寫？對於作家們始終是個難題，很難寫好，以至於張敞畫眉的瑣事變成夫妻恩愛的經典。蒲松齡的高明之處就在於，他總是在常人想不到的地方做文章，出人意外，入人意中。他居然能在最該板起道學面孔的地方大作「媚」的文章。按照傳統觀念，夫婦之間應該學案齊眉，相敬如賓，非禮勿動。蒲松齡偏偏要寫一位嫡妻如何使用性的魅力跟小妾爭寵。描寫女性如何把握男性心理，知己知彼地操縱婚姻。

《恆娘》寫洪大業有一妻一妾，妻朱氏比妾寶帶漂亮，洪大業偏偏喜歡小妾，令朱氏非常氣惱。她發現新搬來的鄰居家妻子恆娘人才一般，小妾倒很漂亮，男主人卻只喜歡恆娘。朱氏向恆娘「北面爲弟子」請教，恆娘告訴她：人情厭舊而喜新，重難而輕易，丈夫喜歡妾，不是因爲她漂亮，而是因爲她難到手，有新鮮感。朱氏之所以失寵，正是因爲整天嘮叨，「爲叢驅雀」，反而讓丈夫和妾一條心了。恆娘教給朱氏「易妻爲妾」的方法。頭一個月，任憑丈夫跟小妾雙宿雙飛，自己離得遠遠的，表面看來，朱氏很賢慧，實際上讓丈夫再也不覺得妾有新鮮感，但這時的朱氏在丈夫眼裏仍然是唾手可得的黃臉婆。第二個月，恆娘讓

恆娘

朱氏變舊爲新，先穿著破衣服幹一個月家務，突然最後一天穿上美麗的時裝，梳上新式的髮髻，穿上時髦的繡鞋。喜新厭舊的洪大業果然上鉤，像發現新大陸一樣，晚上來敲朱氏的門，朱氏故意「堅臥不起」。朱氏欲擒故縱，成功地打敗了小妾。

當年聊齋點評家對恆娘很不理解：在家庭中有崇高地位的嫡妻像青樓女子接客，成何體統？恆娘的「易妻爲妾」和《紅樓夢》鳳姐算計尤二姐，《金瓶梅》潘金蓮算計李瓶兒，是古代小說寫妻妾之爭的名段。但朱氏比鳳姐和潘金蓮要高明，鳳姐和潘金蓮都在肉體上消滅對手，恆娘卻神不知鬼不覺地來個妻妾換位，讓小妾生不如死，殺人不見血。朱氏能不能永遠受寵？未必。蒲松齡給人物命名似乎早預伏了這層意思：小說主人翁叫恆娘，向她學習的是朱氏，朱者紅也，紅顏易老而求永恆，豈不是緣木求魚？李白有這樣的詩：「昔日芙蓉花，今成斷腸草。以色事他人，能得幾時好？」實際上恆娘寫的妻妾爭寵是一夫多妻制的必然結果。有的專家精闢地把《恆娘》稱爲「女人操縱男人的惡之花」。

【胭脂虎的馭夫術】

江城其人，是有據可查的著名悍婦。明代《五雜俎》記載：「江氏姊妹五人，凶妒惡，人稱五虎。有宅素凶，人不敢處，五虎聞之，笑曰：『安有是！』入夜，持刀獨處中堂，至旦貼然，不聞鬼魅。夫妒婦，鬼物尤畏之，而況於人乎？」

蒲松齡用傳統題材寫聊齋新故事，他把胭脂般美貌和老虎般兇狠巧妙組合，創造出聊齋特殊人物：「胭脂虎」江城。她美麗、聰穎，敢向封建綱常挑戰，善於把握自己的命運；她佔有欲極強，心狠手辣，工於心計，變蘭麝鄉爲犴狴（牢獄），整得三三其德的丈夫俯首帖耳，交降書順表；她不講孝道，不講人情，有虐待狂，把公婆威嚴徹底打掉，把男人虐待女人，公婆虐待兒媳的歷史徹底顛倒。

江城是窮塾師的女兒，本不具備到富有的高家做兒媳的條件，但她能利用自己的美麗和聰明，躍上高枝。她跟高生本來青梅竹馬，長大後天各一方，兩人偶然見面時，江城立即把握自己的命運，以美麗多情，使高生癡迷。當高家擔心江城家上無片瓦，不堪聯婚時，江城打點出一副居然娟好的模樣，征服愛子心切的高家父母。她進入高家，「悍」芒初露，被公婆休棄，「逼令大歸」。「父母之命」肆威，失勢的江城韜晦應對，被休棄後，馬上收斂兇焰，換上一副楚楚可憐的樣子，用溫情挽回丈夫的心。再返高家後，江城擒賊先擒王，將兇焰直接燒到公公婆婆眼皮底下，她當著翁姑之面毆打丈夫，「橫梃追入，竟即翁側捉而箠之」。丈夫見了她，像小雞見了老鷹。江城用自己的潑悍，將封建家長的威勢，三從四德的法規，至高無上的夫權，統統踩到腳下。江城之「悍」，用到公婆身上，用到父母身上，用到丈夫的朋友身上，導致公婆與她分家，父母被她氣死，朋友們再也不敢登門。江城的「悍」，照蒲松齡構思乃前世注定，因爲江城前身是佛前小鼠，被高生的前身踏死。但在一定程度上，江城的潑悍是封建時代的婦女對壓迫的畸形反抗。蒲松齡曾在「異史氏曰」說：「每見天下賢婦十之一，悍婦十之九。」他還曾在《夜叉國》中說：

江城

「家家床頭，有個夜叉在。」封建綱常越來越顯示其軟弱性，越來越受到婦女的各種形式的反抗，耍潑施悍玩嫉妒，是不得不採用的手段之一。

江城馭夫，「妒」是主要特徵。江城之妒，是妒之極，也是妒之智。江城的丈夫屬於那種「既熊又不老實」的角色，他兩次「紅杏出牆」都被江城捉個正著。第一次，江城得知受父母之命跟她分居的丈夫通過李媼召妓，就機智地先制服李媼，從媼的「神色變異」斷定她心中有鬼，用語言恫嚇，盡得高生蕩行始末；然後她冒充高生喜歡的「陶家婦」親自偵察，「生喜極，挽臂捉坐，具道饑渴。女默不言」，平時暴跳如雷的江城居然能如此沉著，如此耐心地讓高蕃把心裏話都說出來，完全抓住其把柄，再出其不意地後發制人，眞是一次成功的偷襲！第二次，江城的「化裝」偵察更成功，高蕃托辭參加文社，去召妓飲宴。江城立即扮成美少年，自始至終盯著高蕃，仔細地看高生如何與妓女調情：「對燭獨酌，有小僮捧巾侍焉。」她裝扮得如此高明，人們皆認爲這是一個潔身自好的書生，「眾竊議其高雅」，連做丈夫的都沒有識破她的化裝術，一直在那兒與妓女「傾頭耳語，醉態益狂」。一切破綻都落入「胭脂虎」眼中，高生只好老老實實地回家，「伏受鞭撲」。江城之悍、妒，無所不現其極。而這悍、妒，始終同江城的聰明機智、工於心計並存。

晚霞

江城對漁色丈夫懲戒本無可厚非，但她的虐待狂又令讀者怵目驚心：「摘耳提歸，以針刺兩股殆遍。」江城之「妒」，是佔有欲的表現，也是剛強的妻子對二三其德的丈夫的有力報復。這「妒」，幾乎可以說是男女不平等的婚姻愛情中女性的自覺反抗，正如江城不合情理之「悍」，在一定程度上可以說是對封建宗法制以毒攻毒。但是根據作者的正統觀——男子可以尋花問柳，女子卻必須不妒；家長可以隨意干涉青年夫婦，直至「出妻」，婦女永遠要俯首貼耳——江城當然是妒婦、悍婦，是不可容忍的夜叉。

《歌德談話錄》有言：「藝術的眞正生命正在於對個別特殊事物的掌握和描述。此外，作家如果滿足於一般，任何人都可以照樣摹仿；但是如果寫個別特殊，旁人就無法摹仿……每種人物性格，不管多麼個別特殊，每一件描繪出來的東西，從頑石到人，都有些普遍性。」聊齋「胭脂虎」似的妒婦，就是很別致的「個別特殊」。除江城之外，還有《馬介甫》的尹氏，《邵女》的金氏，《閻王》裏的嫂子。似乎蒲松齡對妒婦有特別濃厚的興趣，《馬介甫》篇末還集中了中國古代關於女性妒嫉各種典故的來源，一句一典，如數家珍，幾乎成為一篇文言「中國妒婦史」，對此社會現象有研究興趣者不妨一讀。

聊齋愛情的重要特點是它不像話本小說那樣，純粹寫實，述說男女間悲歡離合，而是著眼於詩意美和空靈美的創造，聊齋愛情常有詩意化氛圍。《晚霞》像是歌舞劇，晚霞在龍宮一出現就帶著迷人的風采：「振袖傾鬟，作散花舞，翩翩翔起，衿袖襪履間，皆出五色花朵，隨風颺下，飄泊滿庭。」晚霞和阿端的幽會地點是地上的蓮花池，葉大如席，花大如蓋，落瓣堆梗下一尺多高，荷葉幛蔽，蓮瓣鋪地。《白秋練》寫書生和白暨豚的愛情，他們以詩傳情，以詩療病，詩和愛情構成男女主角的生命主體。《宦娘》寫人鬼戀，音樂和愛情構成男女生命的主體。其他一些聊齋名篇《連瑣》、《荷花三娘子》、《西湖主》都情景交融，像一幕幕詩劇，一幅幅美麗的水彩畫。

歌德說：「詩人之所以是詩人，就因爲能從平凡中發現詩。」蒲松齡之所以是個了不起的小說家，在於他能從各種各樣的愛情中發現詩，用詩化筆觸描寫愛情。

當然，聊齋愛情有鮮明的封建特點，蒲松齡欣賞男性中心，欣賞嫡庶和美，雙美一夫，強調「不孝有三，無後爲大」。聊齋寫過不少「雙美」故事，兩個女性跟同一位男性發生感情糾葛，或者「二美一夫」，或者男性家有妻外有室或情人。這些故事常常有一個中心：子嗣，體現了聊齋愛情描寫男性中心的特點和封建性。甚至出現像《林氏》那樣不可思議的現象：爲了求取子嗣，做妻子的千方百計把丈夫和丫環拉到一張床上。所以說，蒲松齡在創造姹紫嫣紅愛情百花園的同時，還用生動複雜的藝術形象反映出封建婚姻的本質方面。

林氏

《聊齋志異》創造了各種各樣令人銷魂的愛情，有人鬼戀，有情癡和生死戀，有知己之戀，有精神戀愛，也寫了家庭婚姻中令人觸目驚心的爭奪和悲劇。聊齋給古老愛情描寫帶來更堅實的社會內容，更深刻的道德教益，更迷人的韻味，更優美的韻致。讀罷聊齋掩卷沉思，愛是什麼？是身心交融，是魂魄相從，是跨越生死，是超越貧富，是滌蕩心靈的清泉，是雪地上永不凋謝的花朵。神鬼因愛入人世，人世有愛賽神仙。

冰心有句名言：如果沒有女性，我們將失掉生活百分之五十的眞，百分之六十的善，百分之七十的美。用這樣的觀點來看聊齋女性，大體不錯。蒲松齡是寫女性的行家裏手，同樣的人物，他比前輩作家寫得生動豐滿，他還涉獵他人沒有涉獵的禁區，寫出新人形象。我們把女性放到愛情背景上，看看聊齋女性美在什麼地方、眞在什麼地方、善在什麼地方？

【聊齋最美：阿繡】

聊齋美女很多，每出來一個，不是「容色娟好」，就是「風致嫣然」。

如果給聊齋選美，選哪個？應該是狐女阿繡。因爲她是個眞誠的、執著的美的追求者，是個外貌美和心靈美的獲得者。

《阿繡》是小說的篇名，小說裏邊有兩個阿繡，一個是民間少女，一個是狐仙。民間少女阿繡長得美麗

美女如雲的藝術世界

非凡，狐仙阿繡想修煉得像她一樣美，這樣就演出一段既妙趣橫生又耐人尋味的故事。

劉子固結識了雜貨鋪少女阿繡，念念不忘，因爲阿繡「姣麗無雙」。但是他向阿繡家求婚時，卻得到個消息，阿繡已經跟廣寧人訂婚了。劉子固沮喪的同時，「徘徊顧念」，希望能遇到個類似阿繡的。這時，狐女幻化成阿繡的模樣來和劉子固歡會。劉子固的僕人很聰明，他告訴小主人，這個跟你來往的少女不是阿繡，她的臉色過白，面頰稍瘦，笑起來沒有小酒渦，不如雜貨鋪的阿繡美。這個地方很荒涼，這個阿繡不是鬼就是狐。劉子固是個銀樣蠟槍頭，本來跟狐女阿繡好得蜜裏調油，一旦得知狐女的怪異身分，「大懼」，讓家人準備下兵器伏擊狐女阿繡。對這樣的寡情郎，狐女阿繡採取忍讓態度，她說自己知道劉子固一直想念阿繡，正打算幫助他們團聚，她雖不是阿繡，卻自認爲不比阿繡差。她讓劉子固仔細看看，她到底像不像阿繡？狐女落落大方述衷腸，劉子固卻嚇得毛髮俱豎，一聲不敢吭。狐女說：「我且去，待花燭後，再與君家美人較優劣也。」

狐女有神力，卻不報復無情義的劉子固，而是把失落的愛無私奉送他人。當民女阿繡陷入被亂軍俘虜的危難時刻，狐女阿繡即使不特別加害，民女阿繡也清白難保，甚

阿繡

至性命難保，狐女阿繡卻施展神力把民女阿繡從戰亂中救出，溫情脈脈地告訴她：愛你的人馬上就來了，你跟他回家吧。狐女這位愛情失意者，沒有悲哀，沒有懊喪，沒有嫉妒，沒有怨天尤人，只有對所愛者的寬容和幫助。狐女用神力幫助阿繡回到劉子固身邊，劉母「爲之盥濯，妝竟，容光煥發，益喜，曰：『無怪癡兒魂夢不忘也。』」

狐女幫劉子固和阿繡建立幸福美滿的家庭後，眞假阿繡開始了妙趣橫生的比美。第一次，劉子固、阿繡新婚嬉笑，狐女突然出現：「快意如此，當謝蹇修矣！」劉母及家人都不能辨識兩個阿繡哪眞哪假，劉子固也幾乎分辨不清，仔細瞧一會兒——可能根據僕人觀察面頰和笑渦的秘訣——斷出眞假，向狐女作揖致謝。「女子索鏡自照，赧然趨出」。狐女認爲自己比不上阿繡之美，慚然而退。第二次，狐女借劉子固醉酒之機，冒充阿繡，問劉：「郎視妾與狐姊孰勝？」劉子固回答：「卿過之，然皮相者（只看表面的人）不能辨也。」被狐女訕笑「君亦皮相者也」。連做丈夫的都不能分辨妻子的眞假，正說明，狐女之美已跟阿繡沒有區別。孜孜追求如許日月，狐女終於如願以償，欣慰地笑了，這是因獲得美的極致而笑，因苦苦求索終於到達美的極點而笑。

狐女爲什麼如癡如醉地要修煉成阿繡的樣子？據狐女說，她跟阿繡前世是姐妹，兩人都模仿美麗的西王母，阿繡比她學得好。她們再世爲人，爲狐，狐女仍然不忘對美的追求。在《阿繡》裏，「美」起著重要的槓桿作用。與其說狐女最初追求劉子固是愛劉子固，不如說狐女在追求阿繡的美，借劉子固誤認，給自己的美做證明。狐女以德報怨，替劉子固找到眞阿繡，不是愛情的多餘人，而是愛情的締造者；不是家庭的「第三者」，而是家庭的保護神。愛一個人不意味著佔有，愛一個人就要讓他跟所愛的人走到一起，這是狐女的哲學，高尚的哲學，也是美的哲學。狐女在追求形態美的同時，獲得內心美；修煉形體美的同時，獲得道德美。因爲對美的執著追求，對愛的無私奉獻，狐女的品格，煥發出璀璨聖潔的光輝。《阿繡》給我們的啓示是：至善至美存在於不斷的追求。

【醜女亦美：喬女】

古代小說的愛情女主角經常是「沉魚落雁、閉月羞花」，喬女卻醜得出奇，跛一腳，齾一鼻，面如鍋底。二十五六歲還沒嫁出去。喪偶的穆生娶了她，生了兒子後穆生又死了。喬女求娘家幫忙，娘家不耐煩，她只好靠紡織艱難度日。這時，她有了一個改變貧窮和孤苦的機會：同縣家境富裕的孟生死了妻子，續弦條件很苛刻，見了喬女卻「大悅之」，派人說媒，要娶她。孟生當然不可能看上喬女的外貌，而是看上喬女的德。但喬女信守封建律條，堅決拒絕。她說：「饑凍若此，從官人得溫飽，夫寧不願？然殘醜不如人，所可自信者，德耳。又事二夫，官人何取焉？」孟生聽了，對喬女越發欣賞，讓媒人帶了很多錢再次求婚，還說服了喬女的母親。母親親自動員，喬女還是不同意。喬家要把小女兒嫁給孟生，但孟生認定了要醜陋的大女兒，不要漂亮的小女兒。喬女是恪守封建道德的淑女，她雖然堅持不事二夫，但孟生對她的鍾情讓她深深感動，感激「獨孟生能知我」，心靈早就跟孟生聯繫到一起。

喬女

不久，孟生得暴病死了，喬女到孟生墳上臨哭盡哀。無賴趁機把孟生的家擷攜取一空，僕人趁火打劫。無賴又想謀奪孟生的田產，孟生的好朋友林生在喬女勸說下，打算到官府幫助孤兒維權。無賴揚言要用刀對付他，林生嚇得不敢出面，孟生的產業眼看就要落到無賴的手裏。這時，非親非故的寡婦喬女挺身而出，到官府告狀。縣官問：「你是孟生什麼人？」喬女回答：「您管理一個縣，憑的是個理。如果說的話沒道理，就是至戚也有罪；如果說的有道理，就是路人的話也可以聽。」縣官很惱火，把喬女轟了出來。喬女到有地位的縉紳門上哭訴，終於替孤兒保住了財產。然後，她又任勞任怨地把孟生的孤兒烏頭撫養成人，給他請老師，幫他積累數百石糧食，和名門聯姻。喬女死了，烏頭想把她和父親合葬，喬女的兒子也同意了，但是抬棺材的時候，抬不動，原來喬女活著的時候恪守「不事二夫」的律條，死了，還堅持跟自己的丈夫合葬。但是，一個寡婦到沒有任何親戚關係的男子墳上致哀，再像親生母親一樣撫養這個男子的遺孤，所做所為，儼然是孟生遺孀，實際上已經背叛了「不事二夫」。所以，喬女有一定的叛逆色彩，她跟孟生的感情，實際是精神戀愛，她用終生的辛勞擁抱理想雲霧，報答孟生的知己之感，在封建時代很少見。

阿繡外貌美心靈也美，喬女外貌醜而心靈美，蒲松齡的生花妙筆，還寫到最骯髒角落的女性，怎麼樣維護自己的人格。

【出污泥而不染：鴉頭和細侯】

鴉頭是個誤入風塵的少女，是狐妓，因為不肯接客一再受到老鴇毒打。她認識了誠實的書生王文之後，認為這個人可以託以終身，就馬上機智地把握自己的命運。在王文眼裏，鴉頭美若天仙，又對自己脈脈含情，於是拿著借來的錢求見鴉頭。鴇母嫌少，鴉頭突然一反常態，表示她願意接待王文。她伶牙俐齒地勸鴇

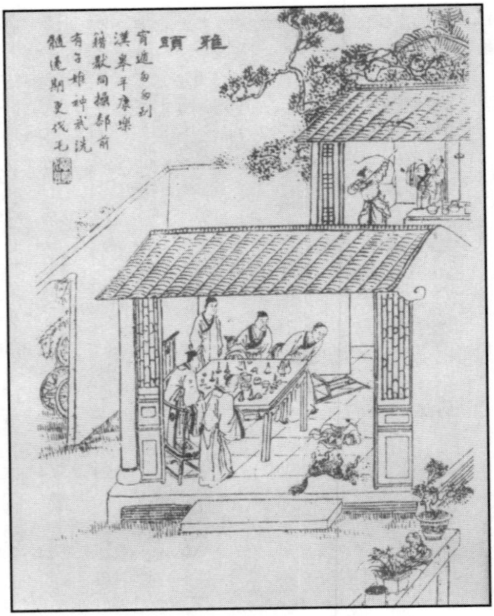

鴉頭

母：您整天嫌我不做搖錢樹，現在我樂意做了，我第一次接待客人，以後的日子長著呢，不要因爲王文給錢少，就放走財神。鴇母信以爲眞。鴉頭獲得了跟王文見面的機會，希望改變自己的命運。她問王文，你傾囊博此一夜之歡，明天怎麼辦？男子漢王文只知道流淚，想不出什麼辦法。弱女子鴉頭果斷決策，告訴王文：你不要傷心，落在非人的風塵生活裏，很不合我的心願，早就想找個忠誠可靠、像您這樣的人共度今生。咱們跑吧。

鴉頭和王文逃出虎口，王文擔心家徒四壁，如何過日子？鴉頭說：做小買賣也可以過日子。他們把驢子賣掉做本錢，開個小酒店，鴉頭作披肩，刺繡小荷囊，過起自食其力、淡薄自給的清貧生活。後來鴇母知道了鴉頭的下落，派另一個妓女妮子抓她回去。妮子罵鴉頭跟人私奔，鴉頭理直氣壯地說：「從一者得何罪？」鴇母親自出馬，鴉頭終於被抓回妓院，關到幽室十幾年，生下的兒子被丟掉，經常被打得遍體鱗傷，天天饑火燒心。她仍然堅決不接客，最後被兒子救出，和王文團圓。鴉頭出身低賤卻爲人清高，蒲松齡認爲鴉頭像魏徵一樣美好。魏徵是唐太宗的宰相，因爲直言敢諫讓唐太宗覺得美好。蒲松齡別出心裁把微賤的妓女鴉頭跟封建社會的台閣重臣相比。

細侯是妓女，她生活在錦圍翠繞、前門迎新後門送舊的生活裏，卻出污泥而不染，喜歡寫詩。在認識了遊學異鄉的窮書生滿生後，細侯更把過一夫一妻、清貧自給的生活看成理想。滿生告訴她，自己只有半頃薄田、幾間破屋。細侯說，能自給自足就足夠了，「閉戶相對，君讀妾織，暇則詩酒可遣，千戶侯何足貴」！滿生爲了湊足替細侯贖身的費用南遊，陰差陽錯被關進監獄，和細侯失掉聯繫。細侯自從滿生走後，杜門不接一客。有個富商來向她求婚，不惜代價，務在必得。鴇母用嫁給富商可以「衣錦而厭粱肉」勸誘細侯，她回答：「滿生雖貧，其骨清也；守齷齪商，誠非所願。」富商爲了把細侯弄到手，買通了審案官員，長期關押滿生，還假造了滿生絕命書寄給細侯。細侯誤以爲滿生已死，嫁給富商。一年多後，生了兒子。

滿生昭雪出獄，發現是富商做手腳，託人告訴細侯。細侯才知道造成一切不幸的根源，都是富商的圈套。她趁著富商外出，「殺抱中兒」，回到滿生身邊。

細侯殺子，很像古希臘戲劇家歐里庇得斯筆下的美狄亞。美狄亞的丈夫見異思遷想另娶妻子，美狄亞用魔袍燒死了新人，爲了讓丈夫的痛苦得不到解脫，美狄亞竟然當著丈夫的面，親手殺死了他們的兩個兒子。蒲松齡也用殺死親生子的不近人情的情節，塑造了一個有特殊意義的女性形象。他還把這個煙花女子抬到和被封建時代尊爲聖賢的關聖（關羽）同樣高的地位，說細侯

細侯

殺子歸滿生和「壽亭侯之歸漢，亦復何殊」？從細侯這個人物的命名也能看出蒲松齡對她多麼推崇。漢代有個受人歡迎的好官，姓郭名汲字細侯，後人常用「細侯」代稱父母官。蒲松齡用父母官代稱給妓女命名，可見對她的推崇程度。

【天馬行空一俠女】

貧窮的顧生跟母親一起生活，鄰家搬來一對母女，非常貧窮。窮到什麼程度？靠女兒做針線維持生活，而且連尺子都沒有。顧生發現，少女十分美麗，卻舉止生硬。少女來顧家借刀尺，顧生母親就打起如意算盤，跟兒子商量，這家母女無依無靠，何不兩家合一家，你代養其母？顧生母親登門跟女家母親吹風，母親想同意，女兒卻不肯。顧生母親很奇怪，難道這個姑娘嫌我們窮？但是少女對顧生母親非常好，顧生母親生病時，她像親生女兒一樣細心照顧。顧生也盡心照顧這對母女。

奇怪的是，這個不肯嫁給顧生的少女竟然主動跟顧生幽會，而她在男女關係上絕不

俠女

隨便，有個少年對她圖謀不軌時，她望空手拋匕首，少年身首異處，變成白狐。一個文弱少女有如此高的武藝，更讓顧生猜歎不已。後來少女居然替顧生生了個兒子！顧生母親覺得太不可思議了，說：「異哉此女，聘之不可，而顧私於我兒！」一個未婚少女，不接受明媒正娶，卻心甘情願地跟窮小子私通並養兒子，太奇怪了。小說結尾，少女提著仇人的頭來跟顧生告別，說，她是大司馬之女，父親被陷害而死，她爲報父仇隱藏民間。看到顧生家貧無力娶妻，她決定給顧家生個傳宗接代的兒子，以報答顧生的養母之德。這樣一來，少女身世和她不可思議的行爲之謎都解開了。

俠女的行爲不合社會習俗，所以始終在他人的「猜歎」之下。猜，是琢磨，想不通；歎，則是因不合常規歎息，感歎。第一個對她猜歎的是顧生，她在陌生男子前沒有少女常規的羞澀，卻凜然不可侵犯：「見生不甚避，而意凜如也。」第二個猜歎的是顧母，「此女不似貧家產」，在顧母看來，此女孤苦無依，有人代養其母，必定樂意。顧母提出聯姻建議，女郎卻「意殊不樂」。顧母猜疑：「女子得非嫌吾貧乎？爲人不言亦不笑，豔如桃李，而冷如霜雪，奇人也！」第三個對少女進行臆測的是「少年」：「豔麗如此，神情一何可畏？」三個對俠女猜歎者都有自己的小算盤：顧母擔心絕後，急欲娶兒媳；顧生愛慕少女；姿容甚美卻行爲輕佻的少年懷不軌之心。少女身世迷離之謎，行爲乖張之謎，一一解開。一個可歌、可泣、有膽、有識的可愛形象矗立在讀者面前。如果說爲父報仇，算不了多神奇，唐傳奇甚至六朝小說早就有，那麼，在俠女身上表現的婚姻觀，在那個講貞節、講究婚姻是「終身大事」的社會中，就再出格不過了。俠女不肯接受顧生的求婚，卻跟顧生幽會，替他生兒子，而且對顧生說：「枕席焉，提汲焉，非婦伊何也？業夫婦矣，何必復言嫁娶乎？」俠女說自己給顧生料理家務，同床共枕並生育後代，已經是實際的夫婦，何必再要求表面夫婦形式？像這樣只要求婚姻實質，不講表面禮法和名份，不能不算是極其解放的思想，在其他古代小說裏幾乎找不到。

【所遇匪人：竇氏和雲翠仙】

女性遇到負心漢，是常有的事。聊齋裏邊也有不少這樣的女性，她們怎麼對待自己的不幸？竇氏是個很典型的例子。

惡霸南三復外出時遇雨，到一戶農家躲避。村裏的人都知道他是個惡霸，竇老頭小心翼翼地給他倒茶，招待他吃飯。南三復看到竇家有個漂亮少女，有事沒有事總往竇家跑，有一天趁著竇老頭不在家拉住竇氏動手動腳。竇氏堅決拒絕，說：我雖然窮，是要正正經經嫁人的，你憑什麼仗勢欺人？南三復花言巧語，說：你跟我相好，我肯定不娶別人。竇氏讓南三復發誓，南三復就對天發誓。竇氏被騙失身後，懇求南三復快來迎娶，可是蛇蠍心腸的南三復想的卻是：一個貧窮的農家女，玩玩可以，哪是結婚的對象？恰好有人給他說媒，南三復聽到對方是個大戶人家小姐，長得很漂亮，就訂了婚，而且再也不到竇家了。

竇氏

不久，竇氏生下個兒子。竇老頭拷打她，她把南三復的事告訴父親。竇老頭問南三復，南三復堅決不承認。竇女抱著孩子找到南三復門上，南三復連大門都不讓進。竇氏讓看門的替她求南三復：你就是不管我，難道也不管你的親生兒子嗎？無人性的南三復仍然不讓進門。竇氏哭了半夜，抱著兒子凍僵在南家門口。

竇老頭到官府告南三復，南三復用一千兩銀子行賄，官府不管不問。眼看竇氏要冤沉海底，竇氏的鬼魂出現了。她抱著兒子托夢給那個富家小姐的父親：你不要把女兒嫁給那個負心漢，你如果那樣做，我就殺了你的女兒。大戶貪圖南三復有錢，還是把女兒嫁過來。新人很漂亮但總是淚汪汪的。婚後幾天，大戶來看女兒，發現女兒吊死在後花園了。他隨南三復進房間，卻看到一個女人，就問：「你這房間裏的女人是誰？」卻不料那個女人一下子仆倒死了，原來是竇氏。按照當時法律規定，「開棺見屍」要判死罪。竇翁告南三復開棺盜竊竇氏屍體。官府再受賄，南三復又逍遙法外。在跟金錢的較量中，竇翁和竇氏的鬼魂敗下陣來。但是南三復也敗落了，好幾年沒人敢把女兒許給他，只好從一百里之外聘了曹進士的女兒。竇氏冒充曹家送親者進入南三復家，把姚舉人女兒的屍體放到南三復的床上。有錢有勢的姚家去告狀，南三復被判殺頭。竇氏因為幼稚上了壞人的當，變成鬼魂後，逐步看透了南三復背後的強梁社會。南三復兩次因為開棺見屍成為被告，為什麼第一次能蒙混過關，第二次就得殺頭？因為兩次屍體的地位不同。第一次是貧女竇氏，第二次是姚舉人的女兒。南三復終於被判罪，官府認為是他讓姚舉人女兒的屍體一絲不掛躺在床上。竇氏的鬼魂成熟了。竇氏這個被污辱、被損害的剛強少女給大家留下很深的印象。

俗話說：男怕挑錯行，女怕嫁錯郎。如果遇到這種事怎麼辦？雲翠仙展開了跟命運的抗爭。

梁有才是個貧窮懶惰的無賴，他登泰山時，看到跪香的人裏有個漂亮少女，就假做跪香跪累了，到女郎的腳上捏了一把。芙蓉花一樣美麗的雲翠仙豈能看上梁有才這樣的骯髒角色？馬上「膝行而遠之」，趕緊用膝蓋走路，離開他。梁有才臉皮卻厚得很，碰了釘子，窮追不捨，「膝行而近之」，跪著跟過去，又在少女的腳上捏了一把。雲翠仙乾脆出門離開他。沒想到梁有才貼上了雲翠仙的母親，雇上轎子抬著雲老太太，幾句甜言蜜語，雲翠仙母親對他產生了好感，輕率地把女兒許給他。雲翠仙堅決不同意，說那傢伙不是個好東西。但雲母顯然不講「父母之命」的鄭重嚴肅，只講父母之命的主觀隨意，輕率地把女兒許配給梁有才。雲翠仙只好服從母親的決定。

梁有才騙娶雲翠仙後，狐狸尾巴立刻露出來，整天賭錢喝酒。他的狐朋狗友發現雲翠仙很漂亮，給他出主意，讓他把雲翠仙賣了，而且告訴他，賣到妓院可以得不少錢。梁有才很想把妻子賣進妓院又不能明講，就在家中叫喚「貧不可度」，拍桌子，打板凳，扔碗筷，罵丫鬟。雲翠仙懷疑他肯定沒安好心，就故意買了酒來跟梁有才喝，用言語試探，看他打什麼主意。雲翠仙開頭說：家裏這麼窮，把丫鬟賣了吧。梁有才回答：丫鬟能賣幾個錢！雲翠仙明白了，梁有才不是不想賣丫鬟，只是丫鬟值不了幾個錢。更值錢的是誰？當然是雲翠仙本人。雲翠仙用「不如以妾鬻貴家」的話試探，正中梁有才下懷，但他很狡猾，擔心雲翠仙不是眞心，就故作驚歎：「何得至此！」雲翠仙越發堅持要賣自己，梁有才果然上鉤，說：「容再計之。」也就是說，可以討論如何賣掉妻子、以及到底可以賣多少錢的問題了。雲翠仙用話套話踩住了豺鼠子的尾巴。

雲翠仙

實際上，雲翠仙對如何掙脫不幸婚姻的牢籠早有打算。第一，她母親送她兩錠黃金，她藏著不讓梁有才發現，以便觀察梁有才沒有妻財可用時，能不能像個眞正的男子漢承擔養家義務？第二，雲翠仙從不回娘家，不讓梁有才知道岳父家非常有錢。像梁有才那樣的無賴，一旦知道岳父家有錢，必然會千方百計榨取岳家財富。雲翠仙在不公平命運面前，忍辱負重，審時度勢，想辦法改變自己的命運。一位深閨弱女，實在難得。接著，雲翠仙略施小技，騙梁有才跟她回家，她說過去她的娘家擔心女婿窮，不來往，現在翠仙與貧婿斷絕，可以回娘家了。讓一個打算賣妻子的人跟著妻子回娘家，這是多難辦的事？雲翠仙居然迎刃而解！利令智昏的梁有才果然上當了，跟雲翠仙回到娘家。翠仙痛罵梁有才是「豺鼠子」，雲家的人要跟梁有才算賬。梁有才這才發現原來岳父家樓房成片，奴僕成群。突然，雲家的瓊樓玉閣全部消失，梁有才被吊在峭壁之上，面向萬丈深淵……一直以民間普通弱女出現的雲翠仙，原來是女仙。無數的女性因爲所嫁匪人而永遠處於痛苦中，蒲松齡讓受害弱女的不幸在仙女幻想中得到補償。

蓮香

【光怪陸離雙美圖】

因爲蒲松齡根深蒂固的封建觀念，也因爲封建社會廣泛的實際存在，聊齋愛情故事有個非常奇特的角落——光怪陸離的雙美圖。《蓮香》、《青鳳》、《巧娘》、《青梅》、《小謝》、《陳雲棲》、《阿英》、《嫦娥》、《竹青》、《寄生》、《蕭七》、《房文淑》……或者寫「二美一夫」，或者寫男子家有妻外有室（或情人）。一般情況下，「二美」和諧、友好，全心全意讓男人享受到嫡庶和美、多子多福的幸福生活。

《嫦娥》裏的宗子美娶仙女嫦娥爲妻，納狐女顛當爲妾。一妻一妾非但不互相嫉妒，反而整天跟宗子美嬉戲，似乎生活在化妝舞會中。宗子美以未見古代美人爲憾，嫦娥執古代美人圖細細觀察後，「對鏡修妝，效飛燕舞風，又學楊妃帶醉。長短肥瘦，隨時變更；風情態度，對卷逼眞」。嫦娥可以學歷代美女，顛當又能凝妝作嫦娥姿態，引得宗子美擁抱並喊「嫦娥」。顛當還頑皮地扮龍女侍觀音，「嫦娥每趺坐，眸含若瞑。顛當悄以玉瓶插柳，置几上；自乃垂髮合掌，侍立其側」。宗子美娶了一妻一妾，這一妻一妾又變盡法術讓他「享受」歷朝歷代美女，何等愜意的男人幻想！

《蕭七》寫徐繼長邂逅一美人，美人相約跟他回家，徐回家告訴妻子，妻子「戲爲除館」迎新人。新娘（實際是新妾）進門後說姐姐妹妹們想來看看，徐妻又「爲職庖人之守」，熱情招待一番。徐妻一點兒也不妒嫉，反而對丈夫和蕭七持縱容態度。蕭七也很「自覺」，主動搶家務活幹，讓嫡妻好好休息。

即使在非常優秀的聊齋愛情故事裏，我們也可以看到這類「效英皇」的畫蛇添足：《連城》裏的連城和喬生，爲了眞情可以共生，可以共死，篇末兩人雙雙復活，偏偏莫名其妙跟上一個「淚睫慘黛」、「意態憐人」的賓娘。實在摸不透蒲松齡老頭兒如何想的，難道因爲喬生忠於愛情，就多「賞」他一個美人兒？王桂庵忠於愛情，芸娘寧死不做妾，他們的兒子寄生倒「青出於藍而勝於藍」，同時娶了兩個美女。作者意圖是想把兒子的戀情寫得更高於父親，但眞理往前多走一步就成了謬誤，《寄生》雖然故事曲折生動，人物卻較《王桂庵》遜色多矣。

性愛是排他的，聊齋故事也反映這排他性。《蓮香》寫兩個女人之間露骨的嫉妒，李女極力反對桑生同蓮香親近，蓮香挖苦李女「醋娘子要食楊梅」。《張鴻漸》裏狐女舜華說：「妾有褊心，於妾，願君之不忘；於人，願君之忘之也。」那麼，如何維持這本來互相排斥的「雙美」心甘情願「共一夫」？蒲松齡經常乞靈於二女的友誼，侍女青梅和小姐阿喜本來是關係親密的主僕，早就都鍾情於貧窮的張生；陳雲棲和白雲眠本是同一道觀的「女冠」，早就希望將來可以共侍一夫；蓮香和李女經過重生產生了深深的依戀。……顯然，「娥皇女英」是蒲松齡的重要思想支柱。但例外總是存在的。《青梅》和《房文淑》裏的狐女就堅決不接受侍妾的地位，決絕地把孩子丟給丈夫說：絕不做仰大婦鼻息的老媽子。

《聊齋志異》作爲一部古典文學的經典作品，之所以能夠長久地保持藝術魅力，就是因爲蒲松齡不僅是個寫愛情故事的高手，而且是女性描寫的鐵筆聖手，他能寫他人沒有寫過也寫不出來的人物。《聊齋志異》這些愛情故事的女主角，追求愛情，追求心靈自由，更追求眞善美，追求獨立人格。她們的人生，是美麗人生。她們不僅給古代文學人物畫廊增添了一道道亮麗的風景，而且能讓現代人從她們的不同尋常的人生中，得到道德教益和啓迪。

蕭七

在愛情婚姻家庭生活中，聊齋女性呈現出前所未有的豐富性和多樣性。在社會生活中，她們的聰明才智也大放光芒：她們在跟惡勢力鬥爭時，機智勇敢，談笑之間卻敵兵；她們的處事才能、文才、治國才能也讓庸碌的男人望塵莫及；隨著時代的發展，她們還成爲商品經濟中的弄潮兒。

【復仇女神】

社會黑暗，惡勢力猖狂，即使堂堂五尺男兒有時也會一籌莫展，柔弱的聊齋女性卻能在家庭和個人危難的關鍵時刻，以冷靜的思考，果敢的行動，給惡勢力致命一擊，像復仇女神，讓正義得到伸張。比如《商三官》。商三官已經訂婚將要完婚時，父親被惡霸殺害，哥哥向官府告狀，一年多審不出結果。女婿家要求迎娶，母親答應了，商三官卻對女婿家的人說：父親屍骨未寒，你們就要求舉行婚禮，難道你們沒有父母嗎？柔中帶剛，有理、有利、有節，禮貌而堅決地拒絕了女婿家的要求。接著，哥哥告狀失敗，打算把父親的屍骨留到家裏做告狀根據，商三官對哥哥說：殺了人都不管，官場到底黑暗到什麼程度就知道了，難道你們以爲老天爺會專門爲你們兄弟生出個鐵面無私的包公老爺嗎？聊齋點評家但明倫點評這一段說：「其才其識，足愧鬚眉。」商三官說這番話時，已經胸有成竹，放棄對官府的幻想，讓父親入土爲安，親手給父親報仇。

此後，商三官女扮男裝進入演藝小班子。戲班去給殺害父親的惡霸慶壽，她殷勤地勸酒，笑容可掬地侍奉惡霸。惡霸喜歡上了她，把她認作孌童，留下同床共寢。商三官沉著冷靜地給惡霸掃床，脫鞋，服侍得無微不至。惡霸跟她說下流話，她只是微微一笑。惡霸更加迷惑，毫不防備，把僕人都打發走，只留下女扮男裝的商三官，結果，被商三官身首兩斷，死了還不知道死在哪個手裏。

商三官

蒲松齡把商三官叫做「女豫讓」。豫讓是春秋戰國時期的著名刺客，他有句名言：「士爲知己者死，女爲悅己者容。」蒲松齡自豪地說：「三官之爲人，即蕭蕭易水，亦將羞而不流，況碌碌與世沉浮者耶！」大名鼎鼎的荊軻唱著「風蕭蕭兮易水寒，壯士一去兮不復還」的豪邁之歌刺殺秦王，卻沒有完成任務，他都應該在商三官面前感到羞愧，何況碌碌無爲的男人呢？

庚娘是太守的女兒，嫁給世家子弟金大用爲妻。遇到戰亂，金大用帶著父母和妻子逃亡，路上遇到一個也帶著妻子逃難的，自稱王十八，願意給金大用領路，金大用就跟王十八同行。

到了船上，庚娘告誡金大用，不要跟此人一起走，他總是盯著我看，眼珠亂轉，臉上一會兒紅，一會兒白，我看他不懷好意。金大用信口答應，覺得不會有什麼事。他們一起雇了條大船，庚娘發現王十八跟船家很熟悉，格外留心。夜裏，船開到河面很寬的地方，王十八邀請金家父子出來看月亮。金大用一出來，就被王十八推下水，金家兩位老人也被船家打下水。庚娘看到全家人落水，一點兒不驚慌，故意在船艙裏哭：公公婆婆都沒了，我到哪兒去呀？王十八說：跟我回家，我家有房有地，保證讓你衣食無憂。庚娘明白，殺人越貨的傢伙是對著自己來的，立即擦乾眼淚，表示很滿意。在船上時，庚娘巧妙地躲過了王十八的糾纏。他們回到金陵，王十八又想動手動腳，庚娘故意騙他：三十多歲的男人還不知道男女間的那點兒事？窮人辦喜事還得喝酒呢。庚娘把王十八灌醉殺掉，跳進池塘自殺。

她預先寫好信，讓大家知道她的冤情和報仇因由，於是眾人捐了一百多兩銀子埋葬她。有幾個惡少年看到庚娘陪葬品豐富，掘開棺材，發現庚娘還活著，目瞪口呆。聰明的庚娘馬上說：幸虧你們來了，讓我重見天日，我的

庚娘

首飾金錢你們都拿走，再把我賣到尼姑庵裏。這些賊就把庚娘送到一位有錢的寡婦家，最後和死裏逃生的丈夫團圓。

庚娘兩次面臨生死考驗，沉著冷靜，像大將臨陣殺敵，既保住了自己的清白，又報了仇。正如蒲松齡所指出的，在大變故面前，被淫亂的女性可以活著，貞節的女性只能死，像庚娘這樣談笑不驚，親手殺死仇人，千古轟轟烈烈的大丈夫裏邊，有幾個能比？誰說女子不能跟英武剛烈的男人並駕齊驅呢？

小翠

【玩政敵於股掌之上】

王太常官居侍御，王給諫跟他住在同一個巷子，二人一向不和，恰好遇到三年一次考察官吏的時機，王給諫妒嫉王侍御掌握著河南道巡查御史大權，想找機會中傷他。王侍御明明知道王給諫的陰謀，就是想不出應付的辦法。沒想到他的兒媳婦小翠卻像奇兵從天而降，接連辦了兩件看似十分荒唐的事，卻幫了王侍御大忙，除掉了政敵。

一件是：有一天王太常睡下了，小翠戴上帽子，剪了白絲線貼到嘴上作濃密的鬍鬚，打扮成吏部尚書的樣子，把兩個丫鬟打扮成隨從，把馬牽出來，說要拜訪王先生，跑到王給諫門前，打著馬大聲說：我要訪的是御史王先生，怎麼把我領到做給諫的王先生家了？說完調頭就走。她回到家，守門的人以爲是尚書大人來了，報告王太常。王太常趕緊迎接，才知道是兒媳婦開玩笑。他氣極了，說：人家正找我的錯，她反而製造閨門醜事！沒想到，小翠的惡作劇歪打正著，當時尚書氣焰薰天，小翠扮演得跟他絲毫不差，王給諫以爲吏部尚書眞拜訪了王侍御，他的陷害陰謀只好作罷。小翠玩玩鬧鬧，讓公爹度過了難關。

第二件是：一年後，吏部尚書罷官，王給諫抓住了王太常的一點兒錯，要向他「借」一萬兩銀子，其實就是敲詐。王太常拒絕，王給諫親自登門相威脅。王太常要接待客人，卻找不到官服了。王給諫等的時間長了，很惱火，突然他看到王家的公子穿著皇帝的龍袍被一個女子從房間裏推出來。王給諫先是大驚失色，接著就喜從天降，讓王公子把龍袍和皇冠交給自己，然後抱起來就跑。等王太常出來，他已經跑遠了。王太常嚇得面如土色，說，這下子滅門之禍來了。大罵小翠是禍水。王給諫告發王侍御想造反，交上龍袍和皇冠爲證。皇帝查驗，所謂皇冠是高粱稈插的；所謂龍袍是個破包袱皮兒；再把王侍御的兒子叫來，原來是個傻子。皇帝說：這副德性還想當皇帝？找鄰居調查，都說：王家的傻兒子和瘋媳婦整天胡鬧。皇帝大怒，下令：王給諫充軍。

這就是《小翠》的故事。狐女小翠的母親早年爲躲避雷霆之災，藏到沒做官時的王侍御身邊，爲了報恩就送小翠給王侍御的傻兒子做媳婦。王家擔心小翠嫌棄傻兒子，小翠卻一點兒也不，哄著傻丈夫玩。一會兒，小翠自製一個皮球，穿著小皮靴，踢球爲樂，讓傻丈夫滿頭大汗撿球，甚至一腳把皮球踢到老公公臉上；一會兒，小翠自導自演，把傻丈夫畫得花面似鬼，自己穿著豔服，婆娑做帳下舞，演霸王別姬；或者頭上插著雉尾，手裏彈著琵琶，演昭君出塞，讓傻丈夫扮演沙漠人。玩得令人噴飯。小翠來替母親報恩，嬉鬧之間把公爹的政敵整下去，「報恩」報得八面威風，達官貴人在小翠面前顯得一無是處。

【足愧鬚眉的才女】

顏氏是名士之女，她的父親感歎，我女兒是女學士，可惜不戴帽子（男人才戴帽子）。顏氏父母想給她找個有才能的丈夫，沒找到，父母死了。顏氏獨居，鄰家婦人來看她，用字紙裹著絲線，是某生的信，字很漂亮，顏氏反覆看。鄰婦說：寫信人是翩翩一美少年，介紹給你如何？鄰婦撮合成這段姻緣。

結婚後，顏氏發現丈夫繡花枕頭一包草，學問一塌糊塗。顏氏的丈夫，蒲松齡連名字都懶得給起，叫他個「某生」。

顏氏開頭以爲考不好是因爲丈夫不努力，就像嚴師一樣督促丈夫念書。沒想到丈夫愚鈍之極，苦讀也沒效果。有一次參加考試失敗，回到家嗷嗷哭。顏氏說他：「君非丈夫，負此弁耳。使我易髻而冠，青紫直芥視之！」弁是帽子。意思是：你簡直算不得男子漢大丈夫，辜負了這頂帽子。如果我女扮男裝，考個大官兒，就像撿根草棍那樣容易。丈夫聽了大怒，說：「你沒進過考場，以爲考個功名像你在廚房煮稀飯那麼容易？你如果是男的，恐怕也跟我一樣。」顏氏說：「下次考試，我替你。」

顏氏

這對小夫婦以兄弟的名義回到老家一起參加考試，哥哥落榜，弟弟，實際是妻子，一路綠燈，第一年中順天府第四名舉人，第二年中進士，派做桐城令，政績傑出，升河南道掌印御史，富比王侯。顏氏女扮男裝，把封建重壓下婦女被壓制的才能充分地表現出來：有文才，可以在制藝文上超過男人；有治國才幹，吏治超出男子。顏氏跟花木蘭替父從軍一脈相承。

但蒲松齡的生花妙筆沒有停止在顏氏如何以聰明才智爲女性揚眉吐氣上，而是意味深長地進一步描寫，顏氏後來把功名讓給了丈夫，自己閉門雌伏，也就是老老實實守在閨房。因爲生平不孕，只好自己拿錢給丈夫納妾。她對丈夫說：「凡人置身通顯，則實姬媵以自奉；我宦顏十年，猶一身耳。君何福澤，坐享佳麗？」她的丈夫開玩笑說：「面首三十人，請卿自置耳。」這當然只能是玩笑。山陰公主有男寵，武則天有，但這特權卻不是一般婦女能有的，山陰公主還因此作爲淫婦，千百年被釘在歷史恥辱柱上。顏氏不可能置面首，她的丈夫卻心安理得地納小妾，買丫鬟，傳宗接代。顏氏瞧不起「侍御而夫人」，也就是表面是達官貴人實際比弱女子還軟弱無能的男人。但到了婚姻家庭中，這位才能出眾的女強人不得不敗下陣來，不得不心甘情願地用自己賺的錢給丈夫納妾。在男尊女卑的時代，男女愛情永遠不會眞正平等，這，就是蒲松齡筆下的歷史眞實。在顏氏身上，女扮男裝的傳統形象有了新內涵，更深刻的內涵。

【鏡中美人如師保】

顏氏是因爲丈夫怯懦無能，自己女扮男裝；狐女鳳仙卻像一個嚴格的教師，把丈夫從一個紈袴子弟，變成一個知道讀書上進的人。

劉赤水十五歲做秀才，他父母死得早，於是他少調失教，終日遊蕩，不求上進。因爲一個偶然的機會，他得到一個情人，這情人有點兒「撿」來的意味。劉赤水家的經濟情況只能算中產階層，但他喜歡修飾，他的被褥、床榻都非常精美。有天晚上，他被人請去喝酒，忘記滅燭就匆忙走了。酒過數巡才想起，匆忙返回家中，聽見自己的房裏有人說話，伏在窗邊一瞧，看到一個青年抱著個美人兒睡在他的床上。劉赤水知道兩人是狐狸精，並不害怕，逕直進入房間，訓斥道：我的床，怎麼能容忍你們在這兒酣睡！兩人光著身子倉皇逃走。匆忙中丟下條紫色綢子褲，褲帶上還繫著個小小的針線荷包。劉赤水很喜歡這小荷包，藏在懷裏。不一會兒，一個頭髮蓬亂的丫鬟從門縫擠進來，說：我家大姑說：如果劉公子把東西還給我，我一定送他個好伴侶作爲回報。劉赤水把綢褲和荷包交還丫鬟後，果然在一個夜晚，有兩個人用被子兜著一個女郎進門來，說：送新媳婦來啦！笑嘻嘻地把女郎放到床上就走了。劉赤水近前一看，那女郎睡得沉沉的，還沒有醒，渾身散發著酒香，臉兒紅紅，醉意朦朧，卻漂亮得人世無人可比。他喜歡極了，就抓住女郎的腳，幫她解襪子，把她抱在懷裏，給她脫衣服。女郎睜開眼看到劉赤水，卻四肢不能自主，怨恨地說：八仙這個淫蕩的丫頭把我出賣啦！劉赤水親熱地擁抱她，她嫌劉赤水的身子涼，微笑著說：「今夕何夕，見此涼人！」劉赤水說：「子兮子兮，如此涼人何！」兩人親熱起來。

這就是美麗的狐仙鳳仙的來歷。鳳仙姐妹三人，嫁給三個貧富不同的年輕人。三姐妹給父親慶壽時，二女婿丁某衣帽光鮮，岳父格外高看一眼，親手捧了幾個水果給他，還說是從外國帶來的。鳳仙很不高興地說：女婿豈是可以用貧富來決定愛憎的？她埋怨劉赤水：你是個男子漢大丈夫，你不能讓床頭人揚眉吐氣嗎？黃金屋就在書本裏邊，希望你好自爲之！拿出一面鏡子給劉赤水，說：你如果想見我，就得到書本裏邊找。否則的話，永遠沒有見面的機會啦。劉赤水回到家，看看那鏡子，鳳仙背對著他站在裏邊，好像離他百步之遙。他謝絕了所有的賓客，閉門專心攻讀。有一天，他忽然看到鏡子裏邊的鳳仙現出了正面，滿面笑容。過了一個多月，劉赤水上進的意志漸漸減退，到處遊玩，他再看那面鏡子時，鏡子裏邊的鳳仙好像馬上要哭起來了。第二天，鏡中乾脆拿背對著他了。劉赤水這才知道，鏡中鳳仙的變化都是因爲自己不好好讀書的緣故。他關上門讀了一個多月，鏡子裏的鳳仙又和他正面相對了。劉赤水把鏡子懸在自己的書房，就好像對著嚴厲的師傅。這樣讀了兩年，劉赤水考上舉人。

我過去給研究生、留學生講《鳳仙》時總是說：你們看，科舉制度對社會的毒害達到什麼程度？連閨閣裏的人都如此利欲薰心！現在，我們換個角度來看這個傳統故事，《鳳仙》之所以受到那麼多讀者喜愛，恐怕不只因爲它從某個方面揭露了科舉制度，還因爲它有其他內涵：一個沒有上進心的男人在妻子的督促下有了上進心，不是很好嗎？

鳳仙

《鳳仙》是個很有哲理意味的故事，也是最早傳到西方的聊齋故事。二十世紀美國著名的「少男少女叢書」一直收錄，同時收進的還有《種梨》，印了近百版，作者卻成了曾到過中國的美國人弗朗西斯·卡彭特，媒體曾多次報導。

【救夫君於水火之中】

蒲松齡非常鍾愛聊齋人物張鴻漸，用張的經歷先寫了聊齋故事，後改成俚曲《富貴神仙》，最後又改成長達十萬言的《磨難曲》。

張鴻漸是「名士」，老實而怯懦，眞誠而迂腐，既不能鐵肩擔道義，更不能運籌帷幄。他是男子漢，卻總得益於兩個女人：美而賢的妻子方氏，美而慧的狐妻舜華。

盧龍縣貪暴縣令趙某打死范生，同學共忿，打算向巡撫衙門告狀。可是，天下烏鴉一般黑，官官相護，巡撫只會比縣令更貪暴，豈能爲黎民伸冤？如此簡單的道理，秀才們包括名士張鴻漸都看不透，一位閨中弱女卻洞若觀火。妻子方氏對張鴻漸諫曰：「大凡秀才作事，可以共勝，而不可以共敗：勝則人人貪天功，一敗則紛然瓦解，不能成聚。今勢力世界，曲直難以理定；君又孤，脫有翻覆，急難者誰也！」深閨弱女對秀才群體有深刻觀察和針針見血的分析，對黑暗時勢有清醒認識和合理預測。張鴻漸明明知道妻子說的都對，卻抹不開面子，寫了狀子。大僚得趙某巨金，黑白馬上顚倒，「諸生坐結黨被收，又追捉刀人」。張鴻漸只好棄家外逃。

當他眼看要在曠野面對虎狼時，遇到了命中第二個福星——狐女舜華。張鴻漸跟妻子相處時，處於主動地位的是方氏；和舜華相處，處於操縱地位的是舜華。在舜華的幫助下，張鴻漸好不容易回到家，與日思夜

張鴻漸

想的愛妻「執臂欷歔」，門外卻有對方氏不懷好意的惡徒虎視眈眈。無恥之徒竟當丈夫之面「狎逼」妻子，一直對惡勢力惹不起躲得起的張鴻漸，手無縛雞之力的秀才張鴻漸，怒目拔刀，手刃惡徒。方氏當即表示：「事已至此，罪益加重。君速逃，妾請任其辜。」這位令鬚眉汗顏的巾幗豪傑，膽識過人亦思謀過人。方氏承擔殺惡徒的罪名，當然出於對丈夫的深愛，但代丈夫認罪或許又出於「兩害之間取其小」的考慮：張鴻漸是欽犯，再犯殺人罪，萬不能赦；深閨弱女殺惡徒卻有可能以自衛之名減罪。不管出於何種考慮，一個平時只知道相夫教子、飛針走線的少婦，危難時刻不懼怕，不驚慌，剛毅冷靜，沉著果斷，有指揮若定的大將風度，有敢做敢當的強人氣勢，不啻於家庭頂樑柱、主心骨。十年後，逃亡在外的張鴻漸再次返家，兒子已經方氏調教成材，進京求取將要成家庭護身符的功名了。

張鴻漸自首，被押送京城遇舜華，舜華像天才演員，煞有介事，將兩個貪財公差玩弄於股掌之上。她叫張鴻漸「表兄」，故意問他：「何至此？」好像根本不知張鴻漸的遭遇。她針對公差愛財之心，以金錢爲誘，邀公差去「寒舍」，把二差灌醉，將張鴻漸救出。張鴻漸兩次逃亡脫難，全賴狐女舜華。舜華在張鴻漸落難時，給他一個溫暖的家；在張鴻漸思念妻子時，大度地送他回家；在張鴻漸落入惡官之手、面臨死亡時，及時雨般救出他。舜華一次次幫助張鴻漸度過困境，卻沒有名分之類要求。吳組緗教授題詩曰：「巾幗英雄志亦奇，扶危濟困自堅持。舜華紅玉房文淑，肝膽照人那有私。」

《堪輿》則寫了一個女人見識高於男子的小故事：宋侍郎死了，他的兩個兒子都想借著替父親找好風水以求後世的功名，「此言封侯，彼言拜相」，靈柩抬到歧路，兄弟二人爭來爭去，「鳩工構廬，以蔽風雨」，結果建成了一個村子，兄弟二人也在爭執的歲月中死去……宋侍郎的兩個兒子爲了自己子孫的富貴，竟將父柩委置路旁，連生身父親入土爲安都做不到，怎麼可能借助一塊墓地保佑兒孫？兄弟相爭到建舍，舍連成村，更近於笑話。兄弟二人死後，宋氏妯娌當機立斷，快速營葬，見識超人，是蒲松齡謳歌的對象，也是對「女子無才便是德」的嘲弄。

堪輿

【口吐蓮花妙女郎】

諸葛亮舌戰群儒是《三國演義》的著名章節，諸葛亮過江，想說服孫權共同抗曹，東吳一幫主降的文官想干擾諸葛亮，「圍攻」諸葛亮，提出各種難題，諸葛亮談笑之間把他們批駁得體無完膚。聊齋也有個舌戰群儒的角色——《狐諧》中的狐女。如果說諸葛亮面對的是博學多才的東吳諸文臣，那麼狐女面對的就是雄視弱女的眾書生。她口吐蓮花，把那些想捉弄她的儒生捉弄得非常尷尬，顯示出女性過人的才智。

狐女是萬福的情人。一幫朋友知道萬福有個狐仙情人，想見她，狐女不肯見，於是，不露面的狐女跟幾位自以爲是的書生開始一次一次妙趣橫生的唇槍舌箭。狐女才思敏銳、口若懸河，拿她開玩笑的眾書生一次次被她開了玩笑，灰溜溜地敗下陣來。

狐女舌戰群儒，主要以姓名開玩笑。

萬福的客人求見狐女容顏。萬福告訴了狐女，狐女對客人說：「見我做什麼？我也是普通的人哪。」客人們聽到她的聲音，卻連個人影都沒有。客人孫得言善於開玩笑，求狐女露面：「得聽嬌音，魂魄飛越；何吝容華，徒使人聞聲相思？」狐女回答：「賢哉孫子！欲爲高曾祖母作行樂圖耶？」孫得言說「聞聲相思」，對朋友的情人很不敬，狐姬用孫得言的姓，把他說成是「賢孫子」，說他想見自己，目的是給高曾祖母畫行樂圖。這樣一來，帶著狎玩態度拿狐姬開玩笑的孫得言立即矮了四輩。接著狐女故意講個關於狐狸的故事：一個客人聽說某客店有狐狸，結果卻看到一幫老鼠，客人說：我現在看見的，細細的，小小的，不是狐狸的兒子，準定是狐狸的孫子！再次用「孫子」拿孫得言開涮。

狐諧

不久，萬福大擺酒席，舉行宴會，孫得言和另外兩位客人分坐在兩旁，在上首安了個座位請狐女坐。客人又拿狐姬開玩笑，狐姬就拿狐字的寫法兩次還擊，她說「狐」字「右邊是一大瓜（妓女的俗稱），左邊是一小犬」，用拆字法拿坐在兩邊的客人開心，說他們是妓，是犬。孫得言輕薄之性屢教不改，又戲耍萬福，說：有個對聯請您對一對：「妓者出門訪情人，來時『萬福』，去時『萬福』。」用「萬福」名字形容妓女行禮的動作，調侃狐女爲妓，在座所有人都想不出如何能對得妥帖。狐女笑道：我有啦：「龍王下詔求直諫，鱉也『得言』，龜也『得言』。」把孫得言罵爲鱉和龜。孫得言拿萬福的名字開玩笑，狐女不假思索，還以顏色，還得對景，還得機智。在座所有的人笑得前仰後合，樂不可支。

《狐諧》主要譏罵對象姓孫，據無名氏評：「《狐諧》似注意孫姓，但不知何人為翁所惡耳。」在蒲松齡一生中，與孫姓交往最多的是孫蕙。蒲松齡早年曾在孫蕙任上做幕賓，中年以後二人交情漸漸變淡。孫蕙後來做了給諫，是言官。孫蕙做給諫後，他的家人在家鄉橫行不法，眾人敢怒不敢言，只有蒲松齡拍案而起，寫了《上孫給諫書》，揭露孫姓族人的不法，孫蕙當時還表現出一點兒雅量。從小說人物的命名上可以推測，此文就是針對做了諫官的孫蕙而寫，「孫得言」者，姓孫的諫官（孫給諫）也，卻偏偏「鱉也得言，龜也得言」。由此可以斷定：蒲松齡晚年與孫蕙已堪稱「交惡」了。《狐諧》這個有趣的故事雖然帶有一定個人攻擊色彩，卻表現了封建時代女性難得的才智。

田七郎

《狐諧》集中描寫女性傑出的語言才能，其實聊齋「剛口」女性大有人在。不管有沒有學問，不管年齡大小，不管什麼社會階層，她們常常在應對難題時妙語如珠，令男人刮目相看，試看幾例：

《田七郎》寫富貴人物武承休因為得到神人提示，知道田七郎將來會拯救自己於危難之中，就極力接近田七郎。田七郎的母親卻知道，窮人跟富人交朋友的結果很可能要付出性命代價，田母通過相面，知道武承休很快要倒楣，所以極力阻止兒子跟武承休接近。當武承休找到門上時，田母龍鍾而至，厲色對武承休說：「老身止此兒，不欲令事貴客！」話說得乾淨俐落，毫無通融餘地，想借交窮朋友維護自己安全的富人武承休，在深沉老練的鄉村老太太面前非常尷尬。

《汾州狐》裏朱公所在的官府多狐，朱公夜坐，有女子往來燈下。開始朱公以爲是家人，沒在意；後來發現容光豔絕的女人並非家人，知是狐仙，心裏卻喜歡，就大聲說：「過來！」那女子停下腳步笑道：「厲聲加人，誰是汝婢媼耶？」狐女並不拒絕朱公的「愛好」，但以頑皮的口氣批評，我可不是你可以隨便呼來喝去的丫頭老媽子。

《綠衣女》裏于生夜讀，綠衣長裙的少女來相伴。于生知道她是異類，一再追問她的來歷。綠衣女回答：「您看我這個模樣不像是能吃人的，還用得著一再追根究底地問嗎？」綠衣女對于生親熱而不輕佻，謝絕于生的詰問十分委婉。

《呂無病》裏孫公子夜讀，來了個「微黑多麻」的女子呂無病。孫公子對深夜來訪的醜女不感興趣，但醜女幾句話一說，驟然改變了孫公子以貌取人的態度。呂無病開口說：「慕公子世家名士，願爲康成文婢。」鄭康成是大學問家，丫鬟都懂詩，一丫鬟被罰跪，另一丫鬟問：「胡爲乎泥中？」答

呂無病

曰：「薄言往訴，逢彼之怒。」是有名的典故。呂無病一個「康成文婢」用典，慧心妙舌，顯露文才。孫公子的印象有改變，但仍嫌她醜，就用「輿聘之（抬轎禮聘）」敷衍她。呂無病說，知道自己長得不漂亮，哪敢指望公子明媒正娶？「聊備案前驅使，當不至倒捧冊卷」。一句「倒捧冊卷」很貼合她要求的「康成文婢」身分。當孫公子說納婢需吉日時，呂無病馬上取出黃曆，自己看過後，對孫公子笑道：「今日河魁不曾在房。」這是一句特別傳神的話。據《荊湖近事》，李戴仁性情迂腐，連跟妻子同房都得看黃曆。有一天晚上，他年輕的妻子主動來找他，他說：「河魁在房，不宜行事。」把妻子氣跑了。呂無病用這個典故跟孫公子開玩笑，說明她知識豐富，也說明她對孫公子有情，但她的情，是通過彬彬有禮的語言，有著相當文學修養的語言表現出來的，表達得曲折、含蓄、溫婉，情致盎然而絕不輕佻。

在聊齋口角鋒利的女性中，《仙人島》芳雲姐妹離經叛道的言論最不同尋常。如果說聊齋某些女性如《狐諧》妙語如珠的狐女是用過人口才向男性提出挑戰，芳雲和綠雲卻涉入了本來只屬於男性的天地，對封建文化的柱石——儒家經典，隨意調侃、歪曲。

《仙人島》寫以中原才子自居的王勉來到仙人島上，炫耀自己的「闈墨」，卻受到島上仙女芳雲、綠雲嘲笑。兩個仙女不僅嘲笑夜郎自大的王勉，還乾脆嘲笑、歪曲儒家經典：其一，王勉說自己參加考試考了個「孝哉閔子騫」，此話見於《論語．先進》：「孝哉閔子騫，人不間於其父母昆弟之言。」綠雲公然說這話錯了，根據是普通常識，人與人之間稱呼字，應該是地位低的人稱呼地位高的，「聖人無字門人者」；其二，芳雲跟王勉結婚後，王還惦記著曾經從海裏把他救出來的丫鬟明璫，芳雲不同意王勉接近明璫，王勉就用孟子著名的「獨樂樂」爲自己辯解。芳雲回答：「我言君不通，今益驗矣。句讀尙不知耶？『獨要，乃樂於人要：問樂，孰要乎？曰：不。』」芳雲故意用錯的這段話出自《孟子．梁惠王》下：「孟子曰：『獨樂樂，與人樂樂，孰樂？『曰：『不若與人。』』王勉借用孟子「與人同樂」本意請求跟丫環明璫歡會，芳雲故意竄改《孟子》，不同意王勉跟丫環私通，儒家經典被歪曲成夫婦間調情話語，頗爲不恭。其三，王勉因與丫環偷情「前陰盡縮」，「數日不瘳，憂悶寡歡。芳雲知其意，亦不問訊，但凝視之，秋水盈盈，朗若曙星。王曰：『卿所謂胸中正，則眸子瞭焉。』芳雲笑曰：『卿所謂胸中不正，則瞭子眸焉。』蓋『沒有』之『沒』俗讀似『眸』，故以此戲之也。」「胸中正」之語出自《孟子．離婁》：「存乎人者，莫良於眸子。眸子不能掩其惡。胸中正，則眸子瞭焉；胸中不正，則眸子眊焉。」意思是：觀察一個人的好壞可以從其眼睛來判斷，心胸坦蕩的人，眼睛是明亮的；心胸不正的人，眼睛是昏暗的。「瞭」爲眼睛明亮狀，「眊」爲眼睛失神狀。按山東方言，「瞭子」是男性生殖器的諧音，「眸」字讀作「沒」字，芳雲說王勉「胸中不正，則瞭子眸焉」，諧指他「前陰盡縮」，生殖器沒了，儒家經典給竄改成夫婦閨房床幃密語，實在大不敬。其四，王勉因偷情前陰盡縮，芳雲居然如此爲他治療：「乃探衣而咒曰：『黃鳥黃鳥，無止於楚。』王不覺大笑，笑已而瘳。」「黃鳥」語出《詩經》，《詩經》是聖人編定的經書之一，也給芳雲隨意亂用，用詩中「黃鳥」借指男性生殖器，用樹名「楚」代替疼楚。芳雲、綠雲兩位世外少女以文爲

仙人島

戲，跟經典唱反調，不僅表現出令人絕倒的口才，還形成叛逆女性特有的風采和韻味。

《聊齋志異》把中國古代婦女特有的處境、遭遇、氣質寫活了，成功創作一批才智過人的女性形象，是蒲松齡對小說史的重要貢獻。《聊齋志異》這些風姿綽約、八面生風的女性，不僅有動人的故事，有獨特的個性，還成為某個思想符號的代表，某個可貴精神的象徵，某類珍貴情感的形象化。《紅樓夢》用長篇小說的藝術形式創造了數十位個性鮮明的女性形象，《聊齋志異》用短篇小說形式創造了幾十個成功女性形象，是中國古代小說人物畫廊的空前收穫。

康熙十八年也就是西元一六七九年，《聊齋志異》初步成書，蒲松齡寫了《聊齋自誌》，他說：「才非干寶，雅愛搜神。」搜神是志怪小說的主要特點。「才非干寶，雅愛搜神」八個字，恰好說明志怪小說從雛形走向成熟和頂峰的歷史過程。

干寶是東晉歷史學家，他的《搜神記》是志怪小說，因此干寶被叫作「鬼之董狐」，給鬼寫歷史的人。干寶的《搜神記》和據說陶淵明所作的《搜神後記》，張華的《博物志》，劉義慶的《幽明錄》，王嘉的《拾遺記》，這些六朝小說，以及早於他們的魏文帝曹丕的《列異傳》等大約三十多部小說，是志怪小說童年期的作品。經過唐傳奇的發展繁盛，到了魯迅先生稱爲「擬晉唐小說」，就是按照魏晉小說和唐傳奇的路子創作的《聊齋志異》，志怪小說達到頂峰。所謂「志異」，包括志怪和傳奇，更有魯迅先生所說的以傳奇法而以志怪。《聊齋志異》給古代小說人物畫廊增添了數以百計的成功人物形象，成爲包括白話小說在內的古代短篇小說的藝術高峰，是最有思想內涵和藝術創新特點的小說經典，又雅俗共賞，爲海內外廣大讀者喜聞樂見。

所謂「志怪」，就是寫非常之人，非常之物，非常之事。用現代文藝理論術語來說，就是創造超現實的他界，而且把它們當作現實世界來描寫。這超現實的他界有三：神界和神仙形象、幽冥界和鬼魂形象、妖界和妖魔形象。三界模式是早期志怪家創造的，蒲松齡將其發揮到極致。

【紫氣仙人和凡人俗事】

在古代小說家筆下，仙界存在於天界，存在於海底龍宮，存在於深山洞府，是不老不死的樂園。那裏有奇樹珍果，香花瑤草，美人仙樂，玉液瓊漿，有永遠的享樂和永恆的生命。

古人求仙是感歎人生短暫，企望解脫塵世苦難。早在漢代以前的《山海經》、《穆天子傳》中，小說家就寫神和人的交往。到了六朝小說裏，神仙多而全，可以跟奧林匹亞山上的古希臘眾神媲美，比如有掌管不死之藥的西王母；有長著長長的手指甲，三次見滄海變桑田的麻姑；有吹著玉笛、駕著鳳凰飛向茫茫天空的弄玉。張華《博物志．八月浮槎》寫有人坐著木排到天河遊歷，遇到在天河飲牛的牛郎，這個人回到人間，星相學家說：某年某月某日客星犯牽牛星，正是這個人到天河的日子，雜文家鄧拓把這個故事叫作「中國最

鞏仙

早的航太傳說」。《拾遺記》寫秦始皇好神仙，宛渠國民駕螺舟至，舟形似螺，沉行海底，像現代的核潛艇。在人神交往中，神和人戀愛漸漸成爲主唱，出現了「天仙配」的故事，《搜神記》的《董永妻》和《搜神後記》的《白水素女》，都是著名的仙女和凡人戀愛的故事。大文學家吳均的《續齊諧記》裏的《清溪廟神》，寫神仙和凡人的愛情，創造出「願作鴛鴦不羨仙」的模式，仙女嚮往塵世愛情，跟凡夫俗子結合，成爲仙凡戀愛的模式，歷代作家樂此不疲。

到了《聊齋志異》裏，仙界除了天界、龍宮、深山洞府之外，還經常出現「點化」的仙境，人們不需要尋仙，塵世就是樂土，仙鄉就在現實中。《鞏仙》寫一對相愛男女被有錢有勢者拆散，道士的寬袍大袖變成光明洞徹的房屋，他們在裏邊幽會並生子。蒲松齡詼諧地說，在道士袖子裏既凍不著也餓不著，還沒人催稅，「老於是鄉可矣」。《蕙芳》裏的仙女嫁給青州城裏貧窮的、貨麵爲業的馬二混爲妻，把馬家的茅草房點化成畫梁雕棟的宮殿，把馬二混身上的粗布衣服點化成華美的貂皮裘衣，吃飯時，仙女的侍女拿出從天上帶來的皮口袋一搖，一盤一盤珍饈佳肴，熱氣騰騰地從中拿出來，好像皇帝老兒的御廚房在此。

蕙芳

聊齋仙女有平民色彩，她們跟凡人成親，

養兒育女，爲夫君恪盡職守，追求道德完善，追求眞正幸福，《翩翩》是代表。男主角羅子浮本是個浮浪子弟，他在金陵嫖娼染上一身惡瘡，被妓女趕出來，沿街乞討，渾身惡臭，誰見誰就像躲避瘟疫一樣跑開。他沒臉回家鄉，眼看要變成他鄉餓殍時，在一個山寺遇到個容貌若仙的女子，名叫翩翩。翩翩收留他，讓他住進自己的山洞，用山上的溪水洗浴。羅子浮洗浴後，惡瘡很快結痂脫落。山泉洗惡瘡，這是個很有象徵意味的細節。翩翩剪下芭蕉葉給羅子浮做衣服，羅子浮懷疑，芭蕉葉還能穿？結果，穿到身上變成了

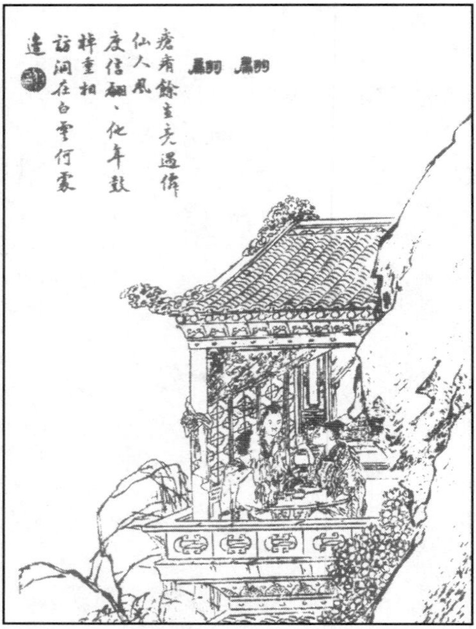

翩翩

綿軟的綢緞。翩翩又把芭蕉葉剪成餅的樣子，說它是餅，果然就是餅；剪成雞和魚的樣子，說它是魚和雞，眞是美味的雞和魚。山澗裏的溪水倒進甕裏，變成總也喝不盡的美酒。羅子浮在白雲悠悠的山洞安頓下來，惡瘡剛好，他就向翩翩求愛。翩翩並不嫌棄他，兩人感情很和美。但是羅子浮好了瘡疤忘了疼，翩翩的女友花城來祝賀新婚，羅子浮見花城長得漂亮，產生邪念，三個人一起喝酒時，他假裝到地上撿東西，捏花城的腳。花城和翩翩都是仙女，對羅子浮的鬼花樣洞若觀火，但都不動聲色，花城像沒事人一樣笑笑，翩翩更是置若罔聞。羅子浮做賊心虛，心神不定。突然，他發現身上冷颼颼的，原來他的衣服都變成了秋葉，他趕緊收斂邪念，秋葉又回復成綿軟的錦衣。這是個帶有哲理性的細節，邪念產生，錦衣變成秋葉；邪念消失，秋

葉變成錦衣，眞是善惡一念間，苦樂自不同。接著兩個仙女對羅子浮來了番善意嘲笑，花城說他行爲很不端正，如果遇到個醋壺娘子，早就氣得跳八丈高了；翩翩說他是薄倖兒，應該讓他凍死。翩翩說完也就算了，並沒有爲難羅子浮。羅子浮在山洞住的時間長了，天冷了，翩翩收下天上的白雲給羅子浮絮成溫暖的棉衣。他們有了兒子，兒子長大後，跟花城的女兒結婚。羅子浮這個浮浪子弟在仙女翩翩的影響下，成了一個有家庭責任心的人。當他歸鄉給叔父養老時，翩翩扣釵而歌給他送行：「我有佳兒，不羨貴官；我有佳婦，不羨綺紈。」翩翩清高淡泊的生活態度教育了羅子浮，成全了羅子浮。

雲蘿公主下凡嫁給書生安大用，她回天宮三天，安大用在人間三年，參加科舉考試得了功名，向回家來的雲蘿報喜。雲蘿很不高興安大用搞這些無用無聊的事情，「無足榮辱，止折人壽數耳。三日不見，入俗幛又深一層矣」。

前人小說裏的觀世音總是手執柳枝，點灑幾滴救命水。到了蒲松齡的《菱角》裏邊，觀世音變成了凡人的母親，在人間吃苦耐勞，親手給兒子做衣服和鞋子，眞正成了跟黎民大眾共甘苦的平民觀音。

前輩作家創造了星漢燦爛的神仙世界，蒲松齡讓紫氣仙人向人間回歸，更切近現實生活，成爲人間男子的道德教化者。

雲蘿公主

先秦典籍《左傳》、《莊子》、《墨子》、《呂氏春秋》早就寫到鬼，前人認爲，人死爲鬼，鬼形成另一個世界——幽冥界。人死爲歸，魂歸泰山，泰山神下邊有若干管理機構。等到佛教傳入中國，佛教化地獄概念和中國傳統鬼故事結合，陰世有了更完整的結構，有形形色色的鬼，有各種各樣的鬼故事。

莊子認爲死亡是對人生苦難的解脫，是快樂，死了妻子鼓盆而歌。隨著時間推移，莊子式對死的達觀逐漸被對死的恐怖代替，人們想像：死是陰冷的，鬼盼望返回人世。早期志怪作品寫男鬼，後來漸漸被女鬼取代。《搜神記·吳王小女》寫吳王夫差女兒紫玉跟平民子弟韓重相戀，夫差不同意，紫玉鬱悶而死。韓重祭墓，紫玉出來邀請韓重進墓，結爲夫妻。韓重拿著紫玉送的明珠見吳王，夫差認爲韓重是盜墓者而且誣衊他的女兒，要治罪。紫玉出現在吳王面前，說明前因後果。吳王夫人聽說，出來擁抱女兒，紫玉像煙似地消失了。從漢魏小說開始，愛情有使死人復活、枯骨再生的力量，成了小說家、戲劇家最常採用的模式。

【奇幻異彩的鬼魂世界】

聊齋女鬼美麗動人，演出了一幕幕纏綿的愛情故事。

喜愛詩歌的少女連瑣十七歲夭折，連續二十年深夜荒郊苦吟「玄夜凄風卻倒吹，流螢惹草復沾幃」，楊于畏給她續上「幽情苦緒何人見，翠袖單寒月上時」，兩人相愛，連瑣復活。

伍秋月的父親懂陰陽，在伍秋月夭折時，立石寫道：「女秋月，葬無塚。三十年，嫁王鼎。」伍秋月在陰冷的地下等待命中注定的情人，等了三十年，王鼎來到，伍秋月重返人間。

小謝和秋容，一對小鬼女，像人世間沒讀過多少書的頑皮少女，先是跟耿生嬉鬧搗蛋，後來在跟黑社會拼搏中建立了深厚情誼，終成眷屬。

聶小倩擺脫惡鬼的控制，跟剛直的書生甯采臣結爲連理，回到人間。

除了演繹人鬼戀之外，聊齋女鬼有比六朝小說更豐富的社會背景和思想內涵。有的外國留學生納悶：都說中國古代封建，可聊齋不少男女見面就上床。我對留學生說，這類故事都有它特別的緣故，《梅女》這個人鬼戀的故事卻寫相愛男女堅決不上床，就是因爲它涉及到更深刻的社會問題，吏治黑暗的問題。

《梅女》寫一個叫封雲亭的人，外出時住到一個房子裏，看到牆上有女人的影子，皺著眉頭，伸著舌頭，脖子上套著繩索，是吊死鬼。這吊死鬼大白天從牆上走下來，請求封雲亭把房樑燒掉，那樣她就可以在泉下得到安寧。封雲亭把看到的情況告訴主人。主人對他說，十年前這房子是梅家故宅，夜裏進來小偷，被梅家的人抓住送到官府。官府審案的典史收了小偷三百銅錢，就說這個深夜逾牆入室的人不是小偷，是梅女的情人。梅女受到極大污辱，氣憤地吊死了，梅家夫婦也相繼死去。封雲亭出錢燒了房樑，梅女來感謝她。封雲亭想跟她諧魚水之歡，被拒絕。梅女說，我如果這樣做，生前被誣陷的罪名就洗不掉了。梅女給封雲亭介紹個鬼妓。後來地方上的典史也來找封雲亭，說他很想念死去的老婆，能不能幫忙在陰世找找她？封雲亭把鬼妓叫來，想讓鬼妓給問一下。鬼妓一到，原來正是典史的妻子！典史拿巨碗砸過去，鬼妓消失，來了陰間妓院的老鴇，對典史破口大罵：你本是浙江一個無賴，拿錢買了個典史小官，

連瑣

梅女

都不知道自己姓什麼了，你做官有什麼清白？哪個人袖筒有三百銅錢，你就當他是你親爹了。你貪贓枉法搞得神怒人怨，你死了的爹娘哀求閻王，情願把媳婦送到陰司的青樓代你還債！梅女出來，用長簪刺典史，典史狼狽而逃，回到寓所一命嗚呼。梅女自殺後已經託生到一個孝廉家做女兒，因爲前世冤情沒得到申雪，梅女的魂靈留在陰世尋找報仇的機會，再世爲人的孝廉女是個整天伸著舌頭的傻女。梅女報仇後，封雲亭娶傻女爲妻。梅女靈魂回歸，傻女成了聰明的美女。

梅女這個愛情故事裏蘊含著深刻的社會內容，三百銅錢一條人命，貪官污吏之惡劣，眞到了令人髮指的程度。現實生活中受冤的平頭百姓只能冤沉海底，不可能向贓官復仇；現實中人不能做的事，鬼做了，痛快淋漓，大快人心。

聊齋鬼故事奇想奔馳，現實生活中異想天開的事，幽冥世界唾手可得。讀書人朱爾旦跟朋友打賭，深夜到十王殿把面目猙獰的判官背出來，而且開玩笑地說：請判官有空時到家裏來玩。判官果然來了，跟朱爾旦成了好朋友。朱爾旦寫文章總寫不好，陸判斷定，這是因爲朱爾旦「心之毛竅塞矣」，趁朱爾旦熟睡的時候剖開他的肚子，一條一條整理，再從陰世千萬顆心中挑了顆聰明的心給他換上，朱爾旦從此下筆千言。他得隴望蜀，要求陸判給自己不夠美麗的妻子換個頭，陸判果然找來個美人頭，趁著朱妻酣睡的功夫，切瓜一樣切下她的腦袋換上。朱爾旦的妻子第二天醒來，發現自己變成了畫中人，只不過脖子上有條淡淡的紅線，臉面跟頸部膚色略有不同。頭顱移植，現代醫學至今不能解決的難題，三百年前在聊齋先生筆下易如反掌。

幽冥世界的社會組織、倫理道德、人和人之間的關係，經常是對現實社會的模仿。人到陰世受審，受罰，打官司，因果報應是陰間律法的中心。善有善報，惡有惡報，不是不報，時候未到。

蒲松齡還天才地把仙鄉和鬼域組合在一起，創造了著名的聊齋故事《羅剎海市》。美男子馬驥棄儒從商泛海來到「大羅剎國」。「羅剎」是梵語的「惡鬼」，成了國名，意味深長。羅剎

聊齋宮《羅剎海市》場景「馬驥泛海」

聊齋宮《羅剎海市》場景「龍宮婚禮」

國以貌取人，以醜為美，越醜官越大，宰相長著三個鼻孔，兩個耳朵都像牲口一樣背生。官位低一點就醜得差一點，長得多少像個人樣的人，窮得吃不上飯。俊美的馬驥在羅刹國成了最醜的人，人們看到他就嚇跑了。當馬驥以煤塗面作張飛時，羅刹國的人驚歎：你原來那麼醜現在這麼漂亮，推薦他做官。馬驥不願意易面目求榮顯，退隱回山村。他跟村民一起去海市，遇到龍宮太子，被帶到龍宮。馬驥大展雄才，一首賦使他文名遍四海，飛黃騰達，做了龍宮駙馬，經常跟美麗賢慧的龍女在龍宮玉樹下詩詞唱和。羅刹國黑石為牆，以醜為美，龍宮晶明耀眼，唯才是舉，兩個截然不同的所在，由馬驥相得益彰地連綴起來，通過同一個人物在不同國度天差地別的遭遇，蒲松齡對黑白顛倒的現實社會發出鋒利的檄文。篇末異史氏曰：「花面逢迎，世情如鬼。嗜痂之癖，舉世一轍。」意思是說：社會上的人都用假面迎合世人，世情像鬼域一般的陰冷。人們都喜歡壞的東西，一個人如果公然以正人君子的面貌在社會出現，不被你嚇得逃走的人，大概就很少見了。蒲松齡把深刻的社會現實巧妙地隱化在荒誕的神鬼狐妖形式之中，產生了強烈的藝術魅力。法國漢學家克羅德・羅阿說：《聊齋志異》是世界上最美的寓言。

【千姿百態的聊齋精靈】

凡是人類之外的動物、植物、器物能變化成人，或者雖然沒變化成人卻能像人一樣說話，跟人交往，就叫妖精。這是妖精的寬泛定義。孫悟空常說：捉個妖精耍子，其實孫悟空也是妖精，猴妖。妖和人的交往是《聊齋志異》的重頭戲。

《山海經》已寫到妖，到晉代張華的《博物志》和干寶的《搜神記》、劉義慶的《幽明錄》，各種各樣的妖出現了：《博物志》寫到蜀山猴玃，也就是猴精搶走民間婦人而且生了孩子，再把孩子送回民間；《玄中記》寫到樹精，蝙蝠精，蛤蟆精。姑獲鳥即鳥精的故事比較有名：姑獲鳥衣毛為鳥，脫毛為女人。有個男人在田間看到幾個美女，把她們的一件毛衣藏起來，其他美女都披上毛衣變鳥飛走了，沒毛衣的女人只好跟他回家做妻子。生了三個女兒後，母親讓女兒去問毛衣藏在什麼地方，這位母親找到毛衣，披上變成鳥兒飛走了，然後拿了三件毛衣給女兒披上，也飛走了；《搜神記》寫張福在湖上遇到一個駕小船的美女，跟這位美女住到一起，把美女的小船繫到自己船後邊，半夜醒來，發現懷中美女原來是一隻揚子鱷，美女的小船是段爛木頭；《幽明錄》有「三魅惑新娘」的故事：蛇傳話，龜做媒人，揚子鱷來做民間少女的新郎。

到了《聊齋志異》，千姿百態的精靈讓人目不暇接。她們常是生活中美麗多情的女性，又總在緊要關頭幻化或揭示出，她們原是大自然某類精靈。

于生深山夜讀，一位綠衣長裙、婉妙無比的少女來了，原來她是小綠蜂所變；

甘玨路遇嬌婉善言的少女阿英，婚後才知道，原來她是自家那隻小鸚鵡；

跟安生戀愛的花姑子香氣滿身，原來花姑子之父是當年被安生放生的香獐；

素秋晶瑩如玉，知書達禮，原來她是書中蠹蟲所化；

書生常大用和宮妝豔絕的少女葛巾相愛，常大用感受到葛巾無處不香，原來葛巾就是國色天香的牡丹花！

……

天才就是從別人看過一百遍的東西，看出全然不同的含義。大自然一些並不美妙的獸類也被蒲松齡幻化成美好的人物：勤勞能幹的阿纖是田鼠成精；《西湖主》裏嬌貴的公主原來是豬婆龍；威猛的班氏兄弟是獸中王大老虎……飛禽走獸，香花瑤草，大自然有什麼生靈，聊齋就有什麼相應人物。他們是現實生活中真實的人物，又在某個方面隱隱約約地彰顯原型。魯迅先生說她們是「花妖狐魅，多具人情」，「和易可親，忘爲異類」，「偶見鶻突，知復非人」。蒲松齡寫人和大自然的諧和，寫人和包括狼蟲虎豹在內的生物和睦相處，可以算中國最精采的「綠色環保」小說。

在前輩作家的妖精體系裏，狐漸漸成爲最顯赫的角色。在神話傳說裏，大禹的夫人塗山氏就是九尾白狐。聊齋《青鳳》裏的狐叟自稱是「塗山氏後裔」。《玄中記》說狐五十歲，能變化爲婦人；《搜神記》則說千歲之狐，變成美女。六朝小說裏的狐仙跟學者討論深奧的學術問題，唐傳奇比如《任氏傳》的狐仙已經跟常人無異。蒲松齡寫得最多、最精采的「妖精」，是狐妖。這些可愛的精靈，每位都有動人故事，每位都有獨特個性：青鳳溫婉可愛，小翠調皮活潑，嬌娜聰慧美麗，辛十四娘臨危不亂，鴉頭忠貞不屈，還有助夫成才的鳳仙，玩弄男人於股掌之中的恆娘，在關鍵時刻救情人於水火之中的紅玉、舜華……真是萬紫千紅，而狐女嬰寧是最成功的狐仙形象。

狐嫁女

在古代小說裏，哭得最美的是誰？紅樓千金小姐林黛玉，什麼情況下都能哭，哭得花瓣爲她落地，小鳥飛走不忍聽。笑得最美的是誰？聊齋狐女嬰寧。

嬰寧愛笑，無拘無束地笑，無法無天地笑，連結婚拜堂她都笑得不能行禮。嬰寧是古代小說裏笑得最開

嬰寧

心的姑娘。她把封建時代少女不能笑，不敢笑，不願笑，甚至於不會笑的條條框框都打破了。那時的女人只能「向簾兒底下，聽人笑語」，只能笑不露齒，笑不出聲，否則就是有悖綱常，有失檢點，不正經。而嬰寧，她面對陌生男子，毫無羞怯地笑，自由自在地笑，任何場合都可以笑，眞是任性而爲，一切封建禮教對她都不過是春風吹馬耳。嬰寧生活在「亂山合遝、空翠爽肌、寂無人行、只有鳥道」的深山，她沒受過封建禮教的毒害，沒受過世俗社會的污染，她像野花一樣爛漫，山泉一樣清澄，山鳥一樣靈秀。

嬰寧愛花。人們常說，馬上看將軍，花間看美人。古代文人愛用花寫女性。崔護寫「人面桃花相映紅」，李白寫「荷花羞玉顏」。蒲松齡讓花自始至終左右著狐女嬰寧，甚至讓花決定她的命運。嬰寧一露面，撚梅花一枝，容華絕代，笑容可掬。她看到王子服對自己一個勁地盯著看，笑吟吟地說了句：「個兒郎，目灼灼似賊。」大大方方地把花丟到地上，跟丫鬟有說有笑地走了。嬰寧似乎無意丟花，其實丟的是愛情信物。王子服撿起花，害了相思病，懷裏揣著花，千方百計尋找撚花人。嬰寧再露面，執杏花一朵，她爬到樹上摘花，看到王子服，哈哈大笑，差點兒從樹上掉下來。王子服拿出珍藏的花給嬰寧看，嬰寧說：「枯矣，何留之？」王子服說，他保存花是爲「相愛不忘」。嬰寧說：這好辦啊，等你走的時候，讓老奴把園中花折一巨捆負送之。王子服說：我非愛花，愛撚花之人，並進一步表白，這種愛不是親戚間的愛，而是夫妻間的愛。嬰寧問：「有以異乎？」夫妻之愛和親戚之愛有什麼區別呀？王子服回答：「夜共枕席耳。」嬰寧低頭尋思許久，回答：「我不慣與生人睡。」嬰寧竟然說出這樣的話，表面看，她憨極了，簡直是個傻大姐，實際上她狡黠得很，「憨」是聰慧的隱身衣，嬰寧假裝不懂王子服的愛情表白，是爲了讓他把愛情表達得更熱烈，更赤誠。她說折一巨捆負送之，就是讓王子服進一步把愛撚花之人的話說出來。嬰寧還把「大哥欲我共寢」這句話，當著王子服的面說給母親聽，嚇得王子服魂飛天外。其實，她說「大哥欲我共寢」的話時，丫鬟出去了，而她母親是個聾子！聽到這個話而且著急得不得了的，只不過是王子服。嬰寧是在跟王子服做妙趣橫生的愛情逗樂。

古代小說愛情描寫從沒像嬰寧這樣別致的樣式，古代小說人物畫廊從未有過嬰寧這樣的脫俗少女。嬰寧是古代文學女性形象笑得最爛漫，最恣肆，最優美的一個。嬰寧天眞爛漫，是眞性情的化身，在三從四德肆虐的社會，能允許嬰寧這類人存在嗎？不可能，小說結尾，因爲嬰寧懲罰了輕薄的西鄰子，縣官都放過了這似乎過分的行爲，她的婆母卻狠狠教訓了她，說她一個勁地笑，大失體統，差點兒要讓王家的媳婦到公堂上丟臉。於是，嬰寧表示：我再也不笑啦。笑姑娘從此永不再笑！即便特地逗她笑，她也絕不再笑。一個如此純潔的少女來到如此骯髒的社會，哭還來不及，哪兒笑得出？嬰寧是蒲松齡最喜歡的人物，稱爲「我嬰寧」，「笑矣乎我嬰寧」，是聊齋神鬼狐妖藝術形象的傑出代表。

蒲松齡神鬼狐妖畫蒼生，畫盡人間風雲圖，聊齋馳想天外的志怪，是滄海桑田的人生，人神交往，人鬼交替，人妖轉換，花妖狐魅異化爲芸芸眾生，構成聊齋最和諧的美。《聊齋志異》成爲集志怪、神話、寓言於一體的小說寶典。

仙樂飄飄細細聽

《聊齋志異》爲什麼幾百年盛行不衰且風行海外？人們做出各種解釋，比如，因爲它「揭露了封建社會黑暗」，「反映了民族情緒」，「抨擊了科舉制度毒害」，……諸如此類。但《焚書》、《日知錄》對封建社會的揭露、抨擊豈不更深刻更直接，怎麼普通讀者鮮有人知？因爲《聊齋志異》用小說寫這一切。人們讀小說固然有接受思想浸潤之意，但「消閒娛樂」是小說相當重要的社會功能。「好看」是讀者對小說理所當然的要求，甚至是首選。能用好看的小說對人們做人生啓迪，這樣的作家，才是行家中的行家，高手中的高手。

《聊齋志異》描寫中心是現實中本不存在的怪異世界，六朝以來志怪小說浩如煙海，爲什麼《聊齋志異》豔冠群芳？即使《夜雨秋燈錄》、《夜譚隨錄》、《螢窗異草》這類仿聊齋小說也離其腳蹤甚遠？因爲《聊齋志異》所描寫的怪異世界太精采，太優美，又太有人情味。它總是讓人不知不覺走進一個個虛幻世界，且在潛意識當中，把這世界當成現實世界，為其神奇而驚喜，為其瑰麗而愉悅，為活動在幻想世界中的人物擔憂或快樂。遇仙是中國古代小說的重要題材，比前輩作家的遇仙小說，聊齋有桂枝一芳、後來居上意味。仙境讓聊齋人物跟其他遇仙小說人物一樣得到長生不老，永恆享樂，而在享樂中又會得到道德淨化。聊齋遇仙既新奇之至又寓意頗深，聊齋仙境之美，既無與倫比又和煦可親。

【幻由人生的哲學】

《畫壁》的故事很有趣：孟龍潭和朱孝廉客居京城。偶然走進一座寺廟，佛殿中供奉神像，東牆上畫散花天女，有個梳著少女髮型的仙女，手舉鮮花，面帶微笑，櫻桃般的紅潤嘴唇似乎要開啓說話。朱生目不轉睛看了許久，不由得輕飄飄飛起來，騰雲駕霧，降落到牆上。這裏殿閣重重，樓臺層層，不像人間。一個老和尚正坐在佛殿講經說法，許多和尚團團環繞。朱生也和聽眾站在一起。一會兒，有人牽他的衣襟，回頭一看，正是那令他著迷的畫上仙女。少女對他嫵媚地一笑，轉身就走。朱生連忙跟上。沿著曲曲折折的迴廊，進入一個小房間，二人親熱起來。過了兩天，女伴們對少女開玩笑說：肚子裏娃娃都那麼大了，還在那兒蓬散著頭髮假裝處女嗎！大家捧著金簪首飾，給少女將頭髮挽成高高的髮髻，打扮成少婦模樣。忽然，

龍三

「咚咚」的皮靴聲和「嘩啦嘩啦」的鐵鏈聲傳來，朱生和仙女隔窗看，一位穿著金色鎧甲的武士，面如鍋底，手握銅錘鐵鏈，問：所有的散花仙女都到了？哪個藏匿下界來的人，趁早告發！武士眼露凶光，獵鷹似地四處巡視，像要四處搜查。仙女嚇得面如死灰，讓朱生藏到床下。……孟龍潭在寺裏，轉眼不見了朱生，向和尚詢問。和尚說：他離開這兒去聽人講經說法呢。孟龍潭一看，壁畫上果然出現朱生畫像。老和尚喊：同遊的夥伴等好長時間啦！朱生應聲從壁畫上飄然而下，大家再看壁畫上那舉花少女，已經改梳高高的螺髻，不再是剛才垂髮少女的樣子了。朱生不勝驚訝，恭恭敬敬地向老和尚求教。老和尚淡然回答：「幻由人生，老僧何能解？」

畫壁

「幻由人生」可以說是聊齋的藝術哲學，只要你執著地追求，熱切地盼望，你所希冀的一切，就可以在你面前出現。《嬰寧》寫王子服在郊外遇到風華絕代的撚花少女，回家後日夜想念，直到病倒。他的表兄吳生爲了給他治病，騙他說已經查到撚花女的下落：「已得之矣，我以爲誰何人，乃我姑氏女，即君姨妹行，今尚待聘。雖內戚有婚姻之嫌，實告之，無不諧者。」王子服高興得很，再問：她住在什麼地方？吳生又信口胡謅：「西南山中，去此可三十餘里。」吳生不過對王子服虛與委蛇。按說，照他這番鬼

畫馬

話找，準是海底撈月，鏡中尋花。可是不然，王子服向西南方向尋訪時，果然在只有鳥道的山中見到了他日夜思念的少女嬰寧，而嬰寧還果然是他的表妹，他們最後打破了內戚之嫌結了婚。

在六朝志怪小說家筆下，神仙存在於天界、海底、深山，僅僅《搜神記》裏就有：海神，水神，湖神，陰司神，泰山神，廬山神，趙公明，織女，丁姑，灶神，蠶神。前人仙界故事很樂於表達人類對高高在上的神仙的嚮往，「有鳥有鳥丁令威，去家千年今始歸。城郭如故人民非，何不學仙塚累累」。聊齋卻用「幻由人生」的哲學，「處置」這些約定俗成的神仙，對傳說的不拘一格、不拘一類的各種神仙，都按自己的需要，採取「拿來主義」，派上各種各樣的用場，觀音菩薩在《菱角》中的特殊作用就是代表。

《菱角》寫稚男少女的愛情故事，男女主角刻畫生動，有口皆碑，最妙者卻無過於似乎處於次要地位的觀音。胡大成之母奉佛，囑咐兒子過觀音祠「過必入叩」，感動了觀音，四次幫助胡家。第一次，大成與美麗的少女菱角一見鍾情，非偶然巧合，而是觀音菩薩「分來一滴楊枝水，灑作人間並蒂蓮」。第二次，兩人訂婚後，胡大成流寓湖南，流竄民間，吊影孤惶，突然遇到個四十八、九歲的婦人自鬻，說：「不屑爲人奴，亦不願爲人婦，但有母我者，則從之，不較直。」一個賣身者，一不做奴，二不做婦，偏偏要給買主做至高無上的母親，天下奇聞。思母心切的胡大成卻發現老婦和母親有幾分相似，帶回家做母親。這老婦，即觀音大士，果然當起母親，做得認眞、稱職，「炊飯織屨，劬勞若母，拂意輒譴之；而少有疾苦，則濡煦過於所生」。觀音大士再不是那個手執楊柳枝，優雅而輕巧地拋灑幾滴聖水，便救活人參果樹的菩薩，成了俯下身子親自做母親的貧苦老婦，在人間吃苦，且不是一天一時。自有了觀音傳說起到清代，神話小說、野史雜錄中，觀音菩薩爲哪位平民百姓煮過飯、做過衣、編過鞋？只有窮秀才才會派給至高無上的菩薩如此苦差。觀音對胡家第三次幫助是以法術將離散的菱角攝來，讓她與大成團圓。觀音化成的老母先要考驗兒子是否忠於愛情，提出要給胡大成娶親，胡大成回答：「兒自有婦，但間阻南北耳。」且哭著說：「結髮之盟不可背。」觀音試出了大成的誠意，其慧眼又看到菱角被父逼嫁、誓死不從，便用分身法活動起來。一方面是「母」的身分，認眞爲兒子準備婚禮；一方面是神的身分，攝取千里之外的菱角。因爲父親將菱角另許他人，她被人「強置車中」。觀音點化出「四人荷肩輿」接走她，再親手把菱角推進胡大成的居所：「此汝夫家，但入勿哭。」在塑造了平民觀音的世俗形象後，蒲松齡筆頭一轉，寫出觀音對胡家的第四次幫助：胡母戰亂中「奔伏澗谷」、「一夜，噪言寇至」，突然，「有童子以騎授母」，這馬轉眼間到了湖北湖南交界的洞庭湖上，如履平

菱角

地，「踏水奔騰，蹄下不波」。胡母下騎，馬化爲金毛犼。金毛犼正是傳說中觀音的坐騎。蒲松齡讓觀音的坐騎出現，暗點「媼」即觀音。蒲松齡寫這個觀音故事當然是他「佛法無邊」思想的表現，但他精心雕鏤的平民觀音形象，在中國古代志怪小說中卻卓爾不群。

觀世音變成了窮人的慈母，是蒲松齡將神仙平民化的例證之一。作爲一個窮秀才，一個經常處在生活磨難之中的養家人，蒲松齡最樂意花些筆墨的，正是千百年來與老百姓生老病死、窮通禍福有關係的神仙，那些帶有「大眾」色彩的神仙，非常具有人情味兒的神仙。這些可愛的神仙在執行上天交給的原本是破壞性任務時，竟會千方百計回護百姓，這不能不看成是基於保護良民的「幻由人生」藝術哲學和對前人題材的天才創造。

雹神

比如雹神的故事。淄川人王筠蒼在南方做官時，到龍虎山拜望天師，天師介紹一位長著長鬍子的隨從，說「此即世所傳雹神李左車」。雹神恰好奉命要到章丘布散雷雹，王筠蒼因爲章丘跟故鄉淄川接壤，向雹神乞求。雹神說：這是上帝的命令，無法更改。天師就提出一個通情達理、解救一方黎民的辦法：「其多降山谷，勿傷禾稼可也。」結果，章丘「是日果大雨雹，溝渠皆滿，而田中僅數枚焉」。

比如柳樹神的故事。明末山東部分地區發生蝗災，漸漸接近沂州。沂州令很焦心，有一天，他夢到一個秀才來訪，頭戴高冠，身穿綠衣，說他有辦法對付蝗蟲：明天西南方向有個婦人騎著頭大肚子毛驢來，她就是蝗神，哀求她，就可以免除沂州的蝗災。沂州令聽了，第二天，早早到西南方向等候，果然見一個騎毛驢的婦人從西南方向過來，那婦人梳著高高的髮髻，披著褐色的披風，沂州令立即拉住她的驢子不讓走，燒香、敬酒、叩頭。婦人問：「你想幹什麼？」沂州令說：「我們這個小縣，務必請您放過，不要讓百姓的莊稼葬送蝗口。」那婦人說：「可恨柳秀才多嘴多舌，洩露我的機密，明天我用他代替，不傷你們的莊稼就是。」第二天蝗蟲遮天蔽日來了，但不落到田畝中，只落到柳樹上，蝗蟲所過之處，柳葉全部被吃盡。這位「柳秀才」即柳樹神，犧牲了自己保護一方百姓，大文學家王士禎評點：「柳秀才有大功德於沂，沂雖百世祀可也。」

柳秀才

仙人的莊嚴、華貴，在聊齋中仍然存在，但有些仙人越來越平民化，他們的穿戴有時反而是粗衣布衫，甚至身著破衲，「兩肩荷一口」乞食。《吳門畫工》寫蘇州有個畫工特別恭敬「呂祖」，有一次，他看到一幫乞丐，發現裏邊有一位「敝衣露肘，而神采軒豁」者，立即判定這是「呂祖」。呂祖即呂洞賓，古代神話傳說中的八仙之一，道教全眞道尊爲北五祖之一，通稱「呂祖」。吳門畫工是眞心喜歡呂祖，所以能從乞丐群中識得呂祖。呂祖眞人不露相，被這種知己之感感動了，想幫助這位畫工。他觀察畫工有「骨氣貪吝」的秉性，不能成仙，就給他創造個發財機會，從天上招下一位美女讓畫工仔細觀察並記住她的模樣。過了沒多久，董娘娘即董鄂妃去世，皇帝悲痛之極，「上念其賢，將爲肖像」，但任何宮廷畫師都畫不出董娘娘風采，只有這位吳門畫工畫的董妃「神肖」。於是，吳門畫工一步登天，竟被授以「中書」（內閣屬員，從七品）。吳門畫工辭不就，賞萬金。區區小技，得此厚報，因爲畫的是皇帝愛妃。呂祖因人施助，與凡人宛如舊友新知間那樣隨隨便便，是個很有人情味的神仙。

【奇趣百出的遇仙故事】

六朝小說的人神之戀曾被認爲表現厭惡戰亂、嚮往桃花源般安寧生活的願望，如《幽明錄·劉晨阮肇》、《搜神後記·袁相根碩》；被寫成天帝對下界良民的垂恩，如《搜神記》的《天上玉女》和《董永妻》。《聊齋志異》雖遠承六朝小說，卻有些新的境界。蒲松齡「擴大」了仙人家族及人和仙人接觸的方式。人可以乘船抵達海島，可以乘鶴乘小鳥到天宮，可以步入深山洞府，還可以表面莫名其妙、但是冥冥中因品德好乃至運氣好遇到仙人。

《西湖主》寫陳弼教因爲放生之德，得以「一身而兩享其奉」，即：一人分身兩處，既享受神仙逸樂，長生不老，又享受人世天倫之樂，貴子賢孫，成爲神仙中的石季倫、郭汾陽（晉代石崇和唐代郭子儀是大富大貴的代表）。蒲松齡通過陳生遭遇，寄託封建時代讀書人「富貴神仙」的追求和夢想。這種思想當然沒有多少高尚聖潔因素，但《西湖主》遇仙故事寫得特別美卻是公認的。

陳弼教擔任賈將軍記室，賈外出在湖上射中一豬婆龍，豬婆龍「龍吻張翕，似求援拯」，還有條小魚跟在豬婆龍的後邊。陳見豬婆龍受傷，「戲敷患處，縱之水中」。年餘北歸，他再經洞庭，乘船遇難，沉水未死。到一山腰，看到幾個「著小袖紫衣，腰束綠錦」者圍獵，知為「西湖主」且「犯駕當死」。他慌忙躲進一個園亭，又恰好偷窺了「玉蕊瓊英」般的公主，撿了她的紅巾，題詩以表愛慕。沒想到災禍從天而降：公主的侍女說「竊窺宮儀，罪已不赦」，再加「塗鴉若此」，肯定沒活路了。幸而公主非但不怪罪，反而餉以飲食，看來對他頗有好感。陳弼教剛有了希望，更大的恐懼來了：「多言者洩其事於王妃，妃展巾抵地，大罵狂傖。」沒想到捉拿他的人到來時忽出意外：「數人持索，洶洶入戶。內一婢熟視曰：『將謂何人？陳郎耶？』遂止持索者，曰：『且勿且勿，待白王妃來。』」

翻雲覆雨，禍變為福，陳弼教這階下囚突然被招為駙馬。原來，當年向陳生求救的豬婆龍，就是今日的「湘君妃子」西湖主；當年銜尾不去的小魚兒，則是這次洶洶入戶準備抓陳生的侍女。西湖主所以招陳弼教為婿，是為了報答當年救命之恩，包括「賜刀圭之藥」（即「戲敷患處」）。

世上竟有這樣荒唐又這樣美妙的經歷！其貌不揚的豬婆龍怎能跟彩繡輝煌的妃子聯繫到一起？蒲松齡偏偏把二者聯繫到一起，還聯繫得天衣無縫。

「上有天堂，下有蘇杭」。《西湖主》這個遇仙故事以人間天堂為背景，寫景彩繪淋漓，逸氣橫溢。寫湖

西湖主

神女

畔美景：「小山聳翠，細柳搖青」，清潤、娟美、妍秀。寫茂林中的貴家園林，陳生未進園中，先「攀扉一望，則台榭環雲，擬於上苑」，有皇家園林氣派；「粉垣圍遝，溪水橫流，朱門半啓，石橋通焉」，像電影搖鏡頭，一一特寫園景，綜合構成一幅風致幽絕的江南園林圖畫，純潔、寧靜、豐富的自然充滿盎然生機。園內「橫藤礙路，香花撲人」，人與自然兩情相洽；「山鳥一鳴，則花片齊飛；深苑微風，則榆錢自落」。自然被擬人化、有情化、詩意化了。美景若仙，美景遇仙。美麗的公主「鬟多斂霧，腰細驚風」，用形似法寫其面貌之美；「玉蕊瓊英，未足方喻」，用神似法，以誇張的比喻寫意。公主盪秋千的描寫在中國古代小說中幾乎可算寫得最優美的：「舒皓腕，躡利屣，輕如飛燕，蹴入雲霄」，妙筆如畫。

如果說《西湖主》是遇仙題材特別甜美的一篇，那麼《彭海秋》就是遇仙題材中特別旖旎的一篇。小說落筆寫丘生爲名士，但有「隱惡」，彭好古因佳節無人可資談宴，姑請之。不速之客彭海秋來了，也「似甚鄙丘」，傲不爲禮。然後彭海秋從西湖請來一位歌女唱歌佐餐，再從天河招來遊船帶彭好古二人遊西湖，並替彭好古和歌女娟娘代訂三年之約。彭好古返回家鄉時，同去的丘生不見了，卻不知哪兒來匹馬，他騎上馬回家，那馬竟然就是丘生！三年後，彭好古到揚州，竟然遇到了娟娘，結爲伉儷。《彭海秋》情景輝映，奇遇奇景，光怪陸離。天河行舟，彩船，祥雲，瑞靄，清風，羽扇般的短棹像鳳鳥的翅膀，太空飛駛如箭，疏朗爽麗，明清如沐。西湖蕩舟，明月，煙波，樓船，雅士，仙樂繚繞，人聲喧笑，月印煙波，景美如畫。飛船美，西湖美，娟娘形態美，「薄倖郎」歌詞美，令人讀之興味盎然。《彭海秋》寫名士風流，寫攜姬遊湖，寫闊公子與俏佳人的悲歡離合，可見封建文士情致之一端。而意境絕佳的《彭海秋》卻爲中國遇仙故事增添了一朵不可多得的奇葩。

《織成》裏的柳生，是個不拘禮法的狂生。他無意之中坐上了洞庭湖主借舟的船，做出了用牙齒咬侍兒紫襪的輕浮舉動，被洞庭湖主的侍衛抓起來。眼看沒命了，他就來了一番強詞奪理卻趣味橫生的辯白。他看到一位南面而坐的人似乎是王，推斷這位就是洞庭王柳毅，決心跟同姓者套近乎。他一邊向前走一邊自言自語：聽說洞庭君是柳氏，我也是柳氏；當年洞庭君落第，我現在也落第；洞庭君遇到龍女成仙，我因爲喝醉酒對丫鬟舉止不禮貌卻就得死？爲什麼兩個姓柳的幸和不幸這樣懸殊？柳生這段話牽扯無賴，卻委婉動人，有理有趣，得到洞庭君欣賞。洞庭君讓他寫篇《風鬟霧鬢賦》，他寫得很慢，洞庭君笑話他，他又回答：「昔《三都賦》十稔而成，以是知文貴工，不貴速也。」幾句風趣的話，不僅拯救自己於危難之

彭海秋

中，且得到美麗的織成爲妻，得到洞庭君經常饋送的禮物。這眞是運氣來了，山都擋不住。

進入仙境的凡人是不是就可以任意風花雪月、鬥雞走馬，胡作非爲？非也。仙境是個高潔的所在，講究修身的所在，進入仙境的人必須遵守仙境的規則，得好好修煉，否則就會被逐出仙境。

《賈奉雉》寫賈奉雉屢考功名不中，他的朋友郎秀才幫他用爛汙文字高中皇榜，他認爲這是金盆玉碗盛狗矢，氣憤地隨郎秀才飄然而去，到了一個洞府。郎秀才讓賈奉雉參拜老道，老道說：「既然到這裏，得把人生一切願望置之度外，才能修道。」賈奉雉連連答應。郎秀才讓他住在精致而清潔的屋子裏，門上沒門板，窗上無窗櫺，只有一桌一床，但整個屋子充滿清香氣息，賈奉雉感到五臟六腑都像透明的，似乎身上一條一條的脈絡也可以數得出來……向窗外看看，竟然有只老虎蹲在屋簷下邊。剛看見老虎時，賈非常吃驚，想到師傅說的話，他收起害怕的心思，凝神坐著。老虎似乎知道房間裏有人，進入房內，氣喘吁吁嗅賈奉雉的腿和腳，賈不動，老虎也不傷害他。過了一會兒，老虎跑出去了。又坐一小會兒，有個美人進來，身上有撲鼻的香氣，悄悄爬到賈奉雉床上，附到耳邊說：我來啦。你睡著了嗎？賈奉雉聽聲音像妻子，心裏一動，馬上念叨：師傅考察我的信念呢！閉著眼睛一動不動。美人笑著說：小老鼠活動了！當初在家裏，賈奉雉夫婦臥室有丫鬟侍候，夜裏夫妻想親

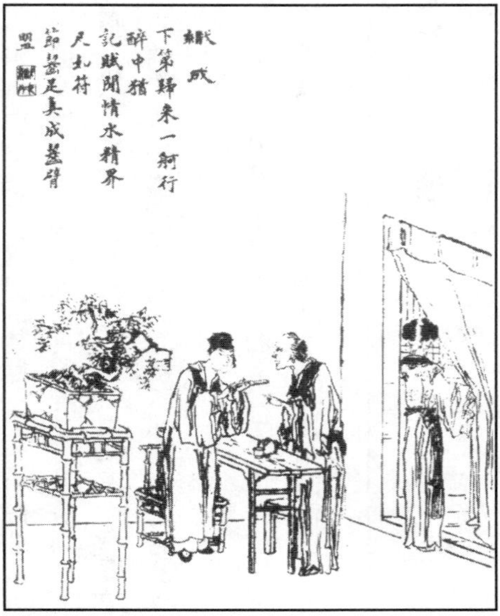
織成

熱，怕給丫鬟聽到，私下約定這密語。賈奉雉聽到這密語，睜眼看，果然是妻子。於是，二人嬉笑，男歡女愛，直到天亮。老仙人的斥責聲遠遠傳來，漸漸接近賈奉雉住的院子。賈妻逃走。郎秀才跟著老仙人進來，老仙人當著賈奉雉拿拐杖打郎生，讓他把客人趕出去。郎生對賈奉雉說：我對你的期望很殷切，不免有點兒急躁冒進，沒意料到你俗間情緣還沒滿，讓我因此受到師傅的杖責。賈奉雉只好灰溜溜地下山，他再次感受到人世的惡濁，最後才眞正回到仙境。

【瑰麗無比的奇境妙宇】

有位外國畫家說過：藝術中的美，就是我們從大自然感受到的美。中國古代作家歷來把自然美當成描寫對象，王維寫「大漠孤煙直，長河落日圓」，王勃寫「落霞與孤鶩齊飛，秋水共長天一色」，蘇東坡寫「大江東去」……作家們善於從「天地之文章」吸取美的滋養，結撰華美篇章，青山綠水，林泉天籟，雨絲風片，煙波畫船，奇花異草，珍禽異獸，都會給作家神助。山水遊記，山水詩是古代詩文中最繁盛的一支。蒲松齡的詩歌，如南遊詩寫得有盛唐詩蘊味，聊齋仙境更是儀態萬方，妙不可言。

唐傳奇《柳毅傳》所寫的龍宮歷來爲人們津津樂道，《羅刹海市》裏的龍宮可以與之媲美。蒲松齡先對龍宮的外觀做描寫：「俄睹宮殿，玳瑁爲樑，魴鱗作瓦，四壁晶明，鑒影炫目。」玳瑁殼裝飾房樑，魴魚鱗做瓦，四壁透明鋥亮，能照見人影。就地取材，宮殿用海中物品做建築材料，都是透明的、光潔的、耀眼的，極顯純潔高貴。然後，作者讓進入龍宮的馬驥去感受、去觸摸龍宮珍寶：馬驥寫文章用的是「水精之硯，龍鬣之毫，紙光似雪，墨氣如蘭」。多神奇！人世用石頭做硯臺，龍宮用水精（晶）；人世用動物毛做筆，龍宮用龍的鬣毛做；紙白如雪似乎一般，人間也有，最不可思議的是，素日總帶點兒臭味的墨汁在龍宮竟然有蘭花的香氣！馬驥跟公主結婚，進入洞房，「珊瑚之床，飾以八寶，帳外流蘇，綴明珠如斗大」。珊瑚床裝飾著金銀珠寶，床帳外墜著斗大的珍珠。一切都那麼奇美，又都打著龍宮印記。更神奇的，龍宮中有一株玉樹，粗約合圍；樹身晶瑩明澈，像白琉璃；中間有心，淡黃色，稍微比手臂細一點兒，葉子像碧玉，厚一錢多，細碎的樹葉，遮出一片濃陰。馬驥常和龍女在樹下吟詩誦文，紅紅的花朵開滿了樹，樣子頗像梔子花。每當有一瓣花落下來，鏗然作響。拾起來看，那花瓣兒像紅色瑪瑙雕成，光明可愛。樹上經常有神奇的小鳥啼鳴，那鳥兒的毛是金碧色，尾巴比身子還長，啼叫起來，聲音就像是玉笛吹出來的哀傷曲，令人胸臆酸楚。

羅剎海市

跨五洲越四海，上窮碧落下黃泉，哪兒找得到這樣的奇樹？它是何科？何種？植物學家做夢也想不出。這是蒲松齡創造的理想之樹，它集光明與理想於一身，集美和善於一身，是聊齋仙境最傳神的一筆。

《羅剎海市》裏，馬驥經過泛海飄泊來到獨立世外的龍宮，《余德》則把龍宮精魄攝取到人間來了。

武昌尹圖南和一個「容儀裘馬，翩翩甚都」的少年余德來往，因爲驚訝余德家美豔超過仙女的美人，耳目未見的古玩，就細細打聽余德家是什麼官？余德客氣地拒絕說：你想跟我來往，我不會拒絕，你應該知道我不是什麼逃犯，何必這麼尋根究底地打聽我的來歷？尹圖南只好作罷。後來，尹圖南到了余家，看到他見所未見、聞所未聞的景象：

屋壁俱用明光紙裱，潔如鏡。金狻猊爇異香。一碧玉瓶，插鳳尾孔雀羽各二，各長二尺餘。一水晶瓶，浸粉花一樹，不知何名，亦高二尺許，垂枝覆几外，葉疏花密，含苞未吐；花狀似濕蝶斂翼，蒂即如鬚。筵間不過八簋，而豐美異常。既，命童子擊鼓催花爲令。鼓聲既動，則瓶中花顫顫欲拆，俄而蝶翅漸張，既而鼓歇，淵然一聲，蒂鬚頓落，即爲一蝶，飛落尹衣。

尹圖南被這奇景迷住了，逢人輒道。結果鬧得余德那兒門庭若市，不堪其擾，只好不辭而別。尹圖南再訪余家，只見余德留下一個水缸，尹圖南順手牽羊，拎回家中。誰知那水缸又是個奇物。用來盛金魚，全年不用換水，水永遠清澄無比。後來僕人搬石頭時不小心把缸碰破了，缸裏的水竟然不流出來。人們驚奇地看到，已破碎的缸似乎還存在，用手一摸，「缸」是虛軟的，把手伸到虛軟的缸裏，缸裏的水就隨著流出來，把手拿出來，虛軟的缸又閉合，水還好好地盛在裏邊。水缸裏的水即使到寒冬臘月也不結冰。有天夜裏，水缸的水忽然變成水晶，魚仍然在水晶裏游動！突然有一天，水晶化成了水，水裏的魚兒也不見了，只有那些破缸片還

余德

齊天大聖

在。有位道士登門求見，尹圖南拿出破缸給他看，道士說：「此龍宮蓄水器也。」尹圖南敘述缸破而水不洩的奇事，道士說：「此缸之魂也。」然後道士誠懇地乞求給他一小片缸的碎片，尹圖南毫不在意，給了，道士樂不可支，說：「以屑合藥，可得永壽。」

《余德》甚至於不能算多成功的小說，至多是所謂情節淡化的小說。余德後來怎麼啦？沒有交代。尹圖南自己有沒有用水缸的碎片和藥求得長生不老？也沒有交代。蒲松齡好像只是讓讀者開開眼界，在奇妙的龍宮珍物中怡性娛情，目不暇接。《余德》之妙，不在人物，不在故事，更不在人們通常提倡的「思想」，它妙就妙在龍宮奇物。蒲松齡按人們平常習慣的傳說特點，用「水」用「亮」用「透明」爲主要特徵，繪出一個地上龍宮。裱牆的明光紙隱喻著水晶般的宮殿，飛蝶勸酒，象徵著穿梭般奉饌的龍宮侍女。最有趣味的是蒲松齡杜撰出一個缸之魂！龍宮已屬於天外奇想，龍宮水缸破損後還有靈魂，豈非奇而又奇？

看完龍宮，我們再看看蒲松齡筆下的天界。

《西遊記》的天界，威嚴的凌霄寶殿，富麗的蟠桃宴，肅殺的兜率宮，清冷的嫦娥殿，琳琅滿目，是古代寫天宮的集大成者。然而吳承恩似乎過分熱心讓猴行者捉弄天神，褻瀆天庭，因而《西遊記》裏的天宮，總是帶有幾分滑稽，不是那麼美妙，那麼澄淨。《聊齋》作者的神思在天庭遨遊，幻化出無比瑰麗的天宇，透著新鮮，透著靈氣。

到天上去，那麼容易，那麼輕巧。《齊天大聖》寫「遂覺雲生足下，騰踔而上……頃之曰：『至矣。』忽見琉璃世界，光明異色」。

沒有什麼道行的人，不會筋斗雲的人，也能進入天宮。《雷曹》裏的樂雲鶴因招待過一位異人吃飯，就被那人（原來是天上雷曹）邀請到天空作雲間遊。樂雲鶴好奇地從天空撥開雲彩看人間，銀海蒼茫，下界城郭小得像豆兒。他看滿天星斗，都在自己眉目之間，一個一個嵌在天上，像湖裏栽種的蓮花，大的像甕，小的像盆，更小的像盎。用手搖一下，大的搖不動，小的搖得動，似乎可以摘下來。樂雲鶴還看到如何下雨：「俄見二龍夭矯，駕縵車來。尾一掉，如鳴牛鞭。車上有器，圍皆數丈，貯水滿之。有數十人，以器掬水，遍灑雲間。」樂雲鶴惦記著家鄉旱情，多捧幾把水灑下，果然，家鄉得甘霖，旱情解除。更有意思的是，樂雲鶴從天上悄悄摘了個小星，回到家，居然投胎變成了他的兒子！《雷曹》裏的天空行走，簡直像頑童遊歷，像在湖裏採蓮，像在田野驅趕牛車，像在菜圃裏噴灌蔬果，真切的觀察，新穎的體驗，活龍

雷曹

活現。

另一個人物進入天宮，更是簡單到不可思議。《白于玉》中，吳青庵和一個叫白于玉的書生兩情相洽，有一天，白于玉告訴吳青庵：你思念我的時候，可以躺到我平日的臥榻上。白于玉講完，變成手指頭大小的人兒，騎在一隻青蟬身上飛上了天。吳青庵思念老友，就躺到白于玉的榻上，竟然也騎在一隻小鳥的身上飛上了天。不一會兒，看到一個紅色的大門，有小童扶他下來。他問：這是什麼地方？回答：是天門。天門旁邊蹲著一隻大老虎。吳青庵害怕，小童就擋著讓他進去。吳青庵看到天上處處風景和人間不同。到了廣寒宮，臺階是水晶的，人像是在鏡中行走。兩棵巨大的桂樹，在高高的空中合抱，花氣隨風飄散，香得無邊無際。亭臺樓閣裏都是紅色的窗子，經常有美人出入，一個一個長得「治容秀骨，曠世並無其儔」。紅窗之外是清水白沙，玉砌雕欄。傳說中的月宮，清冷得不得了，聊齋創造的月宮卻這麼溫馨。

白于玉

聊齋仙境之美，豐富了、補充了古代神話的疆域。蒲松齡憑著豐富的想像力，設計出前所未有的幻想境界。《丐仙》是典型例子。

《丐仙》是傳統的「眞人不露相」故事，表面上看來有點像靈隱寺濟顛和尚，但蒲松齡並不想借這丐仙杜撰什麼懲惡揚善故事，他似乎只是要描述一個奇美奇絕的場景。這樣的場景如果拍成電視，眞會好看極了。

世家子弟高玉成救助了一位「膿血狼藉」的乞丐陳九，乞丐住進了高家，毫不客氣地索湯餅，乞酒肉。僕人不耐煩，高玉成卻善待他。乞丐享受一番後，突然邀請高玉成到自家後園看看，高玉成覺得：寒冬臘月，看什麼後園？不肯去，陳九硬拉他去，高玉成因此得到一番銷魂之旅：

> 時方嚴冬，高慮園亭苦寒。陳固言：「不妨。」乃從如園中。覺氣候頓暖，似三月初。又至亭中，益暖。異鳥成群……彷彿暮春時。亭中几案，皆鑲以瑙玉。有一水晶屏，瑩澈可鑒：中有花樹搖曳，開落不一；又有白禽似雪，往來句輈於其上。以手撫之，殊無一物。高愕然良久。坐，見鴝棲架上，呼曰：「茶來！」俄見朝陽丹鳳，銜一赤玉盤，上有玻璃盞二，盛香茗，伸頸屹立。飲已，置盞其中，鳳銜之，振翼而去。鴝又呼曰：「酒來！」即有青鸞黃鶴，翩翩自日中來，銜壺銜杯，紛置案上。頃之，則諸鳥進饌，往來無停翅。……鴝又呼曰：「取大爵來！」忽見日邊烱烱，有巨蝶攫鸚鵡杯，受斗許，翔集案間。高視蝶大於雁，兩翼綽約，文采燦麗。

丐仙

更不可思議的是：巨蝶竟然又變成了美女，仙仙而舞，還舞出一個似乎芭蕾舞的動作：「舞到酣際，足離地者尺餘，輒仰折其首，直與足齊。倒翻身而起立，身未嘗著於塵埃。」高玉成心動，上前擁抱美女，美女立即化爲夜叉，眼睛突出，牙齜出，一臉一身的黑肉！蒲松齡筆走龍蛇，令人眼花繚亂。

最令人難以理解的是高玉成的感受，他在嚴冬時分到了自家後園，看到如此難以置信的景象，當然要親手摸一摸，這心情完全可以理解，結果，「以手撫之，殊無一物」！鴿，青鸞，黃鶴，鳳凰，巨蝶，瑙玉案，水晶屏，嚴冬開花的樹，跳「芭蕾舞」的豔姬，豔姬變成的夜叉……一切讓人驚心動魄的東西，除了那喝進嘴裏的香茗，全部是虛擬的，用手摸都摸不到。

似乎三百年前的聊齋先生已懂得網際網路虛擬世界！

聊齋仙境，讓人得到特殊的意蘊：

人，不需要上天入地求仙，只要摒除一切雜念，一切美景都在意念之中，一切願望都可以實現。

反之，如果心生邪念，胸懷褻欲，一切美景都會化爲烏有，化爲獰惡，人的心靈也要忍受地獄的煎熬。

這就是「幻由人生」，這就是天馬行空、奇想奔馳的聊齋。

人的感情製造幻覺，它不是現實體驗，但比現實更自由；它不是現實世界，但比現實世界更美好，更純潔。像傳說中的鳳凰涅槃、天鵝冰浴，是人生理想的淨化和昇華。

《聊齋圖說》清代工筆聊齋畫，故宮博物院收藏，共48冊，被八國聯軍搶走，前蘇聯政府歸還46冊，前兩冊已丟失，此為第三冊中《成仙》。

聊齋寫鬼，「事或奇於斷髮之鄉」，「怪有過於飛頭之國」，根本不存在的鬼魂被蒲松齡寫得活生生的。在聊齋故事中，鬼魂的遭遇，鬼魂的追求，鬼魂的倫理難題，人鬼接觸到的問題……林林總總，五花八門。

評論家常說：聊齋寫鬼其實都是寫現實世界人的遭遇，蒲松齡只是借鬼魂形式對人生做角度新穎的描寫，鬼魂不過是人的哈哈鏡，冥世不過是人世之倒影……這樣對《聊齋志異》做思想分析固然必要，但僅僅是文學社會學分析的一方面。文學是人學，是人的生活學和精神學，不容置疑，聊齋千奇百怪的鬼成爲時代生活學和精神學的重要表現，但對聊齋鬼故事迷人的奧妙尚需進一步探究。

聊齋鬼故事之所以比純粹人間故事更能引起讀者興趣，蓋因蒲松齡才大如海，妙筆生花，寫鬼寫出倫次，寫鬼寫出眞性情，寫鬼寫出新境界。蒲松齡天才地創造出鬼魂的存在方式，比如：形體之冰冷，行動之虛飄，智慧之超前，對人生因果之洞若觀火；創造出種種還魂模式，如借體還魂，白骨頓生生意；創造出陰

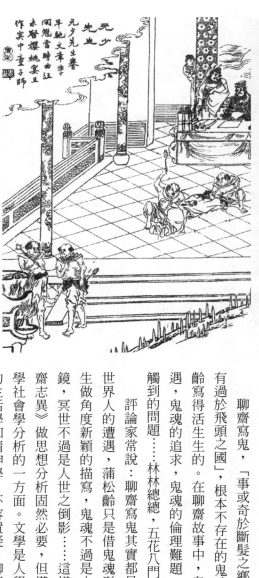

世暫攝陽世的法則和陰司本身的法則。聊齋鬼故事時而鬼氣森森，驚心動魄，時而溫情脈脈，和煦可親，像萬花筒，變幻無窮，格外能引起人們的閱讀興趣。

【看那些美麗女鬼】

傳統概念中，鬼陰冷可怕，向人索命追魂，女鬼則作祟世間男子，讓他們喪命。世人怕鬼，是人之常情，是小說常規。《小謝》、《聶小倩》、《伍秋月》卻用三個同樹不同枝、同枝不同花的人鬼戀故事，寫女鬼之美，之善，之能補過，之能抗爭。

《小謝》的陶生不怕鬼，敢到有鬼出沒的地方居住，做《續無鬼論》，宣稱「鬼何能爲」！他對深夜出現的鬼魂，毫不懼怕，「鬼物敢爾」！他深知，正心息慮必定可以不受鬼惑，甚至揚言：「小鬼頭！捉得便都殺卻！」這個以無所畏懼面目出現的陶生，是鐵骨錚錚的漢子，是富有智慧和心機的成熟男性。但當他跟兩個美麗女鬼相知後，竟然心甘情願地表示：願爲君死。

閻羅

不怕鬼的陶生一個夜晚遇到兩個女鬼小謝和秋容，她們不蠱惑他，不跟他上床，只跟他搗蛋，頑皮憨跳，無以復加，像頑童惡作劇，像六賊戲彌勒。陶生躺下時，一個「翹一足，踹生腹」，捋髭，批頰，大膽妄爲；一個「掩口匿笑」，俏皮膽小。陶生讀書時，一個「漸曲肱几上，觀生讀，既而掩生卷」，公開搗亂；

一個「潛於腦後，交兩手掩生目」，背後調皮。她們「以紙條撚細股，鶴行鷺伏而至」，像極輕巧的鳥兒行步，用紙條給人「細物穿鼻」。兩個小女鬼偷書，送書，踹腹，批頤頰，細物穿人鼻，掩目阻讀，都是現實生活中沒有受過封建家教的活潑少女的舉止，充滿孩子氣。但你還不能眞把她們當成是現實少女，因爲她們跟平常少女不同，她們「恍惚出現」，有靈動跳躍之美，含鬼影憧憧之意。而這鬼卻又不能作祟，跟常人相遇時都處於弱勢。二女鬼戲弄陶生，陶生「訶之」，她們連忙「飄竄」，哪是祟人厲鬼？分明是柔弱嬌女。

小謝、秋容是兼而有之的「亦鬼亦人」，比人還要美麗還要可愛的女鬼。在古代文學中，還很少出現如此天眞可愛的女鬼形象，如此絕無脂粉氣、絕無道學氣，不諳世事，率眞任性的形象。北齊畫家高孝珩作「蒼鷹圖」於壁，嚇得鳩鸛不敢飛近，聊齋先生比畫鷹驅雀的畫家高明，畫家畫的是實際存在的鷹，蒲松齡寫的是並不存在的鬼，而這女鬼，因爲作者寫得似可觸摸，眞實得像要從紙上走下來。

小謝

陶生不堪女鬼之擾，索性挑明「房中縱送，我都不解，纏我無益」。陶生的浩然正氣感動了二女鬼，她們變而爲陶生服務，給他做飯。陶生與二女鬼友情漸篤，乾脆「設鬼帳」授徒，連男鬼三郎也成了他的學生。當陶生受到惡勢力陷害時，二女奮起與惡勢力抗爭，從嬉不知愁到嘗盡愁滋味。三郎到衙門替陶生申訴，鬼魂出現引起官府驚異；秋容在爲陶生奔走途中，爲城隍黑判攝去，逼充御媵，不屈被囚；小謝爲救陶生，百里奔波，棘刺足心，痛徹骨髓。兩個女鬼和陶生在同陽世陰間惡官鬥爭中，心心相印，陶生終於寧死也要二女之愛，「欲與同寢」，「今日願爲卿死」。二女卻「何忍以愛君者殺君乎」，拒絕同寢，追求同生。兩個女鬼因爲對陶生的感情而勾連，始而「爭媚」，繼而因爲全力救陶生「妒念頓消」，一起還魂，和陶生結連理。《小謝》將一個鐵骨錚錚的書生和兩個柔美女鬼的愛情寫絕了。在這人鬼戀故事裏蘊藏著很深的哲理。

《聶小倩》是人們耳熟能詳的故事：書生甯采臣慷慨豪爽，潔身自好，他到金華，在一間寺院休息。深夜有個美麗女子要跟他親熱。甯采臣斷然拒絕。少女拿來黃金，甯采臣把黃金丟到院子裏。當夜發生了蘭溪書生和僕人暴死的怪事。第二天女子又來，對甯生說：我見的人多了，像您這樣剛強耿直，眞是聖賢。然後說：她叫聶小倩，十八歲時死了，葬在寺外，被妖物威脅，用美色勾引人，攝取人血供妖物飲用。蘭溪書生就是受她勾引後爲妖物所殺，那用來誘人的金子是羅剎鬼的骨頭。聶小倩告訴甯采臣：因爲他不受美色和金錢誘惑，夜裏妖物要派夜叉對付他，同寺的燕生能幫他免除災禍。聶小倩請求甯采臣收拾她的遺骨，運回安葬。

甯生在燕生幫助下從妖物手下逃脫，把聶小倩遺骨發掘出，租船帶回家，將墳墓建造在書齋外，祭奠道：可憐你的魂魄孤苦伶仃，把你安葬在我的書齋旁，不讓你受雄鬼欺凌。禱告完了，聶小倩出現，願隨甯采臣回家，做小妾、丫鬟，無怨無悔。甯母卻很客氣地對小倩說：小娘子願意照顧我兒子，老身很高興。只是我只有一個兒子，靠他傳宗接代，不敢讓他娶鬼做妻子。小倩樂意把甯采臣做兄長對待，承歡慈母膝下，侍奉嫂子、母親。因甯妻長期臥病在床，甯母要親自承擔家務，辛苦得不得了，自從得到小倩，甯母很安

聶小倩

逸，對小倩像對親生女兒，忘記小倩是鬼。小倩剛來時不吃人間飲食，半年後漸漸喝點兒稀粥。沒多久，甯妻病故，甯母想續娶小倩又怕娶鬼妻對兒子不利。聰明的小倩覺察到甯母心思，對甯母說：子女都是上天所賜，甯公子已被上天載入多福厚祿簿冊，命中注定有三個光宗耀祖的好兒子，不會因爲娶了鬼妻就受到影響。甯母相信了小倩的話，跟兒子商量，甯生很高興，甯家大擺筵席告訴親戚朋友。有人要求見甯家的新媳婦，小倩爽快地盛裝出來見客，滿堂賓客反而都不懷疑小倩是鬼，以爲是天仙。

聶小倩從祟人之鬼變活人之妻的過程，饒有情趣。聶小倩在小說裏出現時，「有一十七八女子來，彷彿豔絕」，鬼媼恭維她「小娘子端好是畫中人，遮莫老身是男子，也被攝魂去」。聶小倩的美麗是祟人本錢，「狎昵我者，隱以錐刺其足，彼即茫若迷，因攝血供妖飲」。如果有人不受美色吸引，聶小倩還有第二手，用錢，「又或以金，非金也，乃羅剎鬼骨，留之能截取人心肝」。聶小倩在妖物脅迫下，「以投時好」祟人，是惡的，醜的，可憎的，眞是「歷役賤務，腆顏向人」。她受甯采臣感化，棄暗投明，跟甯采臣回家。近朱者赤，像塊璞玉經過琢磨，光彩顯露：勤勞善良、任勞任怨、察顏觀色、善於辭令。對甯母，像對親生母親一樣孝敬、依戀；對甯采臣，既像對長兄一樣恭敬又像小鳥依人般親切……蒲松齡用兩個細節寫聶小倩「人性」啓動和「鬼性」消失：其一，聶小倩從剛來時不食人間煙火，到能喝點稀粥，跟常人吃飯無異；其二，聶小倩從懼怕燕生劍袋到主動把劍袋掛到臥室，跟懼怕劍袋的惡鬼徹底劃清了界限。女鬼聶小倩人性日漸表露，鬼性日漸湮沒，終於脫胎換骨。小說開頭寫聶小倩美，是女鬼祟人之美。結尾聶小倩仍然美，也仍然是鬼，人們卻懷疑她是仙。從鬼到仙，從惡到善，一念之差，是《聶小倩》這個鬼故事給我們的啓示。

《伍秋月》的人鬼戀，建立在宿命基礎上。伍秋月和王鼎在小說開頭就上了合歡床，然後，一人一鬼共同與荊天棘地的黑社會拚搏。王鼎通過伍秋月進入冥世，兩次殺掉冥役。第一次，是他在隨秋月漫遊冥世時偶然遇到剛死的乃兄王鼐，冥世衙役拘著王鼐「索賄良苦」。王鼎怒不可遏，決殺二隸。第二次，是冥世府衙將伍秋月抓去，隸卒調戲秋月，王鼎「一役一刀，摧斬如麻」。在《伍秋月》裏，冥世確實成了現實另一種表現形式。冥役索賄枉法，猥褻女囚，乃現實社會黑暗吏治的倒影。王鼎殺冥役，是百姓對黑暗吏治深惡痛絕的浪漫性懲戒。王鼎殺掉冥世惡役，帶其兄逃回人世，按伍秋月提示，七日「勿摘提幡（弔孝標識）」，給冥世追捕者錯覺，讓他們以爲王鼐還在冥世，王鼐竟然就這樣復活了。一個柔弱女鬼的雕蟲小技，竟然騙過冥王、判官、黑白無常，真是不可思議。

伍秋月復活，則是對六朝小說沉魂復生模式

伍秋月

詩意化的再創造。《搜神後記．李仲文女》寫葬於武都郡北的李女本應復活，因發棺太早，結果「女體已生肉，姿顏如故」，腿腳沒長好，只好含恨永沉陰世。按六朝小說原則，沉魂復生，有嚴格「定數」，不可違拗，否則萬劫不復。伍秋月命定的復活正如她所說的「此有定數。妾待月盡，始是生期」。可是王鼎殺了冥役，要逃脫冥中懲罰，必須違反「定數」，提前復生。按六朝小說模式，提前復生的結果會永陷地下，成爲枯骨，然而伍秋月卻成功復活，這是王鼎忘我的愛的勝利：王鼎按照伍秋月約定的地點挖開墳墓，將夢中得到的符黏在女屍背上，「夜輒擁屍而寢，日漸溫暖，三日竟蘇」。秋月復活後，骨軟足弱，似乎一陣風就能吹倒。因體弱，家務活兒不能幹，走十步外，就得有人扶著。這反而帶來了封建士子夢寐以求的弱不禁風之美。

《小謝》、《聶小倩》、《伍秋月》都是人鬼戀故事，其中所寫女鬼之美，各有不同風采；女鬼之善，各有不同表現；祟人女鬼改惡從善，受壓迫女鬼奮起抗爭，構成聊齋鬼故事最有魅力的篇章。女鬼特有的淒美，人鬼戀的纏綿悱惻，構成小說的閃光點。類似故事，還有《連瑣》、《巧娘》、《蓮香》、《水莽草》等。

【鬼中之鬼和靈肉分離】

除了大量與六朝小說相似的人鬼戀故事外，聊齋先生還創造出「鬼中之鬼」即聻的故事，創造出冤魂被攝、靈魂肉體分離的故事，可謂奇而又奇。

據《五音集韻》：「人死爲鬼，人見懼之；鬼死爲聻，鬼見怕之。若篆書此字貼於門上，一切鬼祟，遠離千里。」在迷信傳說中，鬼變成聻，則永世不能輪回再生。《章阿端》寫了鬼中之鬼，鬼畏聻，寫得古

章阿端

怪、奇特、神秘，宛如西方哥特式小說。點評家說：「鬼中之鬼，演成一派鬼話。」「死後又死，死到何時？」「鬼復有死生，荒唐極矣。」在古小說「鬼」類型中，《章阿端》值得注意。

章阿端誤嫁蕩子，受盡折磨，憤憤夭逝。她柔弱無依卻善良多情。她與戚生交好，戚生懷戀故妻，求阿端從冥世招來，阿端非但不吃醋，還讚賞戚生「君誠多情，妾當竭力」，千方百計讓戚生夫婦團聚。可歎的是，章阿端剛剛享受一點兒和戚生「桑中樂」的幸福，就被剛愎不仁的丈夫死追硬纏，「白骨儼然」地變成了聻，不僅失去人世生活權力，還喪失了做鬼權力。阿端受聻夫追索，對戚生「以首入懷，似畏撲捉」，哀怨悲切。戚妻為阿端辦鬼道場，使之「將生做城隍之女」，讓阿端再回到鬼世界，對她的不幸充滿了同情。阿端的不幸，一定程度上可以理解為封建社會受壓迫少女的遭遇，有一定思想價值。而阿端由鬼變聻的狀態，「面龐形質，漸就澌滅」，將原來子虛烏有的事描繪得如在目前，變「不近人情」為「似近情理」，說謊而把謊話編得圓，構成故事魅力。

蒲松齡創造了一個個跟鬼打交道的「狂生」形象。《小謝》裏的陶生，《聶小倩》裏的甯采臣，《伍秋月》裏的王鼎，都是這類人物。《章阿端》的戚生也極有神采。他有這樣的話：「餒怯者，鬼益侮弄之；剛腸者，不敢犯也。」戚生「少年蘊藉，有氣敢任」，敢在眾人「以怪異相聒」時「盛氣襆被」住進荒園。對鬼，他一點兒不怕，倒說：「小生此間之第主，候卿討房稅耳。」狂生口吻畢肖。對神情婉妙的少女章阿端，他竟然「裸而捉之」，馬上「強解裙襦」。章阿端幫他把妻子從陰世招來後，他「禁女勿去，留與連床，暮以暨曉，惟恐歡盡」。戚生雖放蕩不羈，對妻子卻有深情。戚妻眷戀丈夫，寧可繼續做鬼，不樂意「將生貴人家」，一再賄賂押生者，不要讓她重新投胎，以求得與丈夫團聚。情之所鍾，生者可以死，死者可以生。戚妻因情而樂意長死，是聊齋寫盡至情的又一新蹊徑。

梅堯臣主張，寫詩要「狀難寫之景，如在目前」。聊齋寫鬼巧妙，似確有其事。《長治女子》寫道士看上美麗的陳女，誘引她的靈魂出竅，殺害陳女肉體，再戕害利用其靈魂進行犯罪活動。陳女靈魂出竅的過程，靈魂與肉體分離的過程，寫得驚心動魄而又入情入理。

按傳統說法，人的生辰八字對人有至關重要的作用，所以道士先向算命者騙取了陳女的生辰八字，然後做法誘引陳女靈魂離開身體：陳女「忽覺足麻痹，漸至股，又至腰腹，俄而暈然傾仆」。似乎陳女靈魂由足部開始徐徐離開身體。道士捉而捺之，陳女欲號，卻喑不能出聲。道士以利刃剖女心，女「覺魂飄飄離殼而立」，人的

長治女子

靈魂與軀殼之間互相感受，似幻似眞。從此，被剖心而去的陳女軀體被道士抛在牛頭嶺，陳女之心也就是靈魂，卻在她自己觀察下，被道士導入了木人：「視道士以己心血點木人上，又復疊指詛咒，女覺木人遂與己合。」從此，有著陳女靈魂的木人，變成道士手中犯罪的工具。道士掌握陳女的靈魂爲他的非法活動服務：「今遣汝第一差，往偵邑中審獄狀。去當隱身暖閣上。倘見官宰用印，即當趨避。」道士還令陳女靈魂限時返回，否則即以釘刺其心，「使汝魂魄銷滅」。陳女爲道士所遣，「飄然遂去」。「飄然」二字，加重魂遊的氣息。但是，鬼魂懼怕官印，「女未及避，而印已出匣，女覺身軀重耎（同「軟」），紙格似不能勝，曝然作響」。道士機關算盡卻送了自己性命，他以爲木人可以在頂棚站立，結果冤魂之重卻令棚頂迸裂，陳女的冤情得到伸雪，道士受到應有懲罰，陳女投胎爲縣令之女。

《長治女子》寫由他人攝魂並驅使靈魂進行犯罪活動，是蒲松齡創造的特有靈魂存在方式。在中國古代小說中，還沒見到類似描寫。

【餓鬼和虛肚鬼王】

蒲松齡最後功名是歲貢，得儒學訓導銜，且是「候選」，要等到有空額時才能上任。因年過七旬，他一直沒機會赴任。妙不可言的是，聊齋竟寫了位上任的儒學訓導，壞事做絕，洋相出盡，這就是聊齋名篇《餓鬼》。

臨邑訓導朱某的前世是綽號「餓鬼」的馬永。此人「衣百結鶉，兩手交其肩，在市上攫食」，穿著破破爛爛的衣服，在市面上搶東西吃。他爲什麼這般乞丐相？因爲坐吃山空。有位好心的朱叟送錢讓他做本錢謀生，也被他「坐而食」盡。這個百無一是的馬永卻和臨邑學官一拍即合：馬永因爲怕遇到自己的恩人朱翁，就跑到臨邑，晚上住在學宮裏，因爲冷，竟然摘下聖賢雕像頭上的旒，取板燒了取暖，被教官抓住，「怒欲加刑」。馬永便向教官表示：「願爲先生生財。」二人達成骯髒交易：由馬永去敲詐有錢的學生，以刀自劙，再誣告學生，讓「學官勒取重賂，始免申黜」。這樣做了幾次，引起公憤，被秀才們揭發。縣官把馬永打了四十大板，枷號示眾。三天後，馬永死於獄中。朱叟夜裏夢到馬永穿著官服來到自己家。第二天，妾生子，朱叟知道兒子是馬永再世爲人，取名「馬兒」，到二十多歲，馬兒先做了秀才，後食餼（享受朝廷補貼），六十多歲時，做了臨邑訓導。

蒲松齡創造性地運用輪回觀念。按照佛教輪回觀，今生作惡，來世變畜牲，今生積德，來世有官祿。蒲松齡反其道而行之，讓前世壞事做盡的馬永當學官，可見學官前世豬狗不如。這位臨邑訓導，前世是「餓鬼」；投胎朱（音諧「豬」）家，朱家恰好還「操業不雅」（賤業），爲「士類所口（詬罵）」；朱叟還給他取名叫「馬兒」，仍然不是人；他之所以在歲試中考得好，不是因爲用功，更不是因爲學問好，而是因爲他考前無意中在旅店看到題目是「犬之性」的文章，就將此文章熟記於心，考試時，恰好就考了這樣的文章……前身是馬，投生到操賤業的豬（朱）家，在狗身上做文章升上去，一概

餓鬼

是畜類勾當，眞是嬉笑怒罵，冷嘲熱諷到極點。更醜惡的是訓導的日常表現：「官數年，曾無一道義交」，畜牲還能有什麼道義可講？「惟袖中出青蚨（錢），則作鸕鷀笑；不則睫毛一寸長，棱棱若不相識」。見錢眼開，不論何人，只要有錢，他就笑得嘎嘎的，像吞到魚的水鴨子。否則就「正經」極了，「威嚴」極了，耷拉下眼睛，像根本不認識你。這個理應護庇學子的學官，把學子當成搖錢樹，把學宮變成陷人坑。只要縣令以學子的小錯誤要求給予輕的懲罰時，他這個教官就狐假虎威，借題發揮，「酷掠如治盜賊」。對學子敲骨吸髓，無所不用其極。一旦有與學子爭訟者，立即成了他的財神。最後，此人終於被恨透了他的「狂生」捉弄，用茜草染成紅鬍鬚，變成了名副其實的「鬼」樣子，氣得「數月而死」，永遠去做餓鬼了。

考弊司

魯迅先生說：「諷刺的生命是眞實。」學官是餓鬼轉世，當然不是生活中的眞實，卻把生活本質揭示得更加觸目驚心。

《考弊司》是《餓鬼》姐妹篇。讀書人在虛肚鬼王所轄的考弊司下生活，和在「餓鬼」式學官治下生活一樣，暗無天日。

「考弊司」顧名思義，是考察弊端的所在，它卻成爲魍魎虐人、藏汙納垢的場所。這個司掛羊頭賣狗肉，司中所做所爲和它自己的門面南轅北轍。

考弊司高廣的堂前，有兩個石碑巍然而立，上寫著笆斗大的綠字：「孝弟忠信」、「禮義廉恥」。堂上的大匾是：「考弊司」。楹間一聯爲：

曰校，曰序，曰庠，兩字德行陰教化；

上士，中士，下士，一堂禮樂鬼門生。

古代的學校，夏代稱「校」，殷代稱「序」，周代稱「庠」。上士、中士、下士本是周代的官名，指各類讀書人。對聯的意思是：考弊司這一陰間學府最講究以「德行」（道德品質，亦即孝弟忠信、禮義廉恥）來教育學生，各類讀書人都在鬼王管轄下學習禮樂。

何等的正經！何等的森嚴！何等的冠冕堂皇！

然而，是什麼人活動在這個地方？是個捲髮，鮐背，鼻孔撩天，其唇外傾、不承其齒的鬼王！他的隨從都是些什麼人？是虎首人身，獰惡如山精。這些人不僅面目可憎，行事更是令人憎恨：凡是前來晉見鬼王者，除了「豐於賄」（交了許多錢）的人可以免除外，鬼王一概要從學子身上割下一塊髀肉。秀才因無錢行賄，竟被割得

三生

「大嗥欲嗄」。

考弊司的外表和內裏如此天差地別。一邊是封建統治者時時標榜的莊嚴的道德說教，一邊是封建統治者時時施行的殘酷的吃人生涯。聞人生目睹鬼王割髀肉的慘狀，去向閻王告狀，殘暴的鬼王被抽去善筋，抽得像殺豬一般地慘叫。

然而，懲治一鬼王，奈整個腐朽社會何？轉眼功夫，聞人生又落入「花夜叉」手中。聞人生鍾情於「容妝絕美」的柳秋華，二人「歡愛殊濃，切切訂婚嫁」。「既曙」，老鴇來逼索金錢。聞人生沒錢，鴇兒立即變臉，用「曾聞夜度娘索逋欠耶」嘲弄。柳秋華「蹙」，信誓旦旦訂婚嫁的她「不作一語」。聞人生的衣服被鴇兒剝去，還說：「此尚不能償酒直耳。」聞人生想與秋華「再訂前約」時，美麗的妓女「自肩以上化爲牛鬼，目睒睒相對立」。什麼愛情，什麼訂終身？都是騙局，都是爲了金錢。

《考弊司》寫聞人生在妓院的遭遇，表面看來，與考弊司是兩個不相干的情節，鬼王是鬼王，妓女是妓女。實際上，二者有機聯繫著。甚至可以說，妓院是對考弊司的巧妙反襯。妓女向嫖客索錢，無錢便「解衣爲典」，與鬼王割髀肉相比，妓女不僅要寬容得多，而且在秀才叱罵後，又將衣服奉還。考弊司主割秀才髀肉卻要苛刻得多，連鬼王前世的大父聞人生去說情，都被鬼王斷然拒絕：「色變曰：『此有成例，即父命所不敢承！』氣象森凜，似不可入一詞。」不管多麼密切的關係，都沒有孔方兄的關係硬。鬼王的貪婪和無恥遠遠超過了低賤的妓女。銷金窟的妓院跟考弊司相比，眞是小巫見大巫。《考弊司》「慘慘如此，成何世界」這句話，一直被研究者作爲最典型的語言經常引用。

《餓鬼》和《考弊司》，再加上《席方平》等陰司告狀的故事，陰世的烏煙瘴氣，被蒲松齡寫絕了。

【夫權，在陰司繼續】

人不可能拔著自己的頭髮離開地球，作家也不可能離開自己所處的時代和所受的教育，所接受的倫理。蒲松齡是封建思想非常鮮明的作家，這特別表現在他的夫權至上觀念。世俗社會男人在家庭中的主人地位從不能動搖，即使到了陰世，男人的夫權仍神聖不可侵犯。蒲松齡向來主張寡婦守節。他曾寫過《請表一門雙節呈》，要求旌揚「兩世兩孀」，對丈夫「矢心不二，之死靡他」的節婦，以便「千秋閨閣，遙聞烈女之風」，「閨門女子，咸知貞婦之榮」。他認爲，「治化體隆，首推節烈」，將宣揚節烈看作維護封建秩序、宣揚封建道德的重要方面。在聊齋故事裏，紅杏出牆的寡婦受到嚴懲，忠於夫君的女子得到獎勵。這構成在當代人看來十分難以理解、非常另類的鬼故事。

《金生色》就是這樣一個故事。在這個故事裏，不守婦節的木氏遭受了慘重的污辱，丟人現眼，命喪黃泉。教唆木氏與人通姦的鄰嫗搬起石頭砸自己的腳，兒婦被辱並被殺，自己被杖斃。木氏父母因不按婦德教女，名譽掃地，家產蕩盡。一件寡婦紅杏出牆的事件導致如此廣泛的株連，如此殘酷的殺戮，令人髮指。

木氏在丈夫生前信誓旦旦，對生病的丈夫「甘詞厚誓，期以必死」；丈夫屍骨未寒，她披麻戴孝期間，就塗脂抹粉，想丟下不滿周歲的孩子

金生色

改嫁。她的婆婆接受兒子告誡，答應她再婚，但要等兒子入土後。偏偏風水先生說其夫一年後才可入土，淫亂的木氏就急不可待地在丈夫靈柩停放家中的情況下，與無賴私通。她的婆母「以其將爲他人婦，亦隱忍之」。一個放蕩的兒媳，遇到一位寬厚的婆婆，看來這「出牆的紅杏」可高枕無憂。然而木氏丈夫金生色的鬼魂卻忍無可忍，擔任起了捉姦角色。

鬼魂捉姦，被蒲松齡寫得繪聲繪色。木氏與董貴「兩情方洽」時，「聞棺木震響，聲如爆竹」。接著，住在外間的丫鬟看見已死了的金生色從放棺材的幃後出來，帶劍闖入寢室。然後，丫鬟見姦夫董貴裸奔而去，死者金生色「捽婦髮亦出」，「婦大嗥」。金生色揪著赤條條的木氏回到娘家的桃園後，放火燒木家，將人引向桃園，木家的人誤射木氏導致她死亡。教唆女兒改嫁的木家在女兒姦情暴露後傾家蕩產，還不得不向金母求赦。姦夫董貴裸奔後，藏到替他拉皮條的鄰嫗家，恰好鄰嫗兒子外出，董貴順手牽羊，淫其兒婦。兒婦睡夢之中還以爲是丈夫歸來。鄰嫗兒子歸來，怒而殺董，不得已殺婦。婦兄起訟，鄰嫗拉皮條之事敗露，被官府杖斃。鬼魂捉姦，不貞的寡婦死到自己家人手中，教唆女兒不貞的木家破產，淫徒被殺，牽線搭橋的三姑六婆害人害己。按照「異史氏曰」，「金氏子其神乎」。古代小說「捉姦」場面比比皆是，鬼魂捉姦且捉得如此高明，還不多見。

鬼妻

金生色鬼魂捉姦，表現出強烈的、至死不休的夫權觀念，而女人也有同樣強烈的佔有欲望。《鬼妻》寫已經死了的妻子不讓丈夫另娶，丈夫跟新婦同床，鬼來毆打新婦，罵她「佔我床寢」。鬼妻不肯退出歷史舞臺，倒也蠻有意思。而蒲松齡的處理就跟《金生色》完全不同了，用桃木把亡妻的墳墓釘住，這位人死心不死的亡妻再也不能出來干擾丈夫了。聊齋先生，這位男女有別、男尊女卑的忠實信仰者，對男對女，總有兩本賬。

蒲松齡肯定也看到，守寡的婦女，特別是青春孤守而沒有孩子者，何等悲慘，何等無助，何等淒涼！所以，他創造了《土偶》故事，讓一位青春守節的女性以自己的癡心感動了冥世，將其丈夫放歸，與她生下一個傳宗接代的兒子。

《土偶》中的王氏當然是節婦。她之守節，主要不是出於節烈觀，而是因爲她與丈夫「琴瑟甚敦」，不肯移情別戀。她「命塑工肖夫像，每食，酹獻如生時」，與擬話本《樂小舍拼生覓偶》的情節類似。按慣例，丈夫的父母應該是逼迫其守節者，《土偶》中王氏的父母、翁姑卻都通情達理，勸她再醮，倒是王氏自己「以死自誓」，這就更顯出她的眞情。王氏的繾綣之情、苦守之志，終於感動了冥世，將其夫放回陽世。她塑的丈夫的土偶忽然「欠伸而下」，「暴長如人」，與王氏

土偶

生一子接續香火。冥司成了與人爲善者，既免除了馬氏絕嗣之懲罰，又允許人鬼「燕好如平生」。土偶生子當然是怪異的，肯定要受到世人嘲笑。蒲松齡又創造出個博學多識的縣令，判斷王氏子果然是土偶親生，這縣令用了兩個方法：一是「聞鬼子無影，有影者僞也」，王氏子在日中「影淡淡如輕煙然」，說明確實是鬼魂所生；二是「刺兒指血付土偶上，立入無痕」，抹到其他土偶上，「一拭便去」，類似現代科學的基因鑒定法。更有意思的是，幾年後兒子長得「口鼻言動，無一不肖馬」。眞是守節之婦感天動地了。

閻王

在《聊齋志異》中，「無後」是對人的最大懲罰。土偶給王氏留下一個兒子是天報善人。土偶離去，王氏又留在漫長歲月的苦寂之中，留在無盡的思念回憶之中。她的精神痛苦，子嗣至上的蒲松齡哪兒管得過來？

《閻王》寫陰司對陽世妒婦的處置，其實也是維護夫權。李久常因爲偶然的機會到了陰世，看到嫂子手足被釘在牆上，很奇怪。閻王告訴他：因爲她是個潑悍妒婦，三年前，你哥哥的小妾生孩子時，她把針刺到小妾肚子裏了，到現在小妾的肚子還經常痛。陰司懲罰你的嫂子，就是要讓她改正。李久常回到陽世，嫂子正在罵小妾。李勸嫂子：你生惡瘡，就因爲你嫉妒。嫂子開頭還口舌鋒利地諷刺李久常，李一句「針刺人腸，宜何罪」，嫂子戰惕不已，涕泗流離，立即告饒：「吾不敢矣。」從此改弦更張，成了一個容忍小妾的賢妻。蒲松齡在「異史氏曰」裏說：「或謂天下悍妒如某者，正復不少，恨陰網之漏多也。余謂：不然。冥司之罰，未必無甚於釘扉者，但無回信耳。」

李久常進入冥世，時空轉換突兀奇特，沒有病亡、勾魂、入夢等前奏，「路傍有廣第，殿閣弘麗」，一下子，一個大活人就從陽世跳到陰世！是所謂「肉身入冥」。傳統寫法應出現的牛頭馬面、判官小鬼一概不見，僅有「青衣」帶路。篇名「閻王」，文中反覆出現「冠帶類王者」，卻不直呼冥王。王者氣象威猛而無絲毫青面獠牙的鬼氣。似人實鬼，筆墨閃爍。這種冥世現實化的處理，還表現在作家異想天開，將本應在人死後施行的懲罰用於陽世：嫂子在陽世「臂生惡疽」，就是因爲她已經被冥世「手足釘扉上」了。而懲罰嫂子，是爲了保護哥哥納妾生子的「神聖」權力。

李伯言

【閻羅薨和考城隍】

閻羅殿常常被聊齋先生表現爲理想的懲惡揚善的地方。

《湯公》寫人彌留之際的懺悔：從兒童時代

到死前所有瑣瑣細細、早就忘了的事都湧到心頭，像潮水一樣在心頭翻滾，想到辦過的一件善事，心頭就清涼寧帖，想到辦過的一件壞事，心頭就懊惱煩躁，心裏像油鍋似的。

所有到過陰司的，不論是暴病而死，如《王蘭》、《劉全》；還是夢中入冥，如《王大》、《薛慰娘》；還是肉身入冥，如《閻羅宴》、《湘裙》；還是無意中掉到冥世，如《龍飛相公》……無一例外，都要在冥間接受善善惡惡的再教育，從此洗心革面，隱惡揚善。

閻羅殿常被表現爲最公正無私的地方：

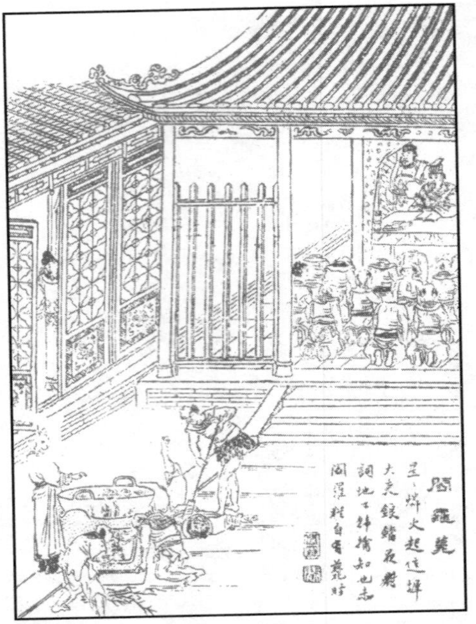

閻羅薨

《李伯言》寫沂水李伯言素來正直有肝膽，他暴病而死後，到冥間審案，先看到一個私良家女八十二人的惡棍被炮烙：「空其中而熾炭焉，表裏通赤」；然後審王生買婢致死案。李伯言因爲王生是自己的親家，心中存左袒之意，馬上就受到了懲罰：「李見王，隱存左袒意。忽見殿上火生，焰燒樑棟。李大駭，側足立。吏急進曰：『陰曹不與人世等，一念之私不可容。急消他念，則火自熄。』李斂神寂慮，火頓滅。」蒲松齡在篇末說：陰司之刑，比陽世慘重，責罰也比陽世苛刻。但陰司沒有走後門、拉關係、說情等事，所以雖然處罰重，受罰者無怨言。誰說閻王殿沒有天日？只怕閻王殿的正義之火，不能燒到民間的衙門上。

《閻羅薨》尤有代表意義。故事裏的魏經歷是兼職閻羅。人在陽世生活，卻夢斷陰司事。巡撫大人爲了自己在陰司的父親，向魏經歷求情。巡撫之父生前任總督，曾誤調軍隊，導致全軍覆沒，此事由魏經歷審問。魏經歷雖然向巡撫聲明「陰曹之法，非若陽世懵懵，可以上下其手」，但終因頂頭上司求情，情面難卻，答應審案時帶巡撫到現場偷聽。魏閻羅審案審得很公平，爲了平民憤，他下令把巡撫之父丟到油鍋裏炸上一遭。不料巡撫見此，非常傷心，「痛不可忍，不覺失聲一號」。這「一號」的結果，竟然讓兼職閻羅受到了嚴懲，「及明，視魏，則已死於廨中」，大概是被陰司召去追查徇私舞弊之罪了。

閻羅還常對歷史人物加以處治。《閻王》寫閻王閒暇無事，把曹操拉出來打上幾十大板。《閻羅》則寫送明代民族英雄升天：「沂州徐公星，自言夜作閻羅王。州有馬生亦然。徐公聞之，訪諸其家，問馬：『昨夕冥中處分何事？』馬言：『無他事，但送左蘿石升天。天上墮蓮花，朵大如屋』云。」左蘿石即左懋第，山東萊陽人。因父親葬在蘿石山上，遂以蘿石爲號。他崇禎四年中進士，官至太常卿，以兵部侍郎銜出使滿洲議和，被清兵羈留。明亡後，左蘿石拒不降清，被殺害。當時人們譽爲「南宋文天祥」。左蘿石罹難時，蒲松齡只有七歲。《閻羅》用「天上墮蓮花，朵大如屋」頌左蘿石升天爲佛，蓮花即蓮花形佛座，是成佛的象徵。蒲松齡用閻羅障眼，熱情謳歌明代的民族英雄，新穎別致。

整部《聊齋志異》首篇是《考城隍》，寫的是

考城隍

蒲松齡姊丈之祖宋某的傳聞：他病臥時，見人牽白顚馬請他赴試，主持考試者竟然有關羽，考題是「一人二人，有心無心」。宋某的文章裏寫：「有心爲善，雖善不賞；無心爲惡，雖惡不罰。」受到誇獎，派他做河南城隍。宋某這才發現，自己參加的是陰司的考試。他以老母在堂請求陰司寬限自己。關公通情達理，再給陽壽九年，奉養老母，以終天年。九年後，宋某老母去世。安葬老母後，宋某「浣濯入室而歿」。清代的聊齋點評家認爲，一部大書，以《考城隍》開篇，帶有寓言性，「賞善罰淫之旨見矣」。

如果硬說陰司題材是蒲松齡發明創造，當然是文學研究中把腦袋埋進沙堆的駝鳥。蒲松齡之前，死而復生、人鬼之戀、完整的陰司、多彩多姿的鬼魂，早被前輩作家創造出來。正如錢鍾書先生所說：前人佔領的疆域越廣，繼承者要開拓版圖越難。而蒲松齡不是守成之主，他是光大前業之君，他異曲同工，他後來居上，他別開生面，他善於尋找新的描寫對象，善於熔鑄新的藝術世界，善於從他人看過一千遍的東西看出全新成分。在這位天才小說家身上，有一種現代科學都無法明辨的能力。這能力，總是能把他送到他人沒有到過的地方，採到靈芝、仙桃、人參果。聊齋鬼故事之奇妙，之豐富，之蘊含深刻，就像元稹評價杜甫：「得古今之體勢，而兼人人所獨專。」

馮鎭巒《讀聊齋雜說》說得好：「讀聊齋不作文章看，而作故事看，便是呆漢。」

讀聊齋不做文學經典讀，而當民間故事看，難道不是呆漢？

蟲鳥花卉足愉娛

北京大學吳組緗教授寫過多首著名詠聊齋詩，其中有這樣兩句：

蟲鳥花卉畜與魚，
百千情態足愉娛。

這兩句詩的意思是：聊齋「妖」類形象，即由蟲、鳥、花、木、水族、走獸幻化成的人物，這些千姿百態的生物和人的個性結合構成的特殊形象，給讀者帶來閱讀驚喜和快樂。

《聊齋志異》創造了多少奇特而富情意的異類？天上飛的，水裏遊的，山中跑的，各種生靈，因一「情」字，紛至遝來到人間：

《葛巾》、《香玉》、《黃英》、《荷花三娘子》，解語花變人間男子床頭妻；

《白秋練》、《西湖主》、《青蛙神》，水族跟人間男子結連理；

《綠衣女》、《阿英》、《竹青》，綠蜂、飛鳥跟人間男子成雙結對；

《素秋》，書中蠹蟲跟人間書生成爲比親兄弟、親兄妹還親的親眷；

……

魯迅先生用八個字概括這類人物：「和易可親，忘爲異類。」

這些美麗的生靈像人間聰慧善良的少女一樣，跟她們打交道的男性很難想像到她們是「另類」。但她們身上又有大自然生物賦予的特點和特殊美感：花變少女，馥香遍體；綠蜂變少女，腰細殆不盈掬；鸚鵡變少女，嬌婉善言……最有意思的是，「獐頭鼠目」本是罵人話，蒲松齡也異想天開，巧借香獐、田鼠形體，幻化出花姑子和阿纖兩少女。「偶見鶻突，知復非人」（魯迅語）。在關鍵時刻，少女露出非人本相，但這具備生物本相的美麗生靈仍不給人帶來災難，只會令人在跟它們（其實是「她們」）交往時考驗自己的善惡，自己的忠誠。

素秋

【花開將爾當夫人】

白居易詩：「少府無妻春寂寞，花開將爾當夫人。」是想像。

宋代文人林逋說「梅妻鶴子」，是精神寄託。

到了蒲松齡筆下，牡丹，菊花，荷花眞變成了讀書人的妻子！

《葛巾》、《香玉》、《黃英》、《荷花三娘子》是聊齋最膾炙人口、最具詩情畫意的篇章。同樣花而人，又形態各異、性格各別，苦樂悲喜各不同：

葛巾之豔麗，一如封為「曹國夫人」的紫牡丹；

香玉之淒美，一如冰清玉潔的白牡丹；

荷花三娘子之清香，一如出污泥而不染的芰荷；

黃英之俊爽，一如笑迎秋風的懸崖秋菊。

洛陽牡丹甲天下，人所共知，蒲松齡卻用一個有趣的愛情故事調侃：洛陽牡丹其實是洛陽人常大用從山東曹州帶來。常大用癖愛牡丹，到曹州等牡丹花開，作懷花詩百絕。牡丹含苞，他的錢花光了，春衣都典了，仍繼續等牡丹開花。常大用對牡丹的癡愛感動紫牡丹花神葛巾，化為「宮妝豔絕」的少女跟他相見。常大用害了相思病，憔悴欲死。葛巾給他送來「藥氣香冷」的飲料，當是牡丹香精，飲之肺鬲寬舒。常大用跟葛巾幽會，「玉肌乍露，熱香四流，偎抱之間，覺鼻息汗薰，無氣不馥」，軟玉溫香抱滿懷，寫的是男子對美女的感受，實際蘊含人在牡丹花叢中的感受。葛巾跟常大用結婚，給他

葛巾

提供回家的銀子，再把妹妹玉版介紹給常大用的弟弟。兄弟俱得美婦，家也日以富，還生了兩個兒子。常大用遭遇葛巾，可謂無處不美，無處不善，無處不順。愚蠢的常大用卻「疑女爲花妖」，旁敲側擊，語含猜忌。葛巾「蹙然變色」說：「三年前，感君見思，遂呈身相報；今見猜疑，何可復聚！」葛巾、玉版「舉兒遙擲之，兒墮地並沒」。常大用還沒回過神來，「二女俱渺」。「墮兒處生牡丹二株，一夜徑尺，當年而花，一紫一白」。葛巾牡丹，來得美，去得更美，「自此牡丹之盛，洛下無雙焉」。

香玉

這常大用眞是腦袋缺根弦，有這麼好的花妖，比常人美，比常人善，比常人好，比常人能讓家業昌盛，這樣的女性，在人間打著燈籠哪兒尋？你就讓她是妖，就接受她是妖，就偏偏喜歡她是妖，就永遠愛這妖，豈不美哉？偏要「打破砂鍋問（紋）到底」！常大用癡愛牡丹，牡丹眞解語，眞做妻時，他卻葉公好龍，無福消受，鬧了個玉碎香銷，雞飛蛋打。「常大用」有何用？一點用沒有，笨伯耳。

蒲松齡善於寫同樹不同枝，同枝不同葉。同樣寫世間男子和牡丹花神的戀情，《香玉》跟《葛巾》完全是兩個境界。黃生跟常大用完全不同，明知香玉是花神，反而愛得更深，更切，更執著，最後乾脆自己做起

嶗山下清宮

花來。

黃生在嶗山下清宮讀書，遇到一對豔麗無雙的女子，他跟白衣女子香玉成了愛侶，紅衣女子絳雪是香玉的義姐。香玉是白牡丹花神，絳雪是耐冬花神。因爲即墨藍氏移走白牡丹，白牡丹憔悴而死。黃生知道愛人是牡丹花神，情更重，思更深。黃生跟絳雪一起懷念香玉，感動得香玉的花魂來跟黃生相會，幾經挫折，香玉復活。黃生卻病倒了，但他不懼怕死亡，反而認爲，肉體死亡使他的精神可以跟愛妻香玉、摯友絳雪長相依。按照黃生的願望，他死後成爲依偎在白牡丹旁邊、只長葉不開花的紅牡丹，後來紅牡丹因爲不開花被砍去，白牡丹和耐冬絳雪也憔悴而死。黃生和香玉爲了愛，可以義無反顧地選擇死亡，可以費盡曲折地選擇重生，生生死死，癡情不變，寫盡至情。牡丹花神香玉和癡情的黃生成爲古代小說人物畫廊的著名形象，嶗山下清宮成了著名景點。

香玉在小說裏以花、花神、花魂、花中美人四種姿態出現，令人眼花繚亂：第一次，是「牡丹高丈餘，花時璀璨似錦」的花；第二次，是「素衣掩映花間」的豔麗花神；第三次，是「盈盈而入」「偎傍之間，彷彿一身就影」的花之鬼或花魂；第四次，牡丹花神復活，這是古代小說最美麗的片段之一：「花一朵，含苞未放……花搖搖欲拆，少時已開，花大如盤，儼然有小美人坐蕊中，裁三四指許，轉瞬間，飄然已下，則香玉也。笑曰：『妾忍風雨以待君，君來何遲也！』」

王士禎評《荷花三娘子》：『花如解語還多事，石不能言最可人』。放翁佳句，可爲此傳寫照。」荷花三娘子，顧名思義，是荷花仙子。她矜持自重，宗湘若對她費盡心思追求：宗生見披冰縠之垂髫人（荷花三娘子），立即乘舟追之，垂髫人化爲短干紅蓮藏到寬大的荷葉下；宗生對荷花爇火，荷花化爲姝麗，卻故意說自己是害人的妖狐，「將爲君祟」，意在拒宗生於千里之外；宗生卻癡戀不已，姝麗又化爲石，化爲紗帔，最後才感念宗生之熾烈、執著追求，「垂髫人在枕上」。荷花三娘子不久離開，與宗生分別時說：「聚必有散，固是常也。」有「兩情若是久長時，又豈在朝朝暮暮」之隱含，不要長久相處，不要白頭偕老，只要相處的眞情，是比較新穎的感情觀。荷花三娘子的珍重，灑脫，有碧波芰荷冉冉香的意境。

傲霜挺立的菊花，向來是中國文人高潔秉性和高雅生活的象徵。蒲松齡終生愛菊，垂暮之年有詩曰：「我昔愛菊成菊癖，佳種不憚求千里」，他喜歡菊花「不似別花近脂粉，輒教詞客比紅妝」。菊花花神黃英與葛巾、香玉等生生死死爲愛情的花仙不同，她無脂粉氣，有丈夫氣，人淡如菊，人爽如菊。她在人生中，有自己的事業，有自己的位置，宛如傲霜挺立的秋菊。黃英及其弟「醉陶」，姊弟一體，以俗爲雅，變文人黃

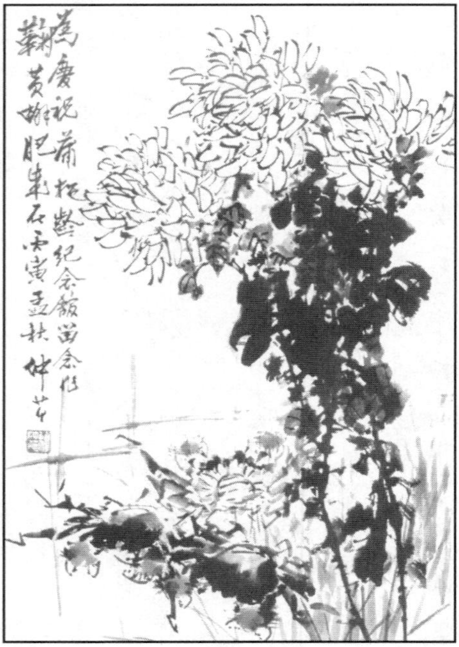

菊花

花爲致富之道。蒲松齡描寫的黃英從無怪異舉動，我們可以把黃英一直當作受近代文明思想影響的女強人形象，直到其弟的花神本相顯露：「起歸寢，出門踐菊畦，玉山傾倒，委衣於側，即地化爲菊，高如人，花十餘朵，皆大於拳。」「短干粉朵，嗅之有酒香，名之『醉陶』，澆以酒則茂。」陶生的菊花本相和黃英的始終無怪異，相映成趣。

葛巾、香玉、荷花三娘子、黃英，都是花神，她們之間卻找不到雷同之處，在古代小說中也找不到類似的作品。怪不得聊齋點評家要說：聊齋層見疊出，各極變化，如初春食河豚，不信復有深秋蟹螯之樂。

聊齋還有個小故事《橘樹》，寫一個小姑娘跟一棵樹的情誼：陝西劉公做興化縣令時，有道士送他一棵小橘樹，細得像手指頭，他不想要。他六七歲的女兒喜歡、呵護。等劉任滿時，橘樹盈把，剛開始結果。劉公不樂意把樹帶走，女兒抱樹嬌啼，家人騙她：暫時離開，以後還回來。小姑娘怕有力氣的人把樹背走，親自看著家人把樹移栽到階下離去。姑娘長大，嫁人，丈夫赴任，恰好做興化縣令。「橘已十圍，實累累以千計」。原來，劉公走後，橘樹只長葉不結果，這是第一次結果。連結三年，第四年，「憔悴無少華」，「夫人曰：『君任此不久矣。』」到秋天，果然不當這縣令了。

橘樹

情到深處才是眞，樹猶如此，花猶如此，而況於人乎？

【彩翼展展為情來】

《綠衣女》寫於生深夜讀書寺中，有少女悠然而至。人未到聲先至，一句「于相公勤讀哉」，親熱而不輕佻。于生疑惑：深山中哪來女子？接著推扉笑入的女子，綠衣長裙，婉妙無比。從她超凡脫俗的容貌，於生判斷：眼前麗者絕非凡間之人，一再追問她住什麼地方。綠衣女以問作答：「君視妾當非能咋噬者，何勞窮問？」

綠衣女

幽默俏皮又友好，拒絕得婉轉溫雅，比如實招供都令人滿意。接下來就是聊齋故事常有布局：「羅襦既解，腰細殆不盈掬。更籌方盡，翩然遂去。」

于生發現綠衣女「談吐間妙解音律」，求她唱曲兒，回答是「妾非吝惜，恐他人所聞。君必欲之，請便獻醜，但只微聲示意可耳」。以蓮鉤輕點足床而歌曰：「樹上烏臼鳥，賺奴中夜散。不怨繡鞋濕，只恐郎無伴。」唱詞透露出綠衣女身分：她本是小綠蜂，因爲烏臼鳥吃掉比翼雙飛的郎君，她孤棲偷生，不得不來到人間找書生爲伴，夜深露重，繡鞋被打濕。綠衣女的低調和膽怯，很像人間遭受過愛情挫折的女性，她總是那樣膽怯，實際上她是失去伴侶的小綠蜂，一朝被蛇咬，十年怕草繩。綠衣女的歌聲也有特異美感：「聲細如蠅，裁可辨認。而靜聽之，宛轉滑烈，動耳搖心。」

「物而人」是蒲松齡拿手好戲，少女綠蜂，會合無間。少女「綠衣長裙」，實指綠蜂的翅膀；少女「腰細殆不盈掬」，實指蜂腰；少女妙解音律，實指蜂之善鳴；少女「偷生鬼子常畏人」，非畏人，畏鳥臼鳥和蜘蛛也。處處寫美麗而嬌柔的少女，時時暗寓綠蜂身分。婉妙的身材，寫蜂形；嬌細的聲音，寫蜂音。少女最後變成綠蜂順理成章：于生送走綠衣女，「聞女號救甚急」，剎那間，少女變成了被蜘蛛網困住的綠蜂，少女號救聲變成了綠蜂嚶嚶「哀鳴聲嘶」。于生挑網救蜂，蜂投身墨池，走作「謝」字，純粹的物顯示了人的心態。美哉綠衣女！

《阿英》寫甘玨路遇美少女阿英，阿英說：令尊跟我有婚姻之約。兩人成夫妻後，甘家人發現阿英嬌婉善言卻有分身法，一再追問，阿英化成鸜鵒翩然而逝。原來，甘玨的父親養過一隻聰明的鸜鵒，餵鳥時，四五歲的甘玨問：飼鳥何為？父親就開玩笑說：將以為汝婦。鸜鵒認為，這就是婚姻之約，來給甘玨做媳婦。

甘家似乎特別跟鳥兒有緣，甘玨父親死得早，哥哥甘玉把弟弟養大，打算給弟弟找個漂亮媳婦，因選擇過苛，一直找不到合適的。甘玉夜

阿英

宿山寺，聽到窗外有女子說話聲音，見幾個女郎席地而坐，都非常漂亮。一女子低吟一曲：「閑階桃花取次開，昨日踏青小約未應乖。付囑東鄰女伴少待莫相催，著得鳳頭鞋子即當來。」唱歌的美女卻被一個獰惡而「鶻睛」的偉丈夫捉住，咬斷了手指。甘玉救出她，直言想娶她爲弟婦，卻被這秦氏姑娘謝絕，說自己已經殘廢了，不堪爲配，答應「別爲賢仲圖之」。原來，這姑娘也是隻鳥兒，秦吉了，她要給甘玨介紹的，正是鸚鵡阿英。而秦吉了在甘玉遇難時「飛集棘上，展翼覆之」救了他。甘氏一家，因爲跟鳥兒結緣，幾次靠鳥兒幫助巧度難關。

《竹青》寫的人鳥之戀，跟鳥而人的《阿英》迥乎不同。魚客下第，沒錢回家，餓昏在吳王廟，被收編爲「烏衣隊」成員，做了烏鴉。吳王給他（已經是「牠」）配個雌烏鴉竹青，「雅相愛樂」。竹青特別愛護初次做鳥、沒有覓食經驗的魚客，這純粹是鳥與鳥之間的愛。魚客變成的雄鳥被滿兵射殺，竹青一幫小鳥竟然鼓翼扇波，把船弄沉了。雄鳥一死，魚客復活，再訪故所，人不忘鳥侶，祭奠竹青。夜晚「幾前如飛鳥飄落，視之，則二十許麗人」，原來就是變成神女的竹青！從此魚客有了兩個家。需要見竹青時，他變成鳥，披上烏衣，凌空飛翔。當竹青要生產時，他大開「胎生乎，卵生乎」的玩笑，也頗有情味。

竹青

綠蜂，鸚鵡，烏鴉，彩翼飄飄爲情來，福地洞天，別開世界。

【異類有情堪晤對】

魯迅先生說：「異類有情，尙堪晤對。」

白秋練跟慕生相戀，隨慕生回家，必須得帶上家鄉的水，吃飯時，像加醬油、醋一樣，添加到食物中。湖水用盡，白秋練像涸轍之魚病倒，日夜喘息，奄然而死，臨死時交代：「如妾死，勿瘞，當於卯、午、酉三時，一吟杜甫《夢李白》詩，死當不朽。候水至，傾注盆內，閉門緩妾衣，抱入浸之，宜得活。」慕生如法炮製，白秋練復活。原來，她跟慕生相戀，是因爲共同愛好詩，她離不了詩，也離不了水，杜詩竟然對她起了「保鮮」作用，湖水竟能讓她復活，因爲她本來是離水不能活的水族！慕生雖知秋練「異類」，愛慕如昔，戀情如昔。

素秋是個粉白如玉的少女，她的哥哥結拜了一位異性兄長，她用尋常的綢子剪成一個一個小人，奔走上菜，嗽口水誤濺身上，婢女墜地變成了四寸長的帛剪小人。素秋不愛紈袴子弟丈夫，用幻術保持清白，每天晚上用眉筆畫丫鬟，丫鬟就變成她的樣子，跟紈袴共枕席。素秋爲丈夫所賣時，幻化成「巨蟒兩目如燈」，將眾人嚇退……素秋一直帶有明顯的異類感，原來，她是書中蠹蟲所化，而其異類本相，是用她哥哥死後變形表現出來的：「棺中袍服如蛻，揭之，有蠹魚徑尺，僵臥其中。」俞愼雖知素秋異類，關愛如昔。

《花姑子》是個奇特的愛情故事。安生有放生之德，受恩老獐「蒙恩銜結，至於沒齒」。當安生夜行遇險時，章叟救迷途的安生免受蛇精之禍，並出妻現女熱情招待。恩情是恩情，禮教是禮教，安生與其女兒私會時，古板的章叟卻認爲「玷我清門」斥責女兒，「且行且詈」。當安生爲蛇精所害命在旦夕時，章叟又堅決要求上帝允許他「壞道代死」。章叟耿直自重，以德報恩，甚至不惜犧牲自己生命，是個憨厚、純樸、重情義的正人君子，又是一個倔強、戇直、不顧兒女情的封建家長。花姑子爲安生癡情感動，在安生病危時冒險蒙垢前去慰問，安生因誤認蛇精爲花姑子被害死，花姑子又歷盡艱險，「業行已損其七」，救活安生。花姑子是癡情的少女，又是有法力的獐精。亦人亦獸，如雲龍霧豹，有光怪陸離的旖旎之美。

「花姑子」，意即「花骨朵」，含苞未放之花。小說開始就寫花姑子「芳容韶齒」，「韶齒」即年少之意。這年齡又跟她的外貌相融合，「秋波斜盼」，「嫣然含笑，殊不羞澀」，這花蕾般的少女還不知道在異性面前要害羞或表現出害羞！

蒲松齡寫花姑子，特別寫她天真、聰明。章叟讓花姑子熱酒招待客人，酒卻沸了，而且不只一次。第一次是眞沸，花姑子貪玩「插紫姑」導致酒沸，她嚇得大聲驚叫，這點綴瑣事的傳神之筆，將花姑子的稚氣未脫寫得活脫脫。第二次酒沸是假沸。安生突如其來求愛，花姑子抱壺向火，沒沒無聞。安生追問她：我可以向你父親求婚嗎？花姑子「屢問不對」。她明知異類之隔，常諧伉儷不能。安生強行接吻，花姑子慌忙中「顫聲疾呼」。章叟出現的一剎那，花姑子卻突然用詭詞保護安生，說她呼喊是因爲酒又沸了，幸好安生到

花姑子

來！

花姑子表面上對安生敬而遠之，漠然不在意，關鍵時刻卻本能地曲意呵護，是愛的覺醒。繼之而來的，是花姑子兩次爲安生治病。第一次治病，安生相思得病，病勢沉重。花姑子一出現在安生面前，安即「神氣清醒」。花姑子「以兩手爲按太陽穴，安覺腦麝奇香，穿鼻沁骨」，既是醫術高明的醫者施術，又是麝香生效。花姑子給安生留下甘美無比又不知所包何料的蒸餅，還有花姑子「氣息肌膚，無處不香」的體態特點，都暗點花姑子香獐身分。花姑子「實不能永諧琴瑟」，卻冒險蒙垢，「來報重恩」，二人從相思病苦到情愛無限。第二次治病，因安生尋花姑子爲蛇精所害，花姑子爲救安生而道行大損，章叟也爲救安生情願「壞道代死」。兩次治病的描寫，巧奪天工地將花姑子爲情獻身的品格和妙手回春的法術結合起來，沁入骨髓的至善至美的人性美，和新穎奇特至強至烈的異類感，天衣無縫地交匯，層層推進，把本來已經外貌「殆類天仙」的花姑子，在人格力量上推向聖潔、高尚、優美的「仙乎仙乎」境界。

阿纖

《花姑子》「異類」身分暗點其中，人與異類的關係以「報恩」爲線索結撰，這類構思方式是古代小說處理人與異類關係時經常採用的。《阿纖》也寫異類與人交往，故事卻平實得多：奚山客居蒙沂途中到古家避雨，受到主人熱情接待。他看到主人小女，主動替幼弟聯姻。不久，奚山在途中遇到一對服喪母女，方知古翁已逝，母女家中頗有餘糧，賣掉後隨他返鄉。阿纖與古弟結婚，新婦賢，家業興。奚山再次到蒙沂，對阿纖的來歷大生疑念，疑新婦非人，是老鼠成精。阿纖不堪忍受阿伯歧視，離開古家。三郎誓不再娶，古家也從此敗落。阿纖再次返回，古家才得以家業重興。表面上看，此故事頗像日常生活普通家庭的聯姻、矛盾、夫妻聚合，實際上，蒲松齡一直用「異類」巧做文章：

與奚山交往的古翁熱情待客，不想從奚山身上佔什麼便宜。奚山代弟向其求婚，他毫不作難應下，毫不見外，立即決定全家一起搬到奚家附近。當奚山酬以飯金時，他誠懇地說：「客留一飯，萬無受金之理，矧附爲婚姻乎？」各種細節說明古翁是忠厚老實良善之人。古翁因壓於敗堵而亡。奚山再訪蒙沂，聽說「第後牆傾」、「石壓巨鼠如貓」，從這一巧合推斷古翁乃鼠精，讀者也豁然洞開，原來此前作者早已爲「異類」預布伏筆：古翁「堂上迄無几榻」，家居之簡陋帶鼠穴特點；古翁自稱家中「雖有宿肴，苦少烹鬻，勿嫌冷啜也」，「既而品味雜陳，似所宿具」，吃的東西不少，卻是冷的，帶鼠糧特徵。古翁招待客人時「拔來報往，蹀躞甚勞」，也帶有鼠類多動特點。

阿纖身上怪異成份更少，幾乎可以說是尋常的、因娘家地位不高在婆家受歧視的、忍辱負重的女性。「窈窕秀弱，風致嫣然」。與三郎結婚後，「寡言少怒，或與語，但有微笑，晝夜績織無停晷」。在家庭中表現爲低調的、賢妻良媳模式。奚山懷疑她是鼠精，用善捕之貓威嚇，阿纖先是據理力爭，對三郎說：「妾從君數載，未嘗少失婦德。今置之不以人齒，請賜離婚書，聽君自擇良耦。」是自尊、自愛、又是無助的少婦口吻。最後一走了之，是因爲對封建家長無可奈何。她再次回到奚家後，對阿伯不計舊惡，「輒以金粟周兄」，且說：「彼自愛弟耳。且非渠，妾何緣識三郎哉？」通情達理，以德報怨。阿纖身上沒有踢天弄井的怪異力量，只有自重、自愛、自尊心和寬容心。作者一直採用明寫與暗寓並行的描寫，如，「窈窕秀弱」明寫少女形象，暗點小老鼠形態；阿纖之母向奚山敘述家中有積糧若干石；阿纖再次返回奚家「出私金，日建倉廩，而家中尚無儋石……年餘驗視，則倉中盈矣」。都在描寫現實事件的同時，暗點老鼠善積糧的特點。那個收購古姥糧食的「碩腹男子」，也給人以「碩鼠」印象。但直至小說結束，阿纖的鼠精神通始終沒有再現，「後亦無甚怪異」，作者似乎特地創造「無怪之怪」的異類故事令人耳目一新。

【山君做子侍慈親】

除了人和異類之戀的故事外，蒲松齡還寫過許多人和動物之間的交往：《二班》寫一位醫生替生病的老虎治傷，當他遭遇群狼時，老虎前來撲殺群狼；《毛大福》寫醫生爲難產的狼接生，醫生被誣陷時，狼爲他洗刷冤情；《趙城虎》寫山君做子侍老母的故事，則尤其動人。

虎有人性，前人作品屢見不鮮。《搜神記》寫蘇易爲難產之虎接生，虎「再三送野肉於門內」。《太平廣記》收了不少虎報恩故事，如《神仙拾遺·郭文》和《獨異志·種僮》，分別寫虎以死鹿報恩和害人之虎低頭認罪。元代《夷堅

趙城虎

續志補遺》寫害人之虎慚而「化爲石虎」。明代《古今譚概》寫食人之虎「弭耳貼尾」就縛，被「子仁厲聲叱責，杖之百而舍之」……聊齋故事《趙城虎》營造出更加優美奇特的「虎而人」的新穎天地。

趙城虎不僅吃人，還時時帶有猛獸給人的鎮懾。它一出現，「隸錯愕，恐被咥噬」；老嫗送葬時，「虎驟奔來」，嚇得「賓客盡逃」。但虎的行事卻蘊含豐富的人情味兒：趙城嫗的兒子被虎吃掉，嫗向縣宰告狀要求捉虎，喝醉的隸卒應承了任務完不成，「受杖數百」，只好到岳廟「跪而祝之」。此時，「一虎自外來」，「殊不他顧，蹲立門中」，露出一副「好漢做事好漢當」神態；接著百獸之王「貼耳受縛」，自疚之心昭昭可見；見縣宰後，縣宰問：吃老嫗兒子的是你嗎？老虎點頭；再問：殺人者償命，如果你能贍養老人，我就赦免，老虎又點頭。兩度「頷之」，第一次認罪不諱，第二次答應做嫗子養老送終，「虎而人」意味何等濃厚！

聊齋先生的生花妙筆並沒有到此爲止，而是繼續在虎的人情味上大做文章。虎不僅切實做了孝子，在物資上「奉養過於其子」，感動得趙城嫗非但不要求「殺虎以償」，還「心竊德虎」。虎還如兒子般依戀嫗，嫗活著時，老虎「時臥簷下，竟日不去」，宛如兒子承歡膝下；嫗逝後，虎「吼於堂中」，如兒子哭慈母；「直赴塚前，嗥鳴雷動」，簡直是孝子送葬！虎而人，人而虎，天衣無縫。

黑格爾說過：「眞正的創造就是藝術想像的活動。」「最傑出的藝術本領就是想像。」蒲松齡的創造就是想像出以純粹虎形負荷完整而優美的人性，甚至可以說，正是借助於猛獸外形和仁人內心越來越大的裂縫製造出奇異之至的美。趙城虎從「蹲立門中」、「貼耳受縛」到「時臥簷下」、「吼於堂中」、「直赴塚前，嗥鳴雷動」，處處都是猛獸行爲，內中包含的優美人性、如水柔情卻令人心動神移。曾經食人的獸中王，成了可愛的人化非人，虎形義士。

當然啦，幻想不過是幻想。「若教山君可做子，食盡人間爺娘多」！

《聊齋志異》的「妖」，是亦人亦妖，人格化的妖，「頓入人間」的妖。他們之所以那麼令人喜愛，因爲蒲松齡寫妖，正如魯迅先生分析「示以平常」。聊齋之妖，很少像《西遊記》的孫行者，蹋天弄井，上天入地；很少像《封神演義》的哪吒，三頭六臂，翻江倒海。聊齋之妖像人間凡夫俗子，生活著，追求著。

聊齋狐仙，最符合這一「和易可親，忘爲異類」「示以平常」的特點，也是聊齋之妖最成功的一種。《青鳳》寫人狐之戀，狂生耿去病到素有怪異的荒宅，「撥蒿蓬，曲折而入」。出乎他的意料，也出乎讀者的意料，這個鬼狐之藪，「殊無少異」，是一幅秩序井然的家族聚飲圖：「潛窺之，見巨燭雙燒，其明如晝。一叟儒冠南面坐，一媼相對，俱年四十餘。東向一少年，可二十許；右一女郎，裁及笄耳。酒胾滿案，團坐笑語。」簡直是一個禮法森嚴的封建家庭。家長南面坐而且戴著讀書人的帽子；媼和少年、少女的坐次，毫無越規；而團團圍坐，歡聲笑語，又體現出家族的和睦氣氛。哪兒有一點兒「狐」的蹤影？當耿去病闖入，狐叟出迎，兩人攀談後，耿去病用「塗山氏」即狐仙之祖的赫赫功績取悅狐叟。狐叟高興了，讓妻子和女兒都出來聽，儼然是一個喜歡用高貴門第自悅的儒者。

粉蝶

「示以平常」的描寫，產生了「忘爲異類」的效果。讀者讀這些妖類故事，感受的是人生的窮通禍福，現實生活的愛恨情仇。蒲松齡這亦人亦妖的障眼法，把讀者矇混了，尤其是把小說裏跟「妖」打交道的當事人迷惑住了。

「異類」使小說妙趣橫生，撲朔迷離。最虛幻又最眞實，最奇特又最平凡，最離奇又最合理，亦人亦妖，時而人而妖，時而妖而人。蒲松齡創造比現實更深刻、更美好的虛幻假像。「妖」雖各有不同，深刻的人文關懷始終照徹毫末，精筆妙墨，苦心經營。三百年過去，這些異類形象仍令人百讀不厭、回味無窮。

劉義慶《幽明錄・焦湖廟祝》文字不長，但開後世文學「夢文章」的先河：「焦湖廟祝有柏枕，三十餘年，枕後一小坼孔。縣民湯林行賈，經廟祝福。祝曰：『君婚姻否？可就枕坼邊。』令湯林入坼內，見朱門，瓊宮瑤台勝於世。見趙太尉，爲林婚。育子六人，四男二女。選秘書郎，俄遷黃門郎。林在枕中，永無思歸之懷，遂遭違忤之事。祝令林出外間，遂見向枕。謂枕內歷年載，而實俄頃之間矣。」夢中得富貴，做高官的故事，後來成爲小說家和戲劇家熱衷的題材。沈既濟《枕中記》，湯顯祖《邯鄲夢》，戲法兒個個會變，立意各不相同。蒲松齡擴大了夢文學的疆域，除夢中做官之外，夢是凡人聯繫神鬼狐妖的最佳手段：

女鬼伍秋月，一個柔弱嬌女，借助夢，來到王鼎床上；

庫將軍，出賣朋友的無義之賊，夢中受到冥司沸油澆足的懲罰；

英雄少年于江，夢中得父親囑託，勇殺惡狼；

品行不端的邑人，夢中成爲案上之肉，被碎割；

……

聊齋夢文章，無處不在。聊齋之夢，做得新奇，做得巧妙，做得有思想教育意義。我們具體看幾個聊齋夢。

【夢中之夢似是眞】

《狐夢》寫畢怡庵忻慕、嚮往《聊齋志異》中的青鳳：「恨不能一遇。」果然在夢中遇狐，極盡繾綣、怡遊。小說夢中有夢，奇幻詭異，作者偏偏在篇首鑿鑿有據地說「余友畢怡庵……嘗以故至叔刺史公之別業」，夢中遇狐。篇末又確切地說：「康熙二十一年臘月十九日，畢子與余抵足綽然堂，細述其異。」作者以半眞半假的筆墨，造成一種眞幻相生的藝術境界。

查《淄川畢氏世譜》，根本沒有一個號曰「怡庵」者，作者說他乃刺史公之侄，當爲畢氏

狐夢

族人。「刺史公」指蒲松齡東家畢際有，字載積。《聊齋志異》中《五羖大夫》和《鴝鵒》篇末題「畢載積先生志」或「畢載積先生記」。畢際有夫人王氏是王士禎的從姑母，是小說愛好者。喜歡晚上坐在廳房裏，沏上茶水，讓孩子們念野史。畢家子弟，都喜歡談鬼說狐。《狐夢》中狐女說：「曩有姊行，與君家叔兄，臨別已產二女。」就是拿畢家子弟開玩笑。學術界有人推斷在書中被取笑的「叔兄」就是聊齋先生的少東家畢盛鉅。眞眞假假的人物、地點、時間，常常是蒲松齡誘人深信其故事的迷霧。《狐夢》讓畢怡庵因慕狐仙而夢狐仙，又受狐仙之託，要求聊齋作傳，以便「千載下人愛憶如君者」。煞有介事，妙趣橫生，其實不過是作者自己做「廣告」。

「狐幻矣；狐夢更幻；狐夢幻矣，以爲非夢，更幻。」（何垠評語）《狐夢》融狐仙和夢幻於一爐，極盡幽默風趣之能事，喜劇氣氛洋溢全篇，雖然是夢，是幻，卻有十分濃郁的生活氣息。

小說開頭說畢怡庵「倜儻不群，豪縱自喜。貌豐肥，多髭」。似乎是平常的敘述語言，實際上把敘述語言與作者評價有機地黏合。這種語式源自於《史記》。蒲松齡更以其驚人的才華，在開宗明義的人物介紹中，埋藏了故事發展的引線和人物個性的基調。正因爲「倜儻」，畢怡庵才會在夢中先對「風雅猶存」的狐婦「投以嘲謔」，又對「曠世無匹」的狐女「款曲備至」。正因爲他「豪縱」，才會「連舉數觥」，醺醺大醉，才會口沒遮攔地將自己的豔遇告訴他人。又因爲畢怡庵的體貌豐肥而多髭，小說中才敷衍出「肥郎癡重，使人不堪」；「我謂婢子他日嫁多髭郎，刺破小吻，今果然矣」等妙不可言的閨房戲語。因而，畢怡庵雖不是《狐夢》中最生動的人物，他的個性乃至體貌卻起了重要作用。

「點綴小女子閨房戲謔，都成雋語，且逼眞。」（馮鎭巒評語）畢怡庵夢中遇狐仙，狐仙的姐妹想跟他見面，又怕他舉動粗魯，就邀請他夢中相見，於是有了夢中之夢。這夢中之夢，畢怡庵與狐女聚飲，就像《紅樓夢》大觀園酒宴一樣有趣。幾位狐女年紀相近，相貌相似，同中存異，曲盡變化，個個逼眞活跳。大姊是筵主，溫文爾雅，初露一面，不著一語，「斂衽稱賀已」。當二姐取笑時，是她提醒：「新郎在側，直爾憨跳。」四妹的貓兒戛然而鳴，仍是大姊提醒「尚不拋卻，抱走蚤虱矣」。時時處處顯示出當家理事、顧全體面的身分。二姊開口解頤，豪爽調皮，一見三娘就以「妹子已破瓜矣」、「刺破小吻」戲謔，唐突地說畢怡庵「肥膝耐坐」，近於尖刻地嘲笑三娘「三日郎君，便如許親愛耶」？二姊的話語是調笑型，帶挑刺意味。二姊與大姊兩人，一個處處爲他人斡旋，一個時時揶揄他人，一個出語溫和，一個開口潑辣，剛柔相形，格外鮮明。四妹在筵中未發一語，卻用她抱來的貓兒畫龍點睛體現了她聰慧頑皮的個性：貓至畢怡庵時輒鳴，害畢怡庵「連舉數觥」，「乃知小女子故捉令鳴也」。狐女三娘的個性更是活靈活現，作者在她露面時加以「態度嫻婉」的考語。她對畢怡庵和順溫柔，邀畢赴宴時謙恭地說：「勞君久伺。」對二姊的諧謔，只以沉默對待，「以白眼視之」。畢怡庵豪飲時，她忙提醒：「勿爲奸人所弄。」二娘挖苦她「三日郎君，便如許親愛耶」，正是對三娘的賢淑秉性的確切評價。《狐夢》寫的四個狐女，或嫻雅，或豪放，或溫順，或狡黠，她們的嬌憨聰慧，唯妙唯肖。人物外貌裝飾也和個性十分協調，如二娘「淡妝絕美」，同她的灑脫十分合拍；四娘的「雛髮未燥，而豔媚入骨」，同她的孩子氣惡作劇一致。四位狐女實際上是現實社會中少女的寫照。

評論家喜歡對《紅樓夢》中的飲酒器具津津樂道，《狐夢》中的飲酒器具不僅較紅樓毫不遜色，更有幻異奇妙的特殊意味。大姊「乃摘髻子貯酒以勸，視髻僅容升許，然飲之，覺有數斗之多」。等畢怡庵喝完後，那髻原來是一個大荷蓋。畢怡庵已喝得半醉，二姊「出一口脂盒子，大於彈丸」，還聲稱是因畢已不勝酒力，「聊以示意」。畢以爲可以「一吸而盡」，結果「接吸百口，更無乾時」。原來，那小如彈丸的盒子是一巨缽！畢怡庵的情人三娘用一「小蓮杯」換走，蓮杯外表大大超過合子，卻「向口立盡」，而且「把之膩軟」，原來是三娘竊得二姊的「羅襪一鉤」！三樣酒器，分別是婦人用具髻、口脂盒、羅襪變成，而且大變小，小變大，最小的口脂盒變成了接吸百口不盡的巨缽，羅襪變的蓮杯卻可以一口飲盡。髻變荷蓋，襪變蓮杯，「荷蓋蓮杯，相映新雅」（但明倫評語）。狐女與畢怡庵聚飲場面，聽其喁喁絮語，盡是口吻逼眞的家庭細事；觀其酒器巧變，又奇幻產生，眞中有幻，幻中有眞，新奇雅致。

《狐夢》雖然寫夢，讀者似乎可以聽到狐女們妙語如珠的鶯聲燕語，感受到她們的青春氣息。如大姊的口語：「壓我脛骨酸痛！」二姊的羅襪被化爲酒杯，她「奪罵」：「猾婢！何時盜人履子去，怪道足冰冷也！」把口頭語言不加修飾地引了進來，使得夢像現實一樣眞切。

梓潼令

【南柯之夢新做法】

聊齋《蓮花公主》與唐傳奇《南柯太守傳》的師承關係一目了然。聊齋以古爲新，構成新的意境。

《南柯太守傳》見於《太平廣記》卷四百七十五，題爲《淳於棼》，李肇《國史補》稱其爲《南柯太守傳》。作者爲唐德宗時進士李公佐。小說寫遊俠之士淳於棼夢中入蟻國，被招爲槐安國駙馬，任南柯太守，賜食邑，賜爵位，居台輔，榮耀顯赫。後公主去世，國王疑憚，被逐回家，遂出夢。淳於棼夢中歷盡繁華滄桑，夢醒後發現，所謂「槐安國」乃是家中槐樹下一蟻穴，「南柯郡」是另一小蟻穴。他「感南柯之浮虛，悟人世之倏忽」，「遂棲心道門」。李肇爲此文寫讚曰：「貴極祿位，權傾國都，達人視之，蟻聚何殊。」湯顯祖據之寫傳奇《南柯記》，車任遠據之寫《南柯夢》。唐傳奇《南柯太守傳》影響很大，「南柯一夢」成爲常用成語。

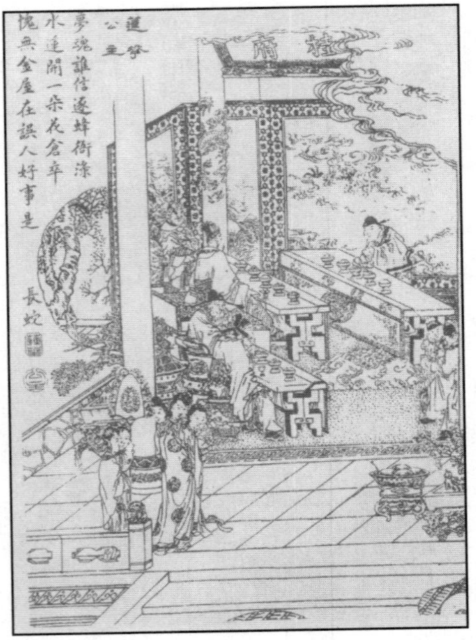
蓮花公主

蒲松齡在數百年盛傳不衰的小說上另起爐灶，那是需要勇氣和手段的。《蓮花公主》摒除了《南柯太守傳》的消極出世思想，借夢構篇，蓮花公主是蜂巢裏的公主，聊齋寫夢，總讓人聯想到蜂巢，概而言之：

其一，寓意雙關。竇旭晝寢，被一褐衣人導入一個「近在鄰境」的所在。此處「疊閣重樓，萬椽相接，曲折而行，覺萬戶千門，迥非人世」。表面上是進入一個有著獨特建築風貌的樓閣，實際上「迥非人世」，是蜂巢。常人眼中的蜂巢乃是密密麻麻、成千上萬蜜蜂出入的地方，而在蜜蜂眼中，它卻是宮殿。竇見「宮人女官，往來甚夥」，字面的意思是樓閣中人多事忙，實際上暗寓蜂房中蜜蜂爬上爬下。王者以「忝近芳鄰，緣即至深」語竇旭，再次照應開頭說的「近鄰」，其實就是鄰家的蜂巢。飲酒間奏樂，「笙歌作於下，鉦鼓不鳴，音聲幽細」，好像某王府的特殊演奏，實際雅致貼切寓群蜂飛鳴之意，緊扣蜂音之細做文章，鉦鼓不鳴，因爲無鉦鼓可鳴也。蓮花公主出面了，「珮環聲近，蘭麝香濃」，既是一位裝飾著珠寶的妙齡少女，又隱含著蜂飛翔花中散布花香之意。待到竇旭和蓮花公主入洞房，「洞房溫清，窮極芳膩」，是人間夫婦的新婚洞房，又以其溫暖、芳香暗指蜂房。這些描寫，既是人間的瓊樓華閣、美女新房，又是蜂巢和蜜蜂。就連篇首邀竇的「褐衣人」也直接取自蜜蜂的顏色。兩次提及「近鄰」，也含義明確，與後文「鄰翁之舊圃」吻合。聊齋此類寫夢法，被稱爲「近點法」。亦人亦物，亦眞亦幻，蜜蜂人格化，自體態、聲音均如淑女情致，形成特有的美學氛圍。

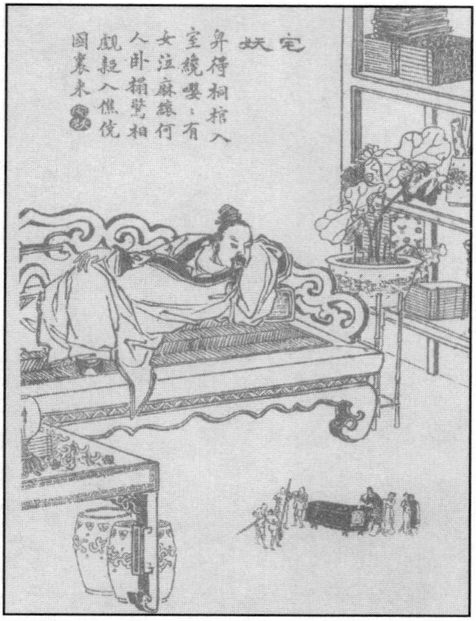

宅妖

其二，夢境構思靈婉、輕快、緊湊。《蓮花公主》不再沿襲《南柯太守傳》的人生如夢思想，相應地，也不寫夢中歷繁華、經淪落的大起大落故事，不寫人生數十年的經歷，僅寫兩個片段際遇。以兩個夢構成豔遇或遇合。第一個夢：「方晝寢，見一褐衣人立榻前」，簡捷明快，毫不拖泥帶水。竇旭夢中遇公主，卻因神情惝恍，失去了附婚機會。歸家，夢醒。入夢時是晝寢，大白天睡覺，按常理，應是午休。夢醒時，「返照已殘」，時近黃昏。合情合理又嚴密周到。蓮花公主出場，利用一

于江

副「才人登桂府」、「君子愛蓮花」的對子引出，奇哉妙哉。第二個夢是晚上與友人共榻時，由前內官來引入夢。夢中結婚，夢中的公主因桂府災殃而嬌啼，竇焦思無術而夢醒，「始知爲夢」。這時，我們才體會到作者爲什麼要讓竇旭與友人同榻而自己去追夢。原來是要友人成爲夢境的旁觀者，「詰之」，「亦詫爲奇」，從第三者的角度參與夢，證夢爲實，實乃妙筆。

其三，夢境描寫圓轉、新峭。《蓮花公主》寫人而物，物變人時完全是獨具風采的人生，人變物時，又是純粹生物性的物。竇旭娶蓮花公主，一切禮儀和朝廷招駙馬一樣鄭重。竇旭與蓮花公主正新婚歡笑，災禍突起，桂府大王稱「國祚將覆」，含香殿大學士奏本，稱「祈早遷都，以存國脈事」，說有一千丈蟒蛇盤踞在宮外，吞食臣民一萬三千八百餘口……完全是台閣應對情景，是一個國家遭受外敵時的圖像。連大學士的奏章，都沉穩莊重，有翰苑之才。國王向竇旭泣訴「小女已累先生」，就像將要傾覆的王朝交代後事。蓮花公主向竇旭求救，「含涕」，「牽衿」，「號咷」，「伏床悲啼」，各種嬌啼之態寫盡。竇旭帶公主遷入自己茅屋，自謙「慚無金屋」，公主反而認爲比自家宮殿大得多——人世不管多簡陋的房屋，總比蜂巢大得多——公主進一步要求竇旭照顧父母，好像人世間出嫁的女兒要求女婿照顧娘家人……一切都像極了人世間人與人的關係。

這時，夢境突然跟現實聯繫起來，竇旭在公主啼聲中夢醒，「而耳畔啼聲，嚶嚶未絕。審聽之，殊非人聲，乃蜂子二三頭，飛鳴枕上」。嬌婉的公主變成了嚶嚶啼鳴的蜜蜂，桂府變成舊圃中的蜂房，國王、學士均不復存在，變成了絡繹不絕的群蜂。那威脅著桂府安全的、「頭如山岳，目等江海」的千丈長巨蛇呢？不過是丈許蛇。蜜蜂就是蜜蜂，不是什麼公主，桂府國王因國祚將覆遷都，變成群蜂移巢，「蜂入生家，滋息更盛，亦無他異」。人而物驟變，快速俐落，作者像魔術大師，眨眼間，紙變飛鳥，活人切兩半兒，人們深深驚詫之際，幕布垂下，留下無限回味讓人琢磨。

《蓮花公主》寫夢，筆法多變，排場不一。處處圍繞竇旭的心理感受，寫得玲瓏剔透，爲描寫夢境之翹楚。

第一次夢，寫竇旭完全不知是夢的心境。他初見蓮花公主：「神情搖動，木坐凝思」，既是爲公主的美色所迷惑，又對自己何以邂逅美色而不知所以然。王者勸飲時，他「目竟罔睹」，乃魂魄隨蓮花而去。王有許婚意，又稱「自慚不類」，竇旭「悵然若癡，即又不聞」，視聽皆迷，其神情活現。而「不聞」的結果又使他對「不類」而難通婚全然沒有思想準備，不能馬上反駁。近坐者說他「王揖君未見，王言君未聞耶」？用旁觀者的口，畫出竇旭魂不守舍的姿態，仍然是寫他的著迷心理。竇因在王者面前失態，羞愧之極，錯過了結親機會。歸途中，內官提醒：「適王謂可匹敵，似欲附爲婚姻，何默不一言？」竇旭頓足而悔，步步追恨而出夢。這段夢境描寫，完全是現實生活中青年男子驟遇高貴女性時，既癡迷、留戀，又自慚非匹的心情，眞實細膩，委曲婉轉。繼寫竇旭「冀舊夢可以復尋」。夢境豈有求續之理？多麼天眞而癡迷！

但竇旭第一次夢中遇到的王者埋下了續夢之根：「若煩縈念，更當再邀。」竇旭果然再次進入「桂府」

且與公主結婚。婚禮場面隆重而排場：「俄見數十宮女，擁公主出。以紅錦覆首，淩波微步，挽上氍毹，與生交拜成禮。」此時的竇旭，娶了如花美眷，住進溫情宮殿，樂極而以爲是在夢中：「有卿在目，眞使人樂而忘死。但恐今日之遭，乃是夢耳。」此語貼合竇旭求夢得夢的心理。本來懷疑是夢，明明也正是夢，公主偏偏駁斥：「明明妾與君，那得是夢？」妙問巧答。竇旭爲了證明自己不是在夢中，戲爲公主化妝，用帶子量公主的腰圍、用手掌量其腳的大小……以對美人的實際體驗證明非夢。這些緣幻生情的描寫，作者似不用心，讀罷掩卷而思，才知其寫夢、尋夢、悟夢，認夢非夢，一層層，一件件，都寫得韻美而語雋。

跟《蓮花公主》類似的寫夢名作，還有《鳳陽士人》，都學唐傳奇，又別於唐傳奇。

鳳陽士人

【托夢爲文抒孤憤】

《絳妃》也是寫夢，蒲松齡卻鄭重其事、清清楚楚地寫明時間（癸亥年即康熙二十年西元一六八三年）、地點（綽然堂）、人物（余，即蒲松齡自己）。在這個夢境裏，花神要「背城借一」向「封家婢子」（風神）宣戰，「余」文思泉湧，寫成一篇《討風神檄》。情節簡單之至，大量篇幅是代絳妃捉刀的檄文。

絳妃《討風神檄》，稱封氏「飛揚成性，忌嫉爲心。濟惡以才，妒同醉骨；射人於暗，奸類含沙」。檄文洋洋灑灑，以形象筆法寫風的歷史，風的肆虐，巧妙運用虞帝、宋玉、劉邦、漢武故事，說明「風」如何邀帝王之寵撈取資本起家，日漸放縱肆暴。以一系列典故，寫風的狂妄無比和暴虐之甚，如用《秋聲賦》和《茅屋爲秋風所破歌》，控訴風持貪狠之逆氣，使群花朝榮夕悴，備受荼毒，號召「興草木之兵」，「洗千年粉黛之冤」，「銷萬古風流之恨」。

這位義憤塡膺欲「殲爾豪強」的絳妃是何許人？應該屬於哪個花妖門類？這駱賓王式的檄文，是否僅僅在於逞才肆筆，抬文士身分，成得意文章？

絳妃（花神）

非也。檄文者，是蒲松齡又訴創作苦衷的《聊齋自誌》也。檄文處處寫風，無一字不寫風，卻又處處寫世，無一處不寫世。風者爲誰？惡勢力也，官虎吏狼也。難道不是嗎？是什麼像風吹落葉一樣將蒲松齡出將入相、造福黎民的理想吹得煙消雲散？是那個號稱「盛世」的魍魎世界。是什麼把本應爲民造福的官吏變成狼貪虎猛、虛肚鬼王？是那個把讀書人一網打盡的科舉制度。是什麼把蒲松齡珍愛的人間至情——父慈子孝、夫婦和美、朋友相歡——變成了恨不得你吃了我、我吃了你的烏眼雞？是那些口頭上標榜仁義廉恥、骨子裏男盜女娼的大人先生。絳妃，非花神，非倩女，蒲松齡自謂也。

美國著名哲學家羅伊斯在《近代哲學精神》一書中有句名言：「全部哲學就在於了解我是誰，我是什麼，以及更深邃的自我是誰。」他進一步闡述：「這個眞實的自我是無限的，無涯的，浪漫的，神聖的，只有詩人和其他的各種天才能在夢境中把握它。」《絳妃》是蒲松齡天才的自我分析，浪漫的自我表現，神聖的自我寄託。這夢，才寫得激情滿紙，情文並茂。

【小人得志黃粱夢】

沈既濟《枕中記》（又名《呂翁》）寫衣衫破敗的邯鄲盧生對道士呂翁表露「生世不諧，困如是」的煩惱：「士之生世，當建功樹名，出將入相，列鼎而食，選聲而聽，使族益昌而家益肥。」道士授青瓷枕讓其入夢，盧生夢中經歷宦場沉浮，官至宰相，八十歲在富貴榮耀中死去。盧生夢醒，感歎：「寵辱之道，窮達之運，得喪之理，死生之情，盡知之矣。」放棄了求功名欲望。盧生宦場得意時被人陷害下獄，嚮往「衣短褐，乘青駒，行邯鄲道中」的平民生活而不得，是著名細節。

蒲松齡《續黃粱》「異史氏曰」提出《續黃粱》可跟《枕中記》媲美：「福善禍淫，天之常道。聞作宰相而忻然於中者，必非喜其鞠躬盡瘁可知矣。是時，方寸中宮室妻妾，無所不有。然而夢固爲妄，想亦非眞。彼以虛作，神以幻報。黃粱將熟，此夢在所必有，當以附之『邯鄲』之後。」

《枕中記》的主人翁，即使不是賢相、名相，至少不是壞人。縱然高官厚祿、奢蕩佚樂，卻未糟害百姓、爲患社稷。《續黃粱》裏的曾某卻是地地道道的壞蛋。他的夢中劣行又由現實個性生發而來，也就是說：小說夢幻的情節史是現實人物性格發展史。小說開頭寫曾某剛剛中舉，跟二三新貴遊覽問卜，星者見其志得意滿、意氣洋洋而故意吹捧他。受恭維後曾某「搖箑微笑」，一副小人得志之態。接著問星者：「有蟒玉分否？」官迷心竅。星者煞有介事許以「二十年太平宰相」。於是「曾大悅，氣益高」，爲人湊趣，以宰相相賀。曾「心氣殊高」，立即封官許願：「指同遊曰：『某爲宰相時，推張年丈作南撫，家中表爲參、遊，我家老蒼頭亦得小千把，於願足矣。』」還沒做官就視公器爲私物，連他家裏的僕人都可帶兵做官，眞是一人得志，雞犬升天。曾某僅是個舉人，能不能做官，能做多大的官，還都是未知數，離宰相更是差十萬八千里。但他的表現卻已可肯定，這樣的人做宰相，絕對不是黎民之福、社稷之福。

續黃粱

聊齋故事常有對狂妄者當頭棒喝的高人。曾某以「宰相」招搖過市時，有位「深目高鼻」、宛如域外人的高僧不瞅不睬，「偃蹇不爲禮」，冷眼旁觀並決定給狂徒教訓：讓他入夢，瞬息間盡享宰相威福，然後再痛切感受惡相的慘烈下場。

《續黃粱》寫夢之妙，在於既像是眞，又像是假；表層是眞，深層是假；乍看是眞，琢磨是假。寫夢之妙，還在於，夢境雖如萬花筒，卻與現實人物性格邏輯相符。《續黃粱》中的宰相，既沒有宰相常有的拯荒救溺、經綸在抱，也沒有宰相應有的雍容大度、氣宇軒昂。夢中宰相亮相倒很像京劇小丑登場：曾某見二中

庫將軍

使捧天子手詔，請「太師決商國計」，「得意，疾趨入朝」。這「得意」，是窮人乍富的得意，是孝廉一步登天爲太師的得意。「疾趨」描繪腦袋前傾、飛快小跑的形態，活畫出名曰「太師」者實在沐猴而冠、缺乏宰相應有的派頭。倘若眞是太師，皇帝召喚是家常便飯，會寵辱無驚，坐著八抬大轎，前呼後擁，喝道入朝，下轎後再邁著四方步上金殿。絕不會一聽皇帝有請，就受寵若驚、得意忘形，急急忙忙、顛顛地小跑入朝，宛如北京人挖苦的「翠白」（跑街）。接著，天子「溫語良久」，命三品之下官員由曾某說了算，並重加賞賜。曾某家居也今非昔比，窮極壯麗，「自亦不解，何以遽至於此」。孝廉忽成宰相，似眞非眞、將信將疑，頗符合從現實漸入夢境的細微眞實。

然後，曾某很快進入「宰相」角色，且是賈似道、秦檜式宰相角色：「撚髯微呼，則應諾雷動。」走門子的一個接一個：「傴僂足恭者，疊出其門。」權傾一時，氣焰薰天，美色聲樂，應有盡有，一概是「宰相」排場。但勢利小人脾氣卻像孫悟空七十二變，怎麼也變不掉的尾巴：曾某對各級官員的態度完全無宰相水準。在稍有水平的宰相眼中，六卿也好，侍郎也好，更低一級官員也好，都是下級，應一視同仁，以示寬厚仁愛。只有勢利小人才會看人下菜碟。而曾某正是這樣做的，以對方官職的高低決定自己迎接的規格。小人得志，雞犬升天。曾某惦著當年周濟自己的王子良：「我今置身青雲，渠尚蹉跎仕路，何不一引手？」不經考試，不經考選，讓王某任諫議要職。小肚雞腸，打擊報復。對跟自己過不去的郭太僕，則組織圍攻，「彈章交至」，將其削職。俗話說：宰相肚裏能撐船。曾某卻睚眥必報，還覺得「恩怨了了，頗快心意」，這正是市井小人特點。甚至於他偶出郊郭，醉漢不小心衝撞了儀仗隊，也被押送京兆，立即打死。做了宰相的曾某仍對昔日東鄰女垂涎三尺，利用宰相威勢搶到手，且「自顧生平，於願斯足」。一切的一切，極寫宰相權威，又隱寫勢利小人本色。

《續黃粱》用夢境寫一人之下、萬人之上的宰相，寫圍繞宰相的高官群態：他們，是些「傴僂」著身子，低聲下氣、奴顏卑膝出入宰相之門的鑽營者；他們，是些即使對曾某橫行不滿卻只是「竊竊」「腹誹」的明哲保身者；他們，是些尸位素餐、只享受俸祿不盡責任者，宛如朝廷那些儀仗馬，只會在金鑾殿呆立，一聲也不敢叫。《續黃粱》用夢境對官場做全景式素描，大大加強了思想力度。

夢中的包學士上疏，是正直官員對不法宰相的彈劾，其實是蒲松齡對黑暗官場、特別是高級官吏的綜合認識，用鏗鏘有力的語言，將台閣重臣賣官鬻爵、結黨營私、魚肉人民、聲色狗馬、

顧生

荒淫無恥的醜惡嘴臉揭露無遺。包龍圖是宋代著名清官，讓他出來彈劾曾某，既帶奇崛幻想色彩，又符合「忠臣」身分。

在唐傳奇中，夢中高升者罷官，就是夢的結束。《續黃粱》卻不是這樣，曾某夢中罷官後先在流放途中爲深受其害的「亂民」所殺，進入陰間，被鐵面無私的閻羅按生前罪孽嚴懲，最後雪上加霜，轉世爲賤女……正當夢中受盡磨難的曾某覺得十八層地獄也無此黑暗時，被高僧喚醒，慘澹而起，知道夢中一切是高僧對他驕縱之態的點化，聽到「修德行仁，火坑中自有青蓮」的勸諭，曾某的台閣之想淡化，「入山不知所終」。

世間少了一個可能的惡相，山中多了一個靜修的高人。阿彌陀佛！

在蒲松齡筆下，夢無處不在，夢是凡人聯繫神鬼狐妖的常規途徑，夢是蒲松齡觀照人生的最佳手段。前輩作家創造的種種夢形式，在聊齋故事中得到完善和昇華。

《聊齋志異》近五百篇，能不能用兩句話概括最重要的內容？

郭沫若先生給蒲松齡故居寫過一副著名對聯：

寫鬼寫妖高人一等
刺貪刺虐入骨三分

《聊齋志異》寫的鬼妖遠遠高於其他作家，因爲聊齋鬼妖有深刻的現實內容和深邃的思想意蘊。所謂「刺貪刺虐」，是揭露封建社會黑暗，諷刺鞭撻貪官污吏貪贓枉法等一切虐害人民的罪行；「入骨三分」是說反映現實的深度，而「寫鬼寫妖」是他的手段。

我們拿幾個著名聊齋故事看看《聊齋志異》是如何描寫黑暗吏治，刺貪刺虐入骨三分的。

【官虎吏狼話當朝】

「官虎吏狼」是《聊齋志異》膾炙人口的名句。這話出自《夢狼》。

白甲在外邊做官，他的父親白翁（白老頭）掛念他，有個素走無常的丁某，也就是能在陽間陰間來回走的人，帶了白翁到白甲官衙，白翁先看到官衙門口有一頭巨大的狼看門，嚇得不敢進，丁某硬把他拉進去。

白翁又看到官衙裏堂上，堂下，坐著，臥著，都是狼，這些狼不知吃了多少人，官衙的白骨已經堆成山。白甲看到父親來了，很高興，下令備飯，馬上，有一頭巨狼叼了一個人來。白翁嚇得渾身發抖，問：這是做什麼呀？白甲平淡地回答：「聊充庖廚。」就是「用來當飯吃」。白翁很害怕，辭別了兒子就走，一群狼卻擋住他不讓走。白翁正在進退兩難，突然，群狼嚇得嗷嗷叫著藏起來，有的趴到床底下，有的藏到茶几底下。原來來了兩個怒目圓睜的金甲猛士，金甲猛士捉住白甲，白甲撲地化成了巨齒獠牙的猛虎。一個金甲猛士要砍掉白甲的腦袋，另一個說，不著急，這是明年的事，先把他的牙敲了。

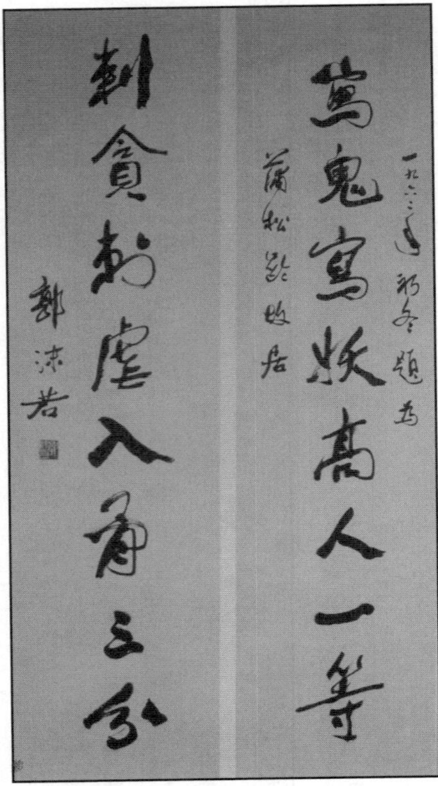

郭沫若題詞

白翁醒了，對這個怪夢很害怕，寫了封信，勸導白甲廉政愛民，還派小兒子到白甲那兒看看。小兒子到了白甲的官衙，發現哥哥的門牙全掉了，問怎麼回事，白甲說騎馬摔的。再問，什麼時間摔的？恰好是白翁做怪夢的那天。小兒子把父親的信拿出來給白甲看，苦口婆心地勸告他。白甲不聽。弟弟在官衙住了幾天，發現不分晝夜，行賄送禮說情的人絡繹不絕。整個官衙的人都在千方百計、無孔不入地搜刮民脂民膏。弟弟流著眼淚勸告哥哥不要這樣，要愛護老百姓，白甲不以爲然地說：「你是個鄉下人，不知道做官有做官的妙訣，一個人能不能提拔，不決定於老百姓，而決定於上司。上司喜歡，你就是好官；你愛老百姓，有什麼辦法讓上司喜歡？」

沒過多久，白甲升了大官，可是在他赴任的路上，一群飽受白甲迫害的老百姓把他殺了，還殺掉了白甲身邊助紂爲虐的衙役。過了一會，有人把白甲救起，說這個人是白老頭的兒子，老頭還不壞，不應該讓他看到這慘狀，把這人的腦袋給接上吧。另一個說，這傢伙壞透了，把腦袋反著安上。白甲復活後，腦袋朝後，眼睛能看到自己的背，大家都不把他當人看待。

夢狼

讓人自顧其後，是個意味深長的細節：人得長著前後眼，想一想如果作惡會有什麼下場。《夢狼》是帶象徵意味的小說，縣令化成吃人猛虎，衙役是一群惡狼，官衙以人爲食，吃得白骨如山，比喻官場對百姓敲骨吸髓。蒲松齡似乎還擔心讀者對他的良苦用心不理解，在篇末「異史氏曰」，又把這個怪夢的眞實內涵交代得明明白白：「竊歎天下之官虎而吏狼者，比比也。即官不爲虎，而吏且將爲狼，況有猛於虎者耶！」天下的官員是吃人猛虎，小吏是害人群狼，已經是十分普遍的現象，比比也，就是到處都是。即使官員本人不是猛虎，他手下的人也都要做吃人的惡狼，何況還有比猛虎更厲害的？

孔夫子說過「苛政猛於虎」，蒲松齡乾脆說「官虎吏狼」。「官虎吏狼」成爲揭露封建社會黑暗現實的經典性概括。

父母官變成了「官虎吏狼」，老百姓跟他們打交道，會出現什麼情景？我們看一個小百姓在一級一級衙門打官司的故事《席方平》。

席方平的父親是老實人，他跟豪紳羊某有矛盾，羊某死後，向陰司行賄，用酷刑折磨席方平的父親，害得他渾身赤腫而死。席方平深知父親爲人老實，會在陰世受害，就到陰司幫父親對付羊某。

他到陰司後發現，監獄小吏受賄，日夜拷打父親，打得兩腿鮮血淋淋。席方平大罵獄吏：我父親如果有罪，自然有王法管他，哪能隨便讓你們這些死鬼拷打？他寫了狀子向城隍告狀，城隍受賄，置之不理；席方平跑了一百里路，到郡司告狀，郡司又受賄，對席方平用刑。席方平再告到閻王那兒，閻王升堂，不問三七二十一，先打席方

聊齋宮彩塑：席方平遭鋸解

平二十大板，席方平厲聲問：「小人何罪？」爲什麼？我是原告。閻王裝聾作啞，席方平直言不諱：我活該挨打，誰讓我沒錢呢？閻王惱羞成怒，命令把席方平架上火床，烤得皮肉焦黑，然後再問席方平：「敢再訟乎？」席方平的回答鐵骨錚錚，擲地有聲：「大冤未伸，寸心不死，若言不訟，是欺王也，必訟！」這麼大的冤情得不到昭雪，不會死心，如果說不告是欺騙你，一告到底！氣急敗壞的閻王下令把席方平鋸成兩半兒！兩個小鬼把席方平夾到夾板上，鋸聲隆隆鋸開了腦袋，席方平覺得腦袋裂成兩半兒，但他忍住痛，一聲不吭，一個小鬼感歎：「壯哉此漢！」大鋸鋸到胸前，另一個小鬼說：此人大孝無辜，咱們鋸偏一點兒，給他保留一顆完整的心。席方平被鋸成兩半後，閻王讓小鬼把席方平的兩半身子推到一起再來審，席方平覺得那條鋸縫其痛無比，走了半步就跌倒了。這時，一個小鬼從腰裏拿出條絲帶給他說：「贈此以報汝孝。」俗話說，閻王好見，小鬼難纏，席方平竟然感動得小鬼把絲帶送他療傷。席方平將絲帶繫身上，病痛消失，身體特別健康。

閻王用盡酷刑對付席方平，席方平始終不屈服，閻王又軟化他，利誘他，答應讓他重新託生爲人，在生死簿上註明，你下一輩子有千金之產，百歲之壽。席方平變成了呱呱而啼的嬰兒，憤不吃乳又返回陰間，繼續告狀，終於告到二郎神跟前。二郎神判決冤獄，把陰司的貪官一網打盡。還寫了個很長的判詞，就像法院判決書，痛罵各級官吏飛揚跋扈，貪贓枉法，人面獸心，不嫌鬼瘦。臭罵金錢導致吏治腐敗，「金光蓋地，因使閻摩殿上，盡是陰霾；銅臭薰天，遂教枉死城中，全無日月」。是對金錢導致封建官場腐敗的本質性概括。金光蓋地和銅臭薰天是一個意思，就是金錢決定一切，金錢操縱封建社會大大小小的官吏。閻摩殿實際是金鑾殿，枉死城實際是天子腳下的皇城。

席方平在陰司的遭遇，實際上是人間官吏魚肉人民的眞實寫照，這個說法，不是我也不是其他古典文學研究者的發明創造，是毛澤東說的。延安文藝座談會前夕，毛澤東約文藝界人士談話時說，《聊齋志異》可以作清朝史料看，其中《席方平》就可以作清代史料看，《席方平》含義很深，實際是對封建社會人間酷吏官官相衛、殘害人民的控訴書。毛主席又說：小鬼同情席方平故意鋸偏，這個細節寫得好。他還說：《席方平》應該選進中學課本。

遺憾的是，《席方平》沒選進中學課本，半個世紀中，選進中學課本是聊齋另一個著名刺貪刺虐故事——《促織》。

促織

《促織》描寫封建社會中人民水深火熱的生活，寫從皇帝到官吏欺壓百姓，導致良民傾家蕩產的事實。鬥蛐蛐本是孩子的遊戲，因爲玩物喪志的皇帝喜歡鬥蛐蛐，諂上欺下的縣令、狡猾詭詐的鄉吏，馬上把收刮蛐蛐變成對人民盤剝的手段，把蛐蛐變成重要的賦稅攤派到老百姓頭上，按期催交，無法完成打板子。

老實忠厚的讀書人成名，不得不放下書本，拿起竹筒銅絲籠，像頑童一樣到處捉蛐蛐。不僅家產蕩盡，還被打得膿血淋漓，想尋死。爲了一隻小蛐蛐，一個讀書人陷入九死一生的困境。這是多麼尖銳的對立！一邊是最高統治者的玩樂，一邊是勞苦百姓的死活。但這對立還僅僅是開始，當成名陷入絕望時，他的妻子得到巫者指點，有了求蟲線索。成名拄著拐棍按圖求蟲。一個成年人，爲了完成向皇帝進貢的任務，挖空心思、煞有介事地捉小蛐蛐，滑稽可笑，而滑稽可笑的背後又可悲。成名絕處逢生，捉到一個「巨身修尾，青項金翅」的好蛐蛐，高興得全家慶賀。沒想到樂極生悲，成名唯一的兒子因爲好奇，趁父親不在時，偷偷看蛐蛐，「蟲躍擲徑出，迅不可捉，及撲入手，已股落腹裂，斯須就斃」。極度的恐懼嚇得成名的妻子面如死灰，大罵兒子，說，你弄死了蛐蛐，你的死期就到了。兒子知道闖下塌天大禍，小小年紀，竟然尋了短見，投井自殺。爲了一隻小蛐蛐，一個孩子丟了命！成名歸家，先是爲了小蛐蛐憤怒地找兒子算賬，可找到的卻是兒子的屍體！成名夫婦因爲獨生子自殺，覺得生活沒了指望，但是看到空空的蛐蛐籠，仍然擔心官吏的威逼杖責，「亦不敢復究兒」。接下來，成名意外地獲得一隻神奇的小蛐蛐，能夠鬥敗大公雞，把它送到宮裏，普天下進貢的一切奇異品種蛐蛐都比試過了，沒有能夠戰勝它的。每當聽到琴瑟之聲，小蛐蛐就合著節拍跳舞。皇帝高興，賜給巡撫名馬和錦緞。巡撫不忘自己受寵，緣於華陰縣的小蛐蛐，在朝廷對官吏的考查中，華陰縣令以最好的評語「卓異」報送朝廷。縣令高興了，免除了成名的徭役，囑咐主考官，讓成名取得秀才資格。沒幾年，成名有了良田，有了樓閣，牛羊成群，一出門，車馬衣服的豪華超過世族之家。

公孫夏

　　爲了皇帝玩蛐蛐的愛好，可以讓老百姓傾家蕩產甚至家破人亡，滿足了皇帝玩蛐蛐的愛好，就會雞犬升天。這就是《促織》的思想意蘊，這篇名作把批判鋒芒直接指向了封建社會至高無上的皇帝。

聊齋不少鬼魂故事揭露現實黑暗。《公孫夏》寫一個市儈準備到京城買官，還未動身卻得了重病，臨死前有個自稱是「十一皇子坐客」公孫夏的人來幫他買陰世的官。市儈擔心按有關規定不能在家鄉做官，公孫夏說：掌權的都是我的朋友，只要有孔方兄在，管他什麼吳越桑梓。於是市儈用鉅資買了個眞定城隍的肥缺，死後帶著大群隨從和美妾，車服炫耀地上任。路上撞見關帝，關帝在馬上發問：「此何官？」隨從回答是眞定城隍。關帝下令讓市儈寫個簡歷，市儈寫完，關帝大怒，說：「字訛誤不成形象，此市儈耳，何足以任民社？」立即查清市儈的官是買來的，下令把賣官者和市儈各打五十大板，打得屁股上的肉都掉下來。《公孫夏》寫的陰司買官實際是現實的倒影。蒲松齡曾在《成仙》中借小說人物的嘴說：在不分青紅皂白的強權社會，官場的人多半是不拿戈矛的強盜。

這些官吏如何魚肉百姓？不少鬼故事寫到這樣的內容：《小謝》寫黑判官強迫秋容做妾，實際寫的是現實中強搶民女的官吏的嘴臉；《伍秋月》寫陰司的衙役調戲關押在監獄裏的女囚，被王鼎一刀一個痛快地殺掉。蒲松齡在「異史氏曰」建議立法，凡殺公役者罪減三等，因爲蠹役實在該殺。

蒲松齡還利用生死輪回觀念爲貪官污吏尋根：六朝小說《幽明錄》出現佛教化地獄，按照人生前品德決定來生。生不做善事的人進變形地獄，殺生者變成朝生暮死的蜉蝣；惡舌者變貓頭鷹。《聊齋志異》別出心裁做反面文章，人世間某些威勢赫赫的大人先生，前生都是畜牲：《濰水狐》有個老頭自稱是狐狸，縣裏不管什麼人登門求見，他都客氣地接待，卻就是不接待縣令，原來這縣令前世是頭蠢驢！《餓鬼》裏邊學官做了幾年官，沒有一個道義上的朋友，只在看到錢時他就像水鴨子似的嘎嘎笑，這位學官前世是餓鬼。蒲松齡上查三生，尖銳地調侃，那些爲民父母的官，是餓鬼轉世，惡狗、笨驢、毒蛇再生，都不是人類。他還聲明：「毛角之儔，乃有王公大人在其中。」列位看官不要小看眼前的狗貓豬蛇，它們下輩子可能就是各位頭上的「父母官」呢！前輩作家讓作惡的人輪回做畜牲，蒲松齡讓畜牲變成王公大人，多精采的翻案文章！

【妙筆抒寫民族災難】

清初突出的社會矛盾是民族矛盾，滿清貴族入關後，下剃髮令，圈佔民田，血洗揚州、江陰，中原人民的反抗始終沒有停止，蒲松齡的故鄉山東曾經發生過于七起義，結果被殘酷鎮壓，殺人如麻，殃及婦孺。在「康熙盛世」，從皇帝到滿族大臣，都極力迴避這些事，他們對漢族士子的懷舊情緒絕對不能容忍，製造文字獄，連寫「清風不識字，何必亂翻書」都要殺頭。在文字獄威懾下，知識份子噤若寒蟬。

濰水狐

和蒲松齡同時的有兩位大戲劇家「南洪北孔」，南方的洪昇和北方的孔尚任，分別是《長生殿》和《桃花扇》作者，兩個劇轟動一時，它們的共同特點是以兒女之情寫興亡之感，最後這兩個劇的作者都栽到興亡之感上。洪昇從來沒做過官，他是國子監生，俗稱太學生，曾向蒲松齡的老師施閏章學寫詩，跟幾個著名的文人比如朱彝尊、趙執信、查愼行是朋友。《長生殿》問世，到處搬演，康熙二十八年，因為在佟皇后國喪期間演《長生殿》，洪昇被捕，革掉國子監生，從此永遠不能做官，聽戲的很多官員，比如趙執信、查慎行都罷了官，當時有兩句很有名的話：「可憐一曲長生殿，斷送功名到白頭。」著名的「長生殿之禍」是康熙朝最大的文字獄。孔尚任是孔夫子的六十四世嫡孫，康熙二十三年康熙皇帝到曲阜祭孔，孔尚任被薦舉御前講《大學》並做皇帝的嚮導，遊覽孔廟、孔林。孔尚任博學多才，康熙問什麼，他都對答如流，康熙欣賞他，賞賜了他。賞了多少？五兩銀子。後來有的作家可能覺得皇帝怎麼能這麼小氣，才賞五兩銀子？有的文章就寫，康熙皇帝賞了孔尚任五百兩銀子，其實不對，皇帝賞銀不在多少，哪怕賞一錢，也是殊榮。康熙還下令破格錄用孔尚任做國子監博士。不久，孔尚任隨工部侍郎孫在豐到維揚考察治理黃河，好幾年時間，因吏治腐敗，治河無寸功可言，侯方域和李香君的故事倒引起了他的興趣，他在南京憑弔前明古蹟，博采南明舊事，和遺民交往。後來寫出了《桃花扇》，洛陽紙貴，盛況空前。引起了康熙皇帝注意，調閱劇本，恰好孔尚任的手稿借出去了，只好找朋友借個抄本連夜送進皇宮。不久，孔尚任被罷官。原因？莫須有。學術界大多都認爲《桃花扇》犯忌了，一個劇本竟然激發明代遺民故國之思，歌頌史可法等

黃苗子題詞

大明將領，諷刺降清將領，滿清皇帝豈能容忍？不過康熙對他比對洪昇稍微客氣點兒。

在這樣的情況下，作家還能不能寫民族災難？蒲松齡居然寫了。當歷史學家「太史公」不能秉筆直書時，小說家「異史氏」用「鬼」抒寫歷史；當戲劇家不能在現實舞臺上演出朝代興亡時，聊齋鬼魂成爲時代風雲的優孟衣冠。用人鬼戀巧妙抒寫改朝換代之際人民的深重災難，《公孫九娘》是代表。

公孫九娘出現時是個美麗而富於青春氣息的大家閨秀。萊陽生第一眼看到她，「笑彎秋月，羞暈朝霞」，一雙因爲有禮貌的微笑變得如半彎秋月一樣明亮的眼睛和因爲羞澀變得如朝霞一樣嬌豔的面頰。公孫九娘談吐高雅，才貌無雙，萊陽生一見鍾情，兩人結爲夫妻。但是愛情沒有給公孫九娘帶來歡樂，她在新婚之夜就向萊陽生敘述自己是怎麼樣成了冤鬼：在朝廷鎮壓于七之亂中，公孫九娘和母親被抓起來要押解京城，走到濟南，母親被折磨死了，九娘自殺。公孫九娘用詩描述不堪回首的經歷：「十年露冷楓林月，此夜初逢畫閣春」、「忽啓鏤金箱裏看，血腥猶染舊羅裙」。九娘做了十年冤鬼，雖然享受到愛情幸福，但總忘不了自己的冤情，新婚之夜都忍不住打開箱子看當年血染的羅裙。公孫九娘懇求丈夫把自己的屍骨移葬家鄉，還說人鬼有別，主動跟丈夫分手。與很多聊齋愛情故事不同，公孫九娘不僅

公孫九娘

沒有起死復生，連她送給萊陽生的愛情信物羅襪，都著風寸斷，腐如灰燼。

為什麼總是喜歡給有人鬼之別的青年男女做「撮合山」的蒲松齡，讓伍秋月、聶小倩等女鬼一個一個重返人間的蒲松齡，偏偏到公孫九娘卻強調人鬼有別？最重要的是，覆巢之下，焉有完卵？在民族大災難中，個人怎麼可能枯木再生？公孫九娘的悲劇命運不可逆轉，正如改朝換代中千萬受害者冤沉海底。所以我們看到，《公孫九娘》這個小說開頭跟許多愛情故事不一樣。那些故事開頭總是說：某某，某地方的人，性情如何，《公孫九娘》開頭就寫陰森恐怖、慘不忍睹的大屠殺：「于七一案，連坐被誅者，棲霞、萊陽兩縣最多，一日俘數百人，盡戮於演武場中。碧血滿地，白骨撐天。」在于七之案中，許多沒有參加起義的良民被連坐誅殺，一天俘虜幾百人，不問青紅皂白，全殺了，血流成河，白骨撐天。小說接著寫：「上官慈悲，捐給棺木，濟城工肆，為之一空。」多麼慈悲呀，殺了人給棺木，殺人之多，全濟南的棺材都脫銷了！公孫九娘，一個花朵一樣美麗的生命，正是千萬冤鬼中的一員。蒲松齡描繪公孫九娘的青春美，這可愛的「紅顏」偏偏是萬千枯骨的組成部分。所以在《公孫九娘》裏，聊齋故事屢見不鮮的愛情起死回生的力量蕩然無存。男女主角在「碧血滿地，白骨撐天」背景下相遇，在「墳兆萬接，迷目榛荒，鬼火狐鳴，駭人心目」的場景

林四娘

下分手。《公孫九娘》表面上是愛情故事，實際上是刺貪刺虐名篇。

跟《公孫九娘》類似的《林四娘》，寫的是明代衡王宮人林四娘的故事，這個故事有幾位大作家比如王士禎、林西仲都寫過，蒲松齡寫的林四娘特別精采。林四娘知書達禮，純潔善良，多才多藝，溫柔恬靜，會吟詩，懂音律。她像無辜的羔羊，卻在改朝換代的腥風血雨中死於非命。蒲松齡借林四娘寫出「誰將故國問青天」等明顯帶有故國之思的詩句。用鬼魂的形式，借愛情故事表彰爲明死節的烈女，在清初文網控制下是很需要勇氣的。

于去惡

蒲松齡用《公孫九娘》等故事，控訴滿清貴族屠殺人民的罪行。對那些用同胞鮮血染紅頂戴花翎的敗類，蒲松齡用「鬼話」把他們釘在歷史的恥辱柱上。《三朝元老》寫一位做過明朝宰相，清朝中堂，投降過農民軍的人，晚年退休在家蓋個「享堂」，夜裏派幾個人在裏邊守衛，第二天早上，堂上高懸一匾：「三朝元老」，還有副對聯，上聯是：「一二三四五六七」，沒有「八」，「忘八」即「王八」；下聯是「孝悌忠信禮義廉」，沒有「恥」，無恥。連起來就是：三朝元老，王八無恥。多麼巧妙多麼辛辣的諷刺！

【科舉制對讀書人的戕害】

科舉取士制度，封建社會選拔官吏的制度，八股文是主要考試內容。清末著名思想家顧炎武在《日知錄》中說：「八股之害等於焚書，而敗壞人才有甚於咸陽之郊所坑者。」意思是說，用八股取士的危害，跟秦始皇焚書坑儒是一樣的，而對人才的敗壞，比秦始皇焚書坑儒更厲害。顧炎武之所以這樣說，是因爲科舉制度發展到清初，已經變成枯木朽株一般，使知識份子昏沉一世爛如泥，也導致世風日下。蒲松齡之前，文藝作品描寫取士現象已有不少佳作，如湯顯祖《牡丹亭》裏寫了個不懂得傷春悲秋的腐儒陳最良，在給杜麗娘講課時，把「關關睢鳩」說成是后妃之德；馮惟敏寫過八十歲中狀元的雜劇《不伏老》；擬話本《鈍秀才一朝交泰》、《老門生三世報恩》都窮形盡相地寫讀書人不得志時的慘狀和金榜題名後的一步登天。但蒲松齡被公認是小說史上第一個全方位描寫科舉制度的作家，蒲松齡能夠取得不凡成就，主要因爲他用奇詭的鬼魂故事說明：科舉這個決定讀書人命運的重要制度，已經腐敗，沒落，這個本應選拔人才的制度幾乎成了庸才的選拔賽，戕害讀書人的靈魂，敗壞社會風氣。

蒲松齡對科舉冷嘲熱諷的作品很多，我們先

葉生

看一下頗有代表性的《葉生》。

葉生「文章詞賦，冠絕當時」，文章寫得好，很有名，但是科舉考試總考不上。縣令丁乘鶴欣賞他，讓他到縣衙攻讀，還向學官推薦葉生。葉生考完後，他拿葉生的文章來看，讚不絕口，但葉生還是落榜。落榜後覺得愧負知己，形銷骨立，癡若木偶。丁乘鶴請葉生跟自己一起回到關東，葉生卻病了。丁乘鶴等了許久，有一天葉生突然跑來跟他一起回到關東。丁乘鶴讓葉生教自己的兒子讀書，丁公子很快考中了。丁乘鶴囑咐兒子到京城給葉生捐了個監生，讓他參加考試，葉生考上了舉人！當他衣錦還鄉時，卻把妻子嚇得扭頭就跑。他對妻子說：我現在是貴人啦，三四年不見，你怎麼突然不認識我了？他的妻子離他遠遠地說：你都死了好幾年了，怎麼可能成爲貴人？之所以沒有埋葬你，是因爲兒子太小，家裏太窮。現在大兒子已經成人，正打算埋了你，你不要出來嚇唬人。葉生聽了，十分惆悵，猶猶豫豫地走進自己家，果然看到自己的棺材擺在那兒，撲地而滅，舉人服裝像蟬蛻皮一樣堆在地上！

俗話說，人到黃泉萬事了。葉生的死魂靈卻偏偏要滯留人間繼續求取功名，不得功名死不瞑目，死了也要證明自己的價值！多麼可悲、可憐、可怕的精神狀態！聊齋讀書人，把死亡當作追求功名的新開始，當作是對生前心願的補充，當作是蟾宮折桂的新途徑。生不能得功名，死了繼續追求；今生不能得功名，來生繼續追求；哥哥不能得功名，弟弟繼續追求。前輩作家寫女子爲了愛情遊魂，蒲松齡創造性地改寫成男子的死魂靈爲求功名而遊魂。這一個天才的構想，對科舉制度下知識份子的精神狀態，做了深刻而獨到的反映。

葉生以畢生學問幫助丁公子金榜題名後，曾表白：「借福澤爲文章吐氣，使天下人知半生淪落，非戰之罪也。」那麼，葉生果真是靠死魂靈「拼搏」、蓋棺論定戴上「舉人」帽子嗎？非也。歸根結底，葉生生前無權無勢得不到功名，死後得到功名，仍然靠錢和權。生前，如果沒有縣令替他到學使跟前「遊揚」，他不可能在科試中「領冠軍」；死後，如果沒有丁公子出錢替他納粟做監生，他怎麼能取得鄉試資格「入北闈」「領鄉薦」？更有甚者，沒有丁公子到學使跟前替葉生的兒子說情，葉生的兒子絕不可能小小年紀就做上秀才。葉生的兒子做秀才後，倘無有權有勢者的支持，肯定又要像乃父一樣，考上一輩子、苦上一輩子！

「朝爲田舍郎，暮登天子堂」，是千百年來讀書人的追求。「學成文武藝，貨與帝王家」，是千百萬封建社會士子的最高理想。但取士制度從實行之日起，就和「權」、「勢」、「錢」如影隨形。表面上人人平等，實際上有錢有勢的考生總佔風氣之先。《辛十四娘》中，馮生素以才華著稱，在提學考試中，卻位列紈袴子弟楚公子之後，屈居第二。馮生敢怒不敢言。楚銀台的公子偏偏得了便宜賣乖，在酒宴上向馮生自吹自擂：「小生所以忝出君上者，以起處數語，略高一籌耳。」在座者隨聲附和討好楚公子，馮生醉不能忍，大笑曰：「君到於今，尚以爲文章至是耶？」舉座爲之失色。馮生爲此惹來了殺身之禍。馮生倘若不是喝醉酒，絕對不敢戳破這層靠權勢取得功名的窗戶紙。戳破這層窗戶紙的結果是連自己的性命都幾乎丟掉。

蒲松齡在科舉路上掙扎了一輩子，也觀察了一輩子，他晚年作品對科舉制度批判力度更大，我們不妨以他大約五十歲前後的作品《司文郎》爲例再看一下。

司文郎

「司文郎」本是唐代官名，司文局佐郎，後來傳說爲梓橦府主管文運的神。梓橦帝君是道教信奉的、主宰功名利祿之神。從宋代開始，成爲玉皇大帝任命的主掌文教之神，掌管文昌府和人間祿籍。梓橦府司文郎冥冥中決定著人間的文運。

以「司文郎」爲主角和篇名，顧名思義，當然得寫文運主管，但小說前半部分寫了三個書生，宋生、王平子、余杭生的交往。余杭生驕縱無理，以「老子天下第一」自居。他把參加科舉考試的文章拿出炫耀，被才思敏捷的宋生貶得一文不值。宋生幫王平子做考試準備，精心琢磨寫好文章。王平子和余杭生都參加了考試，水準如何？小說裏出來個瞎和尚，能把文章燒成灰，鼻嗅判文章高低。瞎和尚說王平子文章「初法大家」，走的是正路，學古文大家，他「受之以脾」；對余杭生文章，瞎和尚「咳逆數聲，曰：『勿再投矣，格格而不能下，強受之以鬲，再焚，則作惡矣。』」考試結果，寫出令人作嘔文章的余杭生高中榜首，寫出好文章的王平子名落孫山。余杭生盛氣凌人找瞎和尚，瞎和尚說：你拿考官們的文章讓我嗅一下，肯定能嗅出跟你臭味相投的「伯樂」！考官的文章燒了幾篇，瞎和尚都說不是余杭生的老師；到第六篇，瞎和尚「向壁大嘔，下氣如雷」，大家都樂壞了。「僧拭目向生（余杭生）曰：『此眞汝師也。初不知而驟嗅之，刺於鼻，棘於腹，膀胱所不能容，直自下部出矣！』」有瞎眼試官開綠燈，狗屁不通者就能文場得意。

鼻嗅文章是《司文郎》最有趣的情節。蒲松齡異想天開，以臟腑接受食物、吸收精華、排出渣滓的先後過程，形容文章好壞。次序是：心、脾、橫鬲、腹、膀胱、肛門。古文大家的文章，瞎和尚以心受之；王平子的文章，以脾受之；余杭生的文章，勉強以鬲受之；余杭生恩師的文章，只能變成臭屁「從下部出」。瞎和尚感歎：「僕雖盲於目，不盲於鼻，簾中人並鼻盲矣。」

「簾中人」指鄉試閱卷官，蒲松齡曾在《何仙》裏具體寫到閱卷官如何閱卷：康熙三十年朱雯主持山東學政，善乩卜的何仙試後預卜考生成績，發現「文與數適不相符，豈文宗不論文耶」？原來，學使本人不閱卷，極不負責任地將閱卷事付諸幕客，這些幕客都是拿錢捐來的功名，「前世全無根氣，大半餓鬼道中遊魂，乞食於四方者也。曾在黑暗獄中八百年，損其目之精氣……」由這樣的角色閱卷，有眞才實學者豈能得到功名？這就是《司文郎》諷刺的，考官不僅眼瞎，連鼻子都瞎了的眞實社會背景。

《司文郎》故事引人入勝之處在瞽僧鼻嗅文章，求仕鬼魂宋生卻寄寓了作者更爲深刻的思想意蘊。王平子再次落第後，宋生對王平子說，他是個飄泊遊魂，生前不得志，死後想借「他山」之攻也就是借幫朋友取得功名，證明自己的能力。沒想到朋友同樣倒楣。文場爲什麼暗無天日？關鍵在於文運掌握者根本不懂行：「梓橦府中缺一司文郎，暫令聾僮署篆，文運所以顚倒。」生前死後飽受文運之苦的宋生，報考「司文郎」，在陰世考試中脫穎而出，在孔子幫助下成了司文郎，文運昌盛，有才能的讀書人金榜題名，朽爛低劣的文章再也沒有市場！

何仙

《司文郎》有三點重要創造：其一，像《葉生》一樣，死魂靈爲功名遊魂；其二，以鼻嗅文章的鬼魂讀書模式，妙趣橫生地諷刺科舉考試臭不可聞的文體；其三，閱卷考官眼睛鼻子都瞎了，而文場主管是個聾子。書生，考試文體，考官，三者結合，把科舉之「病」寫得深入骨髓。

像葉生、司文郎（宋生）這樣一心想著功名的死魂靈，在聊齋故事裏不是個別現象。蒲松齡的《三生》，寫一個名士考試落榜氣死了，到陰間告考官「黜佳士而進凡庸」，也就是專門錄取沒才能的考生，讓有才氣的考生名落孫山。主考官推諉責任說，雖然有好文章，下邊考官不推薦，我根本看不到。閻王下令鞭打失職的主考官，告狀的名士不滿意，閻王殿兩邊的冤鬼「萬聲鳴和」，上萬名同樣的冤鬼要求對目不識文的考官「白刃劙胸」。這個告狀的名士叫「興于唐」，這個非常少見的名字寓意深刻，科舉制度正是興盛於唐朝，「興于唐」的命名恰好負荷了讀書人從唐代開始淪落的血淚史。

三生

這麼多有才能者考不中，就是因爲主管部門營私舞弊。《聊齋志異》多次寫考生向考官行賄：

《僧術》寫黃生頗有才情，卻困於場屋。有位和尚建議他向冥中主事者行賄，投若干金錢於井中以換取陰世功名，而向陰世捐的功名可以在陽世兌現。功名用錢買，像市場上按質論價，錢交得多，功名就高，不捨得送錢，功名只能低就。

《神女》裏的宋生被黜落了功名，他想恢復功名，連遠離世外的神女都知道必須求助孔方兄，先是摘下頭上的珠花供宋生去行賄：「今日學使署中，非白手可以出入者。」後乾脆送銀子：「今日學使門中如市，贈白金二百，爲進取之資。」

死魂靈爲功名滯世，鬼王割書生髀肉，鬼僧以鼻嗅文，陰司名士厲鬼報仇……鬼影憧憧，怪誕不情。但是他們對科舉制度的揭露比任何實錄都刻骨盡相。正如《歌德談話錄》所說：「獨創性的一個最好的標誌，就在於選擇題材之後，能把它加以充分的發揮，從而使得大家承認壓根兒想不到會在這個題材裏發現那麼多東西。」

蒲松齡長期鄉居，深受黑暗社會重壓，了解黎民苦難，熟悉科舉制種種弊端。他虛擬出鬼魂世界和夢幻世界，寫鬼寫妖，他的「刺貪刺虐」才能入骨三分。這些幻想形式的採用，使得《聊齋志異》閃現出奪目的思想光輝和很高的藝術境界。

僧術

人們經常注意《紅樓夢》「忽喇喇似大廈傾」、「落了片白茫茫大地眞乾淨」的「世紀末」情緒，其實《聊齋志異》世紀末情緒已出現，且主要表現在應是時代良心、應決定時代道德取向的知識份子身上。從許多聊齋書生身上，你再也看不到屈原寧赴湘流葬身魚腹不以皓皓之白蒙塵的高潔，看不到莊子把宰相位置看成「腐鼠」的清高，看不到陶淵明不爲五斗米折腰、躬耕田畝的骨氣。聊齋許多書生不再立德立功立言，不再是社會良知，不再有傲骨志氣，他們再也不胸藏萬卷、下筆千言、目光遠大、飄逸清高，而是見利忘義甚至見錢眼開，成了利欲薰心的祿蠹，拍馬鑽營的小丑，吹吹呼呼的牛皮大王，不知夫婦情爲何物的呆子，繡花枕頭一包草，甚至乾脆成了樑上君子，眞是醜態畢露，洋相出盡。

【飛黃騰達白日夢】

聊齋書生成了眼中只有「金榜」的功名狂。王子安的白日夢是典型。

王子安是東昌府名士，科舉考試多次考不中。鄉試發榜時，他喝得醺醺大醉躺到臥室裏。有人來說：「報喜的來啦！」王子安踉踉蹌蹌爬起來，說：「賞錢十千！」家人知他醉了，騙他說：「只管睡，賞過啦。」一會兒，又有人說：「您中進士啦！」王子安大喜，跳起來喊：「賞錢十千！」家人又騙他：「賞了。」又過一會兒，有人進來說：「您在金鑾殿經過皇上面試點了翰林啦，長班（隨從）在這。」王子安看到兩個穿戴整潔的人在床前叩頭，立即喊：「快賞長班酒飯。」家人又騙他，說賞了，卻暗笑他醉得厲害。王子安想：既然做了翰林，不可以不出去炫耀鄉里，大叫：「長班！」等了好一會兒長班才來，王子安捶床大罵：「愚笨的奴才，跑哪兒去了？」長班憤怒地說：「窮酸無賴！跟你開玩笑哩，眞罵？」王子安火了，跳起來撲長班，打落了他的帽子，自己也跌到床下。妻子進來，扶他起來，說：「怎麼醉成這樣子！」王子安說：「我的長班太可惡，得好好懲罰他。」王妻笑了，說：「家裏只有我這老婆子，白天給你做飯，晚上給你暖腳，哪來長班伺候你這把窮骨頭？」王子安如夢初醒，才知道所有事都是虛幻

王子安

的。他找到門後邊，發現長班戴的紅纓帽，像小酒杯大小。王子安知道自己上了狐狸精的當，感歎：過去人給鬼捉弄、調侃，我今天給狐狸精耍了一把。

王子安這種類似於精神病的心理狀態，源於生活中長時間的期待和壓抑。王子安是東昌名士，科舉功名中卻處於最底一層，是秀才，跟蒲松齡一個樣兒。進士、翰林是讀書人飛黃騰達的巔頂，是王子安心中的夢想，但如果不能闖過鄉試成爲舉人，進士和翰林不過是水中月、鏡中花。跟其創造者蒲松齡一樣，王子安不能不一次次參加鄉試，然後再一次次咀嚼落第的苦楚。

夏雪

王子安爲什麼有這麼強烈的「做官」情結？因爲，「做官」實在太重要了。蒲松齡晚年寫成的《夏雪》描寫越來越上驕下諂的社會風氣。他寫下某些功名和官位的稱呼變遷，因爲對官位的崇拜和對官吏的畏懼，人們對官僚的稱呼越來越諂媚，越來越「恭敬」：過去的「老爺」變成了「大老爺」，過去的「大人」變成了「老大人」；官吏的妻子也水漲船高，得到更高尊稱。蒲松齡這樣說：「世風之變也，下者益諂，上者益驕。即康熙四十餘年中，稱謂之不古，甚可笑也。舉人稱『爺』，二十年始；進士稱『老爺』，三十年始；司、院稱『大老爺』，二十五年始。昔日大令謁中丞，亦不過『老大人』而止，今則此稱久廢矣。」稱呼的變遷，生動地說明了「官本位」的厲害。有了官位，就成爲人上人，就有了社會地位，也就有了源源不斷的財富。做官不僅可以光宗耀祖，而且官越大，權柄越大，財富越多，美女越多，無怪乎封建時代的讀書人像千軍萬馬過獨木橋，擠到求官路上！無怪乎王子安在鄉試後熱切等待，要做進士、翰林的白日夢！

讀聊齋這些陽世、陰間書生求官的悲慘故事，讀王子安白日升官的可笑夢境，我們不免感到聊齋先生欲望的偏狹——做官是人生最重要的事。在聊齋書生身上，你找不到莊子式純粹的飄逸，找不到屈原式眞正的憂國憂民，找不到李白式豪放，找不到杜甫式大濟蒼生，找不到白居易、歐陽修等「文章太守」的氣度和胸懷，找不到蘇東坡式倜儻瀟灑，也很少能找到詩情畫意。這樣的文學閱讀，實在有點兒乏味，有點兒缺少美感。

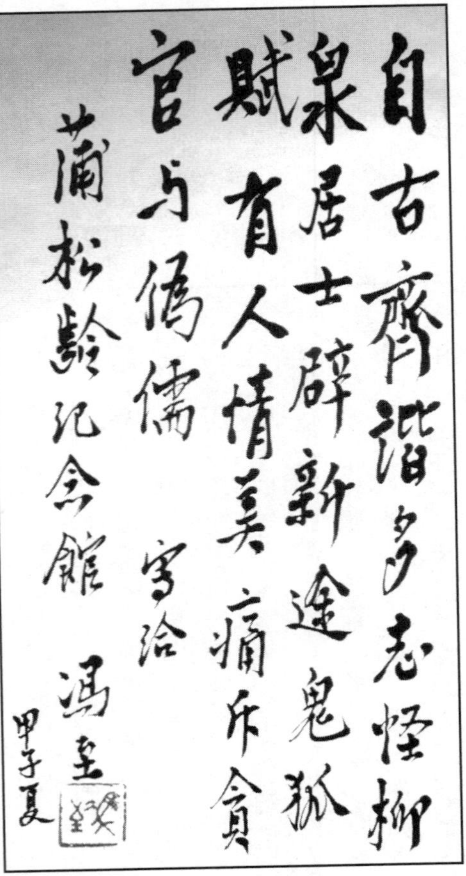

馮至題詞

官迷心竅成了聊齋書生的生活中心，卻有著深刻的歷史根源和思想根源。它是由一千多年科舉制度積澱而成，又因作者屢戰屢敗、屢敗屢戰的閱歷造成。十九世紀末，中國國門初開，讀書人受「官本位」教育一事，就曾讓外國人瞠目結舌。一八七五年《紐約時報》報導：有位英國記者在一家中國學堂入門處，發現一具貼著紅「喜」字的棺材。記者了解到：學堂所學內容，就是四書五經這類「聖賢書」，而讀聖賢書的目的，是爲升官發財（諧音「棺材」）。記者感歎：中國的教育不是爲了讓學生學知識，只是爲了求官，「把教育限制在如此狹窄的道路上，致使人的心智就像大清國女人的小腳一樣被擠壓而萎縮」。讀書人求功名的過程，成了正常心智逐步死亡的過程，王子安的白日夢不過是心靈死亡的表現之一。

【牛皮大王當場出醜】

王子安有才能而屢考不中，王勉則相反，小有才而科場領先，又因文場得意隨意辱罵朋友、給許多人造成傷害。道士崔眞人告誡他：你雖有智慧卻「被輕薄孽折除幾盡」。利欲薰心、吹牛皮是「輕薄孽」的主要表現。道士試圖用世外仙境消除王勉的塵世之想，將王勉帶到天宮，騎龍、騎虎、騎鸞鳳的神仙紛至遝來。面對五彩燦爛的天界，長生不老的仙人，美麗如畫的仙女，開胸蕩魄的仙樂，王勉雖「心動」，但最終起作用的，是人間過眼煙雲的功名。他認爲憑自己

陝右某公

「才調」，求富貴像拾草芥，有了富貴還愁沒美女？崔眞人感歎他「夢夢不可提悟」。讓他一個跟頭落湯雞一樣跌到仙人島受教育。王勉仍然自我感覺良好，對救他的採蓮女自稱「我中原才子」，對仙人島桓公自吹「某非相欺，才名略可聽聞」，桓公將愛女許配給他。在仙人島的宴會上，世外仙女芳雲和綠雲對「中原才子」開始教育，她們重點挖苦、嘲諷王勉的「闈墨」，也就是他賴以取得功名的詩文，出現一幕幕令人噴飯的場面。

王勉在宴會上誦近體詩一首且「顧盼自雄」，芳雲立即對王勉的詩句「一身剩有鬚眉在，小飲能令塊磊消」做了這樣的解釋：「上句是孫行者離火雲洞，下句是豬八戒過子母河也。」王勉「鬚眉」、「塊磊」二句本是表達讀書人的志向遠大，因不得志而鬱悶。芳雲指鹿爲馬，用《西遊記》孫悟空被燎猴毛、豬八戒吃子母河水懷孕曲解王勉詩意，將表達懷才不遇情緒的詩歪曲成滑稽的笑柄，結果「一座撫掌」。王勉接著誦自己寫的《水鳥》詩「瀦頭鳴格磔」，芳雲馬上續個「狗腚響弸巴」。「瀦頭」是水停積的地方，「格磔」是水鳥的叫聲，本來是不錯的寫

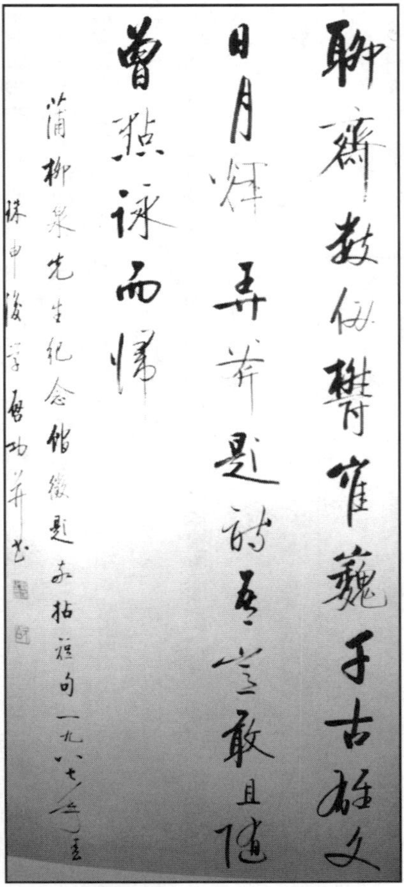

居公題詞

景詩句，芳雲卻用同音字「豬頭」諧「瀦頭」，用嚴格的對仗，罵他的詩是狗屁，又鬧了個「合席粲然」！

王勉受仙女嘲弄雖有慚色，卻本性難移，又自我吹噓。他認為世外人必不知八股文的事，就炫耀他科舉考試中奪冠之作，考題為《孝哉閔子騫》，開頭這樣寫：「聖人讚大賢之孝……」誰知，「冠軍之作」的牛皮又被仙人島的仙女一語戳破，綠雲說：聖人不可能用表字稱呼自己的弟子，「孝哉閔子騫」只能是別人說的話，不可能是聖人的話！

綠雲揭了老底，王勉意興索然，厚著臉皮繼續朗讀「冠軍之作」和考官評語。考官誇王勉文章「字字痛切」、「羯鼓一撾，則萬花齊落」，把王勉的文章吹到天上。芳雲把評語改竄為「『痛』下去『切』」，「羯鼓當是四撾」，對王勉文章的評價就變成了「痛」和「不通又不通」！王勉是累冠文場的人物，他之所以動不動以中原才子自居，動不動以「才名略可聽聞」自吹，這類「冠軍之作」不啻於他的精神支柱。兩位妙齡少女卻用風趣的點評讓王勉明白，不僅他科舉考試的「冠軍之作」根本不通，連考官的題都出錯了。「王初以才名自詡，目中實無千古；至此，神氣沮喪，徒有汗淫」。

沂水秀才

桓公為幫王勉下臺，又是敬酒，又是謝過，

還「訣而慰之」地出個「王子身邊，無有一點不似玉」的對子。綠雲就棍打狗，應聲對上一個「黽翁頭上，再著半夕即成龜」，用王勉的字「黽齋」取笑，諷刺中原才子變成了縮頭烏龜。王勉在宴會上一再自吹自擂，仙女逐一反駁，將他挖苦得體無完膚。

老舍題詞

放蝶

宴會之後入洞房，王勉「視洞房中，牙籤滿架，靡書不有」，而芳雲詩詞歌賦，無所不知，問一答十，問十答百。王勉整天對聖賢書頂禮膜拜，芳雲卻大膽地拿聖人經典開玩笑。王勉這才知道自己只懂得那點兒八股文，不過是井底之蛙。芳雲又以「從此不作詩，亦藏拙之一道也」相勸。王勉終於知道「中原才子」跟偏僻小島的少女相比，既無才氣可言，又無學問可恃，「大慚，遂絕筆」。「自念富貴縱可攜取，與空花何異」，他不再動輒吹牛，還徹底丟棄了功名之念。

【金盆玉碗貯狗矢】

文章千古事，得失寸心知，是千百年來讀書人的信條；學者立言，貴乎不朽，是千百年來讀書人的座右銘。科舉制度下讀書人是否還將文章視爲千古事？是否還相信「立言」？不。他們實際得很也勢利得很。他們，不再用文章關心經國之大業；他們，不再創造千古流傳的美文；他們，不再抒發眞情實感。他們總是千方百計迎合「應制」文體，將自己拉到「科舉」這張魔鬼的床上，長了截短，短了拉長。哪怕靠「金盆玉碗貯狗矢」，靠螃蟹、蛤蟆寫出的文章，只要能獲得功名，就心安理得，求仁得仁。

賈奉雉

賈奉雉才名冠一時卻屢試不中，他遇到「風格灑然」的郎生，郎生評價賈奉雉的文章確實好，但到科舉考試中，肯定不中用。郎生解釋：「仰而跂之則難，俯而就之甚易。」賈奉雉考不中不是因爲文章寫得不夠好，而是寫得不夠壞！只要將自己降低到科舉考試要求，就能如願以償！賈奉雉信奉「學者立言，貴乎不朽」，郎生告訴他：除非你決心抱卷終老，否則你就得學習掌握速朽的應試文字。因爲考官只懂得也只欣賞這樣的文字：「簾內諸官，皆以此等物事進身，恐不能因閱君文，另換一副眼睛肺腸也。」賈奉雉寫的好文章，郎生「不以爲可」；賈奉雉將「闒冗氾濫，不可告人之句，連綴成文」，郎生偏偏說「得之矣」，還「堅囑勿忘」。郎生在賈朗誦一過後，以符寫背，賈奉雉進入考場後，只記得這濫汙文字，不得不「直錄而出」。他居然因此中經魁！賈奉雉「閱舊稿，一讀一汗。讀竟，重衣盡濕」。認爲寫出這樣文章，沒臉見天下人，慚愧之至，自貶這根本就是「金盆玉碗貯狗矢」，決心遁跡山林，與世長絕。

韓方

《賈奉雉》寫到此，已難能可貴地創造了《聊齋志異》中少有的、強調精神追求的人物形象。意味深長的是，聊齋先生的筆沒有到此爲止，而是繼續寫仙遊歸來的賈奉雉：百年後，賈奉雉從仙鄉回到人間，發現因爲他堅持信仰「貴乎不朽」而不去追求功名，他的子孫都貧窮落魄。賈奉雉不得不撿起狗矢文字，並靠這樣的文章做了高官。賈奉雉對「狗矢」文字的決絕和「回歸」，描繪了有良知的知識份子不得不違背良知的悲哀。

賈奉雉用「金盆玉碗貯狗矢」，其他一些讀書人如何取得功名？眞是蛇有蛇路、鳥有鳥路，旁門左道層出不窮：

《阿寶》中的孫子楚是個呆子，在鄉試之年，他入闈前，幾個書生捉弄他，擬了七個隱僻之題，悄悄告訴他：「此某家關節，敬秘相授。」孫子楚信以爲眞，晝夜揣摩制成七藝。書生們背後幸災樂禍地等著看孫子楚的洋相。沒想到「典試者慮熟題有蹈襲弊，力反常徑，題紙下，七首皆符，生以是掄魁。明年，舉進士，授詞林」。孫子楚高中，用俗話說叫「彎刀對著瓢切菜，完全靠運氣」。

《三仙》對取士文體做了富有諧趣的辛辣挖苦：某士子參加鄉試途中，路遇三個秀才，談吐極爲風雅，他們邀請士子到「門繞清流」的家中飲酒，且以「場期伊邇，不可虛此良夜」爲由，設題作文。秀才喝得大醉，醒來發現「四顧並無院宇，惟主僕臥山谷中。大駭，呼僕亦起，見旁有一洞，水涓涓流溢，自訝迷惘。視懷中，則三作俱存。下山問土人，始知爲『三仙洞』。蓋洞中有蟹、蛇、蟆三物，最靈」。士子進入鄉試的考場，驚訝地發現，考試題目竟然就是「三仙」寫過的！他將「三仙」的文章照搬試卷上，高中解元！

三仙

螃蟹、蛇、蛤蟆，素常在人們眼中，是最不爲稱道的生物。俗語諷刺字寫得不好時，常用「像螃蟹爬的」。螃蟹爬出的文章，竟然造就一位跟唐伯虎同樣功名的人物。多深刻、多幽默的諷刺！

【不懂夫婦愛的書癡】

「書中自有黃金屋，書中自有千鍾粟，書中自有顏如玉」，是封建社會讀書人的座右銘，表面是勸學格言，其實是源遠流長的「官本位」權威表述。讀書才能做官；做官才能得到金錢、利祿、美女。這「書」不是《莊子》，不是《楚辭》，不是《史記》，不是唐詩宋詞，不是小說戲曲，更不是《天工開物》、《本草綱目》，而是四書五經，也僅是四書五經。因爲功名利祿的誘惑，聊齋書生的生活重點只有四書五經，生活情趣也只有四書五經，變得像《冷生》裏的讀書人一樣，喜怒無常，像得了神經病。變得像《苗生》裏的讀書人，什麼眞正學問也沒有，只知道八股文，還要搖頭擺尾、煞有介事、不厭其煩地讀給根本不想聽的人聽，連糾糾武夫都說這樣的文章一點兒文采也沒有，「只宜向床頭對婆子讀耳，廣眾中刺刺者可笑也」。這幫互相讚賞、互相吹捧的酸書生，終於使得忍無可忍的苗生變成一隻斑爛猛虎撲向他們。《苗生》這戲劇性、寓言性結局暗喻臭不可聞的「闈墨」以及鍾情於它們的書生都該從世界上全部消失。

苗生

《聊齋志異》寫受四書五經毒害的書生莫過於《書癡》。郎生對四書五經癡迷到近於癡呆，「晝夜研讀，無間寒暑」，「見賓親，不知溫涼，三數語後，則誦聲大作」。大風將他的書颳走，讓他無意中陷足古人窖藏的糧食中，他大喜，認爲讀書讀出「千鍾粟」。在書架上發現個金輦，認作「金屋」之驗，拿出炫耀，被告知是鍍金。恰好他父親的同年（一起考中功名者）來做觀察使，有人勸郎玉柱將金輦送他。郎玉柱得到三百兩銀子、兩匹馬回贈，便認爲金屋、車馬都應驗，是他讀書感動了上帝，越發苦讀不已。

這位三十歲不結婚的癡書生曾宣布：『書中自有顏如玉』，我何憂無美妻乎？」看到《漢書》第八卷中夾著個眉目如生的紗剪美人，駭曰：「書中顏如玉，其以此應之耶？」名喚「顏如玉」的仙女眞正來到郎玉柱身邊後，年已而立的郎玉柱卻不懂男女情愛爲何物，還要請教顏如玉：「凡人男女同居則生子，今與卿居久，何不然也？」顏如玉授以「枕席工夫」後，他又樂極：「我不意夫婦之樂，有不可言傳者。」「逢人輒道」，成了笑柄。賈寶玉說：聖賢書將好人變成祿蠹。郎玉柱卻告訴我們：死讀聖賢書，使人越讀越傻，讀到連夫婦之愛都不知爲何物了。郎玉柱「不知爲人」的情節，是中國古代小說寫知識份子最具諧趣性、幽默感的章節之一。

浙東生

在教會了床上爲人後，顏如玉讓郎玉柱學習似乎根本與「讀書」與「功名」不相干的東西：下棋、賭博、彈琴。郎玉柱以琴棋博藝外出交朋友，倜儻之名暴著。顏如玉說：「子可以出而試矣。」現今社會強調「智商」之外的「情商」教育，郎玉柱就是「高分低能」。他缺少的不是書本學問，而是爲人處世的學問。他通過下棋賭博認識社會，提高處事能力，反而有利於考試。但從另一方面看：想升官並不需要眞正的學問，只需要會拉關係就行，會賭博會下棋就可以。

書癡郎玉柱那份癡迷，那份呆傻，是古代小說中極少見的人物。更耐人尋味的是此人後來的變化。縣令想奪顏如玉，將郎玉柱害得家破人亡。殘酷的現實，讓書癡大開眼界：必須不擇手段地爬上去，爬上去可以作威作福，爬不上去就被人欺凌！郎玉柱學會了一整套政治鬥爭手段，中進士後，處心積慮到仇人家鄉做官，細心查訪仇人惡跡，終於「籍其家」，報仇雪恨！郎玉柱從只知道書齋死讀書到在官場熟練地走門子；從軟弱無助、像待宰羔羊的受害者，到縱橫捭闔、像狡猾的狐狸復仇；從心思單純的書癡到心機縝密的官員，郎玉柱做官前後兩副截然不同的面孔，是單純書生「成長」爲擅長勾心鬥角的官員的典型個案，令人深思。

【繡花枕頭和樑上君子】

如果說書癡是明顯的受四書五經腐蝕的書

書癡

生形象，那麼可以說，繡花枕頭和樑上君子，則是蒲松齡創造的、隱蔽性、深層次受四書五經腐蝕的書生形象。

先看繡花枕頭。嘉平公子是位「入郡赴童子試」者，也就是要用自己讀的聖賢書去考秀才。他「風儀秀美」，溫姬一見傾心，願託終身。當溫姬吟詩希望公子奉和時，公子「辭以不解」，讓溫姬覺得不可理解但仍然留戀。試後溫姬隨公子回鄉，被發現爲鬼，公子家人百術驅逐不得。當溫姬看到公子諭僕帖誤「椒」爲「菽」，誤「薑」爲「江」，誤「可恨」爲「可浪」時，留打油詩一首拂袖而去：「何事『可浪』？『花菽生江』。有婿如此，不如爲娼！」嘉平公子到底考中沒有，蒲松齡始終沒寫。很多聊齋評論家都將此篇看作是對紈袴子弟的調侃。其實，將此篇看作是對四書五經癡迷者的調侃未嘗不可：詩詞一概不知，寫個簡單帖子都錯字連篇，卻要參加科舉考試，這「童子試」考什麼？提倡什麼？不言而喻。

嘉平公子

再看樑上君子。讀聖賢書讀不出期望的效果時，讀書人可能比一般老百姓還要悲慘。魯迅先生筆下的孔乙己家貧又生活無著，只好偷，結果給打斷了腿。蒲松齡在《鬧館》中寫到讀書人的尷尬：一心唯讀聖賢書，沒有任何其他求生本領，還不如廚師等手藝人可以養活一家老小。有的讀書人既想享受富貴生活又沒有創造財富的能力，乾脆變成樑上君子：姬生白天在人前充聖人門生，夜晚入戶行竊。不可思議的是，這樣一個人物偏偏「歲試冠軍，又舉行優」，居然「品學兼優」！《雨錢》裏的秀才也熱望不勞而獲：他認識了言談優雅的老翁，不向老翁問道解惑而向老翁要錢，老翁略使法術，讓金錢紛紛從梁間落下，「秀才竊喜，以爲暴富」。當剎那間金錢化爲烏有時，秀才非但不認爲這是老翁對他的警示而幡然悔悟，反而埋怨老翁，結果給劈頭蓋臉地痛斥一番：「我本與君文字交，不謀與君做賊。便如秀才意，只合尋樑上君交好得。」

《河間生》寫河間某生開始與狐交往時，還有所警惕，保持一定的距離，後來就羨慕起狐的「廊舍華好」，「茶酒香洌」，漸入邪道，以至於隨狐乘風千里之外，幹起雞鳴狗盜勾當。狐可以隨意取酒樓諸人的食物，唯獨不敢取一位正人的金桔。河間生由此意識到：狐不敢崇正人，看來跟狐近者必爲邪祟。他剛有了這個「自今以往，我必正」的念頭，便苦海無邊，回頭是岸。河間生盲目地隨從狐時是到了「樓上」，等他清醒時，這「樓上」竟然是「樑間」，樓上客人即樑上君子，書生一不留神成了小偷。

河間生

「聖賢書」造就了繡花枕頭；從「聖賢書」到「樑上君子」，只有一步之遙，是蒲松齡通過讀書人遭遇留給後世的深刻啓示。

《郭生》則寫了爲求取功名的書生如何實用主義地利用狐仙。死讀書卻總是讀不出效果的郭某，二十多歲，文章寫不好，還錯別字連篇。他的文章常被狐仙塗抹，郭生很生氣。他的朋友發現，狐仙改文章「似有春秋」，告訴郭生，應該以狐仙爲師。此後，郭生寫了文章就放在房間裏任憑狐仙改。在狐仙指導下，郭生考上了秀才。他感激狐仙，經常擺上雞鴨魚肉給狐仙吃，他需要參考哪些文章，也讓狐仙替自己決定。後來他覺得自己的文章已經寫得不錯了，就現實地不再給狐仙準備酒菜，也不相信狐仙對文章的修改，乾脆把文章鎖起來。狐仙在郭生鎖著的文章卷面上畫上一個四道，一個五道，飄然離去。結果郭生在秀才歲考中考了一個四等、一個五等，不及格。蒲松齡借這個故事諷刺夜郎自大、過河拆橋的書生。

郭生

蒲松齡極富功名心，經常注目功名世界；又因爲關注功名世界，發現相當多的知識界膿瘍，因而我們可以看到，聊齋中有相當多的讀書人洋相。但一個偉大作家，總會有對社會不太偏頗的視角。當一個人不在意功名利祿，而在意人與人之間的溫情，在意人的精神追求時，可以過得坦蕩、舒心、瀟灑，這是聊齋一部分知識份子呈現的精神狀況。除了書生洋相外，《聊齋志異》寫了各種各樣的知識份子，有的春風得意不忘報國，有的潔身自好注重修養。他們以各自的人生價值選擇，繪成封建社會多彩多姿的「眾士圖」。除《儒林外史》之外，還沒有一部小說像《聊齋志異》這樣關心知識份子特別是中下層知識份子的命運。對知識份子恆定的關懷，是《聊齋》永恆的魅力之一。

懲惡揚善的道德追求

小說是故事，這是國內外小說評論家的共識。小說當然可以用故事引人入勝，但好的作家不管寫多有趣、多好玩的故事，總會蘊含一定思想深意，表現出道德判斷和追求。《聊齋志異》是部好玩的「閒書」，但蒲松齡的長子蒲箬早就在《祭父文》說，他父親創作《聊齋志異》不只爲了搜奇獵異，詼諧談笑，而有深沉的寄託，「大抵憤抑無聊，藉以抒勸善懲惡之心，非僅爲詼諧調笑已也」。《聊齋志異》首篇《考城隍》提出「有心爲善，雖善不賞；無心爲惡，雖惡不罰」的觀點，用「有心」和「無心」判斷爲人處世的眞善和眞惡。勸善懲惡的「救世婆心」，是聊齋主旨之一。放蕩的男人，負心漢，不負責任的父親，貪官污吏，被押上聊齋道德法庭，得到應有懲罰；與人爲善者，義貫千古者，被筆歌墨舞。以生動的懲惡揚善故事警世醒人，構成聊齋一大批耐人尋味的名篇。

【獵豔獵到親生子女】

獵豔者一般有權有勢，可以用金錢和權勢買到一切，包括他人的青春和「笑臉」，但做夢也想不到的是，有朝一日他會遇到這樣的悲劇：跟親生子女上床。這是多麼尷尬、多麼驚心動魄、多麼悲慘的事？有的聊齋故事寫這樣的悲劇，跟兩個世紀後歐美短篇小說大師莫泊桑的名作驚人相似。

法國短篇小說大師莫泊桑寫過一個著名的小說《一個兒子》，寫的是一個法蘭西院士和一個議員在花園散步，兩人從垂著淺黃色穗子的金雀花在空中隨風散布花粉，聯想到他們這些上層男女的亂交，製造孩子就像這些飄灑花粉的樹，是不知不覺的。他們估計，他們從十八歲到四十歲之間，大約同三百個左右的女子臨時遇合，他們眞能保證自己沒有一個做盜賊的兒子和做妓女的女兒？文學院士回憶起自己年輕時的一次獵豔：他在一次外出時，鬧著玩似地在鄉野旅店佔有了一個女僕，然後馬上忘掉了這屢見不鮮的冒險行爲，若無其事地走開。三十年後他故地重遊，驚愕地聽說那個從不接近男人的女僕在他離開後八個月零二十五天，生下一個兒子後死了。於是，高貴的院士看到自己無意中製造的兒子，是個跛著腳吃力地翻著獸糞的老粗，骯髒、卑賤、酗酒、無知，卻長著酷似自己的黃頭髮！高貴的院士羞慚得無地自容，卻找不到擺脫

韋公子

的出路，只能讓悔恨永遠捶擊著自己的心。

莫泊桑還有篇小說《隱士》，寫一個喜歡尋花問柳的富人，四十歲時遇到個年輕妓女，帶到家玩了幾天後發現，這妓女原來是他的親生女兒！

莫泊桑的《一個兒子》和《隱士》諷刺了資產階級上層知識份子的道德淪喪，蒲松齡的《韋公子》寫封建上層的鮮廉寡恥。

韋公子有錢有勢，縱情聲色，家中僕婦、丫鬟，稍有姿色的，都不放過。還載金數千，想「盡覽天下名妓」。做官後，積習不改，只是隱蔽一點，化名到「曲巷」也就是青樓尋歡取樂。他喜歡上男妓羅惠卿，「夜留繾綣」，還把羅惠卿的妻子召了來，三人同床，恣意淫樂。韋公子打算把羅惠卿帶回家長久取樂，一問羅惠卿的來歷，他的魂都嚇掉了。原來羅惠卿其實並不姓羅，他的母親年輕時服役於咸陽韋公子家，後來賣給羅家，四個月後生下了他。韋公子一聽，知道羅惠卿的母親恰好是他玩弄過的丫鬟，自己把親生兒子做了男妓，連忙屁滾尿流地悄悄溜走。

李司鑒

韋公子如此「頭上長瘡，腳底流膿」，卻偏偏有官運。有時壞人比好人更容易也更會做官，此事古已有之，不足為奇。奇的是韋公子的奇遇。

他中了進士，做了蘇州令，又喜歡上一個叫「杜韋娘」的小妓女。他附庸風雅地問小妓女，你爲什麼叫「韋娘」啊？你的名字是不是從「春風一曲杜韋娘」取的？那小妓女回答：不是。我叫這個名字是因爲我的母親十七歲時是個名妓，有位咸陽公子，跟大人您同姓，和她一起生活了三個月，信誓旦旦要娶她，還留下了黃金鴛鴦做信物。可是，後來那位咸陽韋公子一去無蹤影，我的母親生了我就悲慘地死了，我被姓杜的鴇母養大，我還保留著韋公子給我母親的信物黃金鴛鴦！

世界何等的小，韋公子又跟親生女兒鑽進了亂倫的衾被！究竟是不忍心讓女兒繼續做妓女？還是爲了掩蓋自己的醜行？韋公子竟然喪心病狂地毒死了親生女兒。然後，因爲品德不端被罷官。

像韋公子這樣既是貴官又是富翁的主兒，他的兒女應該是什麼樣的待遇？那兒子，即使不是錦圍翠繞的賈寶玉，也應該是鬥雞走馬的薛蟠；那女兒，即使不是貴爲王妃的賈元春，也應該是名花深藏閨中的薛寶釵。他們怎麼就這麼慘？男的做孌童，女的做妓女，前門迎新，後門送舊，而且鬼使神差，都跟親生父親上床！

都是父親的罪孽才使得子女掉進了最齷齪的泥淖！尤其讓韋公子難堪的是：在「不孝有三，無後爲大」的封建社會，在子嗣無比重要的封建社會，韋公子受到了最深重的懲罰，他家裏有五六個大小老婆，沒一個生過孩子。

東西方兩位時隔兩個世紀的世界短篇小說大師非常相似，特別是《隱士》和《韋公子》，不同的是結局，殘忍的封建官吏韋公子爲了掩飾罪行用毒藥毒死了親生女兒，虛僞的資產階級富翁把財產分一半給淪落爲娼的私生女贖罪。兩位大師如出一轍，而蒲松齡早兩個世紀。他把韋公子的行爲叫「自食便液」。

上個世紀八十年代初，筆者曾以《如此父親》爲篇名寫過以上的內容，後來有幾位當代著名作家也對兩位世界級短篇小說大師的相近之作進行了生動精采的對比。於是，有的學生就好奇地問：你們寫得如此相同，是誰抄誰的？我回答：誰也沒抄誰的。我的文章發表在山東的省報上，外省人怎麼能看到？這只說明：對這個重要文學現象的關注和分析，很多人不謀而合。

【漁色者丟心】

韋公子獵豔獵到親生子女頭上，另一個漁色者丟了自己的心，這就是著名的聊齋故事《畫皮》。

王生在路上遇到一個美麗少女帶回家藏到書房裏，後來有個道士說他身有邪氣，他不相信。回到書房，發現門關了，從窗縫向房裏看，一個猙獰惡鬼，翠綠色的臉，牙齒像一排排尖利鋸齒，鋪了張人皮在榻上，手執彩筆在描畫，畫完了，把筆一丟，把人皮舉起來，抖衣服似的抖了幾下，披在身上，立即變成美女！王生魂飛天外，手腳並用，狗爬一樣逃了出來。惡鬼披上畫皮變成美女，是古代小說經典性描寫。王生被披著美女畫皮的惡鬼把心挖走了，他的妻子陳氏為了救他

董辰生繪畫皮

到市上求躺在糞堆裏的乞丐。眞人不露相的乞丐一個勁地羞辱陳氏，說：「佳人愛我哉？」又說，救活這種丈夫做什麼？隨便拉個人做丈夫也比這種人強。然後，吐出一大團鼻涕黏痰，讓陳氏吃下去。陳氏忍著莫大羞辱把那團髒東西吞下去，回家後一邊哭一邊給王生整理被惡鬼撕裂的胸腔，那團髒東西掉進王生的胸腔，變成一顆跳動著的心臟！鼻涕和黏痰成了獵豔者的心臟，意味深長。蒲松齡用這個怪異故事勸諭世人：獵豔的結果是自己丟了心，妻子受了食唾之羞。當然，《畫皮》有更廣闊的哲學意蘊：善良的人常受表面現象迷惑，不知道世界上不僅有金玉其外、敗絮其中的人，更可能在美麗外表後隱藏致命殺機。所以，要警惕披著美女畫皮的羅刹惡鬼。

【負心漢的下場】

放蕩者自食惡果，負心漢同樣沒有好下場。《武孝廉》、《醜狐》是代表。

中國古代小說創造的負心漢形象，有《金玉奴棒打薄情郎》裏的莫稽，《霍小玉傳》中的李益，聊齋中的武孝廉石某與他們鼎足而三。

石某是在山窮水盡的情況下邂逅狐婦的。他進京求官，中途暴病，「唾血不起，長臥舟中」。爲行賄準備的「囊資」，也被僕人偷走，「資糧斷絕」，船夫丟棄了他。這時他遇到了服飾炫麗的狐婦，狐婦「自願以舟載石」，「以藥餌石」。如果沒有狐婦幫助，石某肯定必死無疑。狐婦年長於石某，她救活石某後，向石某求婚：「如不以色衰見憎，願侍巾櫛。」石某歡天喜地同意。因爲狐婦半老徐娘、風韻猶存且有錢，對既死了老婆又處於死亡邊緣的石某，是及時雨，是救命丹，也是一個還算合適的人生伴侶。接著，婦「出藏金」給石某提供了求官的資本。

一闊臉就變，是負心漢的通病。石某靠狐婦的金銀求官後，馬上嫌狐婦老，用狐婦給他的錢另娶王氏，並對狐婦封鎖消息，故意繞道上任。對狐婦的多次問訊，他狠心地不加理睬。當狐婦親自找到門上，他竟然拒而不見，還要追查門人的責任。狐婦歸石後曾罵：「薄情郎，安樂耶？試思富若貴何所自來？我與汝情分不薄，即欲置婢妾，相謀何害？」她善良忍讓，「嫻婉，不爭夕」，根本不問「良人夜宿何所」，連本應該最反對她的王氏都被感動，對她像對待可敬的長輩。狐婦已經把她人生的要求和可能的「威脅」降到了最低，不是要獨佔石某，不是要夫貴妻榮的虛榮，甚至不是要「嫡妻」的權力，她僅僅要求三餐閒飯，要一個可憐的名分，要一個立足之地。這最基本的要求，喪心病狂的石某都不能容忍，「常於寢後使人聽」狐婦的動靜。狐婦在石某丟了官印時出手幫助，也沒有感動喪心病狂的石某，終於在狐婦醉酒後露出原形時想殺死她。石某後娶的王氏阻止石某殺婦時說了這樣一句話：「即狐，何負於君？」聊齋點評家但明倫評論：「一語如老吏斷獄。」

封建時代，女性幫助男性求官，男性卻一闊臉就變，把同甘苦共患難的結髮妻拋到九霄雲外，無數被損害的弱女子沒有能力向負心漢討回公道。蒲松齡賦予女主角以狐的身分，有能力將石某起死回生，也能重新收回救命金丹，讓負心漢唾血而死！

武孝廉

另一個負心漢的故事是《醜狐》。

《醜狐》裏的穆生家很窮，冬天連棉衣和棉被都沒有，突然來了個衣服炫麗、又黑又醜、自稱「狐仙」的女子要求同榻。穆生不樂意，醜狐拿出元寶，穆生見錢眼開，「悅而從之」。靠了醜狐接濟，穆家成了小康之家，有了田產，使喚上丫鬟。醜狐饋贈越來越少，穆生越來越嫌她醜，請了術士驅狐。醜狐罵他「背德負心」，抱了個貓頭狗尾的小動物來，把穆生的腳咬得爽脆有聲，啃掉兩個腳指，財物全部索回，丫鬟賣了，田產賣了，穆生仍然無立錐之地。

醜狐

《武孝廉》、《醜狐》女主角的怪異身分體現了蒲松齡懲惡揚善的願望，正因爲她們是狐，雖然遭遇負心漢，卻比人間弱女有報仇雪恨的法力，能夠把負心漢押上道德法庭，讓他們受到應有的懲罰。席勒說：「藝術要用美麗的理想去代替不足的眞實。」狐女報復負心漢，是蒲松齡懲惡揚善的幻想筆墨。

姚安本有妻子，同鄉有位叫綠娥的少女「豔而知書，擇偶不嫁」，聽說姚安長得漂亮，就宣布：非姚安不嫁。姚聽說後，趁妻子在井邊，把妻子推了下去，娶了綠娥。姚安怕綠娥有外心，每天行監坐守，綠娥回娘家，出門時，他得把她頭上蒙上袍子，用兩個肘子支撐著，「覆翼而出」，進轎子後加封，自己騎著馬緊跟其後……做出一件一件活見鬼似的醜事，最後誤殺其妻，忿恚而死。蒲松齡認爲這是因爲姚安喜新厭舊，

姚安

新鬼、故鬼奪魄的結果。

《阿霞》寫文登景生在荒齋讀書，夜有少女阿霞盈盈而來，二人歡愛甚篤，阿霞對景生說她將「相從以終焉」，約半個月後再會。景生想：二人總是住在荒齋不合適，不如把阿霞請回家，「又慮妻妒，計不如出妻」，決心一下，他對妻子百般挑釁，妻子不堪其辱，憤而離去。景生自以為得計，把家裏打掃得乾乾淨淨，想迎接新娘子到來，跟阿霞做長久夫婦，沒想到阿霞卻嫁給了鄰村的鄭生。景生路上遇到阿霞時指責她失約，反而被劈頭蓋臉罵了一頓：「負心人何顏相見？……負夫人甚於負我。結髮者如是，而況其他？」

【不負責任父親的悲劇】

數千年封建家庭，尤其是中下層家庭觸目驚心的是「後娶」。《顏氏家訓》用尹吉甫聽後妻讒言放嫡子伯奇於野的故事，指出「假繼慘虐孤遺，離間骨肉」，最值得警惕。千百年來，人們唱著「小白菜，黃又黃，三歲上頭沒了娘」，講著「蘆花絮衣」「母在一子單，母去三子寒」。後娘虐待前子幾乎是普遍的社會現象，這當然跟家產繼承權相關，而孩子的不幸常常是父親不負責任的結果。《黎氏》後娘化狼的故事，一直是街談巷議的話題。

《黎氏》寫謝中條的後妻變成一隻惡狼，把三個孩子吃掉，然後「衝門而出」，一女二女都沒了，「鮮血殷地，惟三頭存焉」。眞是慘不忍睹。

謝中條的不幸，並不是他再娶或擇偶不愼，而是他品德不端。他喪妻後對漁色樂而不疲，對撫養子女很不耐煩。他自己表白過：共枕席的女人不少，只是兒啼女號，令人不耐。是個不負責任的父親，又是個放蕩的男人。他在荒郊野外遇到一個頗有姿色的女人，立即拖到深谷強暴，那女人竟然來者不拒，兩個敗類立即談婚論嫁。女的狡猾地說，做後娘怕人說閒話。謝中條馬上許願：我自己不說，什麼人說？黎氏一步一步實現殘害子女的計謀，她讓謝中條解雇了家裏照顧孩子的傭婦，裝出一副賢妻良母的樣子，謝中條放心地把子女交給她——應該是「牠」。等到謝中條外出回家，一隻惡狼衝門而出，「娘」變成了狼，把孩子吃了！

黎氏

用時髦的批評術語說，《黎氏》寫人的異化。在《聊齋志異》問世二百多年後，卡夫卡寫人異化爲大甲蟲，《百年孤獨》寫人長出豬尾巴，被看成是天才的創造。其實中國小說家一千多年前就寫人的異化。唐傳奇《廣異記》寫冀州刺史之子路上遇到個美女，邀回家同居，結果被美女化成的大白狼吃掉。蒲松齡寫人的異化更多。後娘化狼是其一，《杜小雷》裏邊給瞎眼婆婆吃屎虼郎的壞媳婦也變成了人立而啼的豬。

歐洲理論家萊辛在《論寓言的本質》說：「寓言的最終目的，也就是創作寓言的目的，就是一句道德教訓。」《黎氏》這個寓言也寄寓了深刻的道德教訓：後娘化狼固然稀奇，惡狼似的後娘卻需要警惕。蒲松齡在「異史氏曰」裏說：男人千萬不要因自己的肌膚之歡而爲子女娶後母，否則一定引狼入室；擇偶一定得慎之又慎，萬不可從行爲不檢（「野合」）、不知底細（「逃竄」）的女人中找老婆。這當然是經驗之談。

最遺憾的是，惡狼怎麼偏偏不吃了這個引狼入室的傢伙？

【貪官剝皮】

對殘民以逞的貪官污吏，該剝皮揎穰，是聊齋道德法庭的「律令」。

《王者》寫湖南巡撫派人押運六十萬兩銀子去京城，半路上被神秘的王者實際是俠客拿走。押運者找到俠客所在的深山，看到那裏掛了許多貪官的人皮。俠客交給押運官一封信，讓他交給巡撫。巡撫開頭還對押運官氣勢洶洶，打開王者的信，成了洩氣皮球。原來，前不久巡撫跟愛妾共寢，愛妾的

王者

頭髮睡夢中被割掉，俠客信裏裝的正是愛妾的頭髮！俠客警告他：趁早用貪污的錢補上六十萬鉅款，否則就像取他愛妾頭髮一樣，取他的首級。

《鴞鳥》寫康熙年間長山貪官楊某，借西塞用兵（也就是康熙親征準噶爾）的機會，假公濟私，把民間牲畜搜括一空，還在百姓趕集時把老百姓數百頭騾馬盡數搶走。百姓哀求另外三個縣令向楊某求情，把百姓的牲口放回，三個縣令借酒令苦口婆心再三勸說，楊某就是不聽。這時，進來一個少年說他也要說個酒令，說道：「天上有玉帝，地下有皇帝，有一古人洪武朱皇帝，手執三尺劍，道是『貪官剝皮』。」然後化爲貓頭鷹沖簾飛出。蒲松齡借這個少年化鴞鳥的怪異故事，痛罵貪官，要剝他們的皮。

這些該剝皮的貪官污吏，在聊齋裏表演得充分，表演得新奇：

《石清虛》中的邢雲飛有塊奇石，先爲勢豪奪去，失而復得後，又被尚書覬覦，將邢雲飛抓進監獄，邢妻獻出奇石，邢雲飛才得以出獄。《紅玉》中退職的御史光天化日之下搶走馮相如的妻子，害得馮家破人亡。尚書和御史算得上社會「頂樑柱」，卻如此糟害人民。

石清虛

《潞令》裏的宋國英貪暴不仁，催稅打死良民，還得意洋洋，說到任一月誅殺五十八人，結果，被陰司討命而死。

《放蝶》裏的縣令以嚴肅的政事爲兒戲，聽訟時按犯罪輕重，罰納蝶自贖，公堂上如風飄碎錦，他哈哈大笑，結果受到蝴蝶仙子懲罰，幾乎丟了官。

《韓方》寫在天災情況下，貪官非但不救荒拯溺，解民倒懸，反而對受災百姓落井下石，千方百計搜刮民脂民膏，逼迫老百姓交額外的稅收，命名爲「樂輸」，也就是心甘情願自己樂意多交的，而這所謂的「樂輸」，竟然荒唐到是用板子打著老百姓交的。

《郭安》寫一個昏聵縣官如何斷案：某人被殺，遺孀告到縣衙，縣官升堂，把殺人犯抓來，拍桌子大罵：人家好好的夫妻，你讓人守寡，現在就把你配給這寡婦，讓你老婆守寡！讓殺人犯娶走被殺者的妻子，昏官之昏，千古絕版。

郭安

《司訓》寫個教官非常聾，平時「執教」之餘有個副業：賣淫器。學使到各地視察，教官們都送「關說」，也就是送錢拉關係。學使來到後，其他學官都從靴子裏摸出錢來交上了，只有這聾教官沒動靜，學使問：「貴學何獨無所呈現？」聾教官看到學使笑問，就以爲他也是要淫器的，回答：「有八錢者最佳，下官不敢呈進。」結果，教官被免官，公然索賄的學使繼續做他的學使。

蒲松齡還注意到貪官污吏敗壞了整個社會的風氣，導致下者諂，上者驕。下者諂表現在兩個典型事例：其一，給剛到位的官送錦屏，極盡阿諛逢迎之能事；其二，給受到彈劾或離任的官「乞保留」，給他們塗脂抹粉，歪曲事實。這樣做的結果，是不管好官壞官都有所謂「好名聲」，香臭不分，抹殺了官吏清廉和貪酷的界限。更有甚者，像《羅剎海市》所寫的，官場黑白顛倒。所以蒲松齡想像出一個解決的辦法：陰曹攝政。否則在黑白顛倒的情況下，「顛越貨多，則『卓異』聲起」。

陰曹攝政，是沒辦法的辦法，是作者懲凶驅邪的願望。

司訓

【善意調侃和請君入甕】

除了給壞人惡德以懲戒外，《聊齋志異》經常讓不學無術、吹牛皮、撒大謊的人物陷入尷尬境地，給他們善意調侃：

《武技》裏的李超剛從少林僧那兒學到一點兒武術皮毛，就以爲天下無敵，摩拳擦掌，做出各種花花俏俏的武術動作，還想跟師傅較勁兒，當場給少林僧踢得仰跌丈餘。他仍然不接受教訓，存心賣弄，遇到個賣藝的尼姑，又想出鋒頭，結果吃了虧，丟了臉。事後才知道，如果不是他師父的名氣，尼姑手下留情，他的腿早就斷了。

《佟客》裏的董生總是以忠臣孝子自詡，他遇到一位姓佟的劍客，就炫耀自己有大志向，眞本事，拿出佩劍，彈之而歌，又斬路邊小樹，顯示自己的劍很鋒利。佟客拿出一把短刀削董生的寶劍，董生所謂的寶劍一削就斷，脆得像切瓜。董生自己也是個銀樣蠟槍頭，佟客略施小技，點化出董生老父親被強盜劫持的場面，董生立即領了老婆躲到樓上，不管老父親的死活，什麼忠臣孝子，原來只不過說嘴而已。

蒲松齡對這些道德上有毛病的，給予善意嘲笑，把缺點和有害的東西，表現爲滑稽的，因而常帶喜劇性，令人噴飯。

武技

對壞人惡德，以其人之道還治其人之身，是聊齋的道德法則：

《續黃粱》裏的宰相曾某，賣官鬻爵，枉法霸產，想盡一切方法聚斂財富。他到了陰間，閻王讓手下人算算曾某生前貪污了多少兩銀子？小鬼算出：三百二十一萬兩。閻王下令：「彼既積來，還令飲去。」把曾某生前貪污的銀子，堆得像丘陵那樣高，架上鐵鍋，熔以烈火，一勺一勺灌到曾某嘴裏，灌得皮膚臭裂，臟腑沸騰，活著的時候只怕銀子少，現在就怕銀子多。這個貪污三百多萬兩銀子的宰相如果按人間法律，斬首而已，蒲松齡卻請君入甕，貪污了多少兩銀子就喝多少兩銀子！

《瞳人語》寫一個輕薄士子跟朋友一起走路，看到前邊有位少婦，就說：「有美人兮，驅之！」追上後卻面紅耳赤，一聲不吭。朋友故意說些輕薄話，士子只好忸怩作態地說：「此長男婦也。」

《罵鴨》寫一個人偷了鄰居的鴨子吃掉，第二天身上長滿了鴨毛。神人在夢裏告訴他：必須丟了鴨子的人罵，鴨毛才能脫掉。偷鴨者耍小聰明，騙丟鴨的鄰翁說，你的鴨子是某某偷了，他最怕罵。沒想到鄰翁修養很高，淡然說：「誰有閒氣罵惡人？」小偷只好如實招供，求鄰翁罵，鴨毛才消失。

佟客

種瓜得瓜，種豆得豆，天網恢恢，疏而不漏。小說家的道德審判乾脆俐落，比法庭還高明，還合乎民眾心理。貪官被懲罰，頂多砍頭槍斃注射毒藥，不過一時之痛。聊齋讓貪官貪多少銀子喝多少銀子，每喝一勺都是體味貪污「成果」，每喝一勺都是體會貪污之害，倘有來世，絕不敢再伸手。何等的明決，何等的痛快！偷鴨和攔路調戲婦女的人，從法律角度來看，不過是小偷小摸小流氓，頂多教育教育，但他們可能屢教屢犯，法律的懲罰就不如聊齋小說的處理：偷鴨的人永遠會記著長鴨毛求罵的尷尬；放蕩的士子永遠也休想在兒媳跟前充什麼正人君子，而是不折不扣的下三濫。這樣一來，即使有人求他們再伸第三隻手或「吃豆腐」，他們也不敢。

【「智」和「義」的頌歌】

懲惡的本身就是揚善，我們簡單說一下聊齋的「善」。《聊齋志異》薈萃仁人志士、孝子賢婦、美女佳兒的聰明才智，燭照出他們在艱苦人生中的美德。

貪官污吏遍布官場，剛直不阿的「包公」成了鳳毛麟角，蒲松齡把「眾人皆濁我獨清」的「牧民之官」請進《聊齋志異》。《一員官》寫泰安知州對貪贓枉法的上司堅決抵制，被世人譏諷為「橛子」。貴官登泰山時，總是找地方要豬要羊，泰安知州把這一切都免了，說，我就是羊，我就是豬，殺了我犒勞貴官算了。這個「木強」的官員，連「枕頭風」也不聽，他的夫人只是說了一句「何老悖不念子孫」，就給他大罵一場，還要「呼杖來，逼夫人伏受」。

蒲松齡筆下最有神采的清官是他的老師施閏章，是《胭脂》裏邊的人物。胭脂對秀才鄂生有情，導致了父親殺身之禍。知府吳南岱為鄂生解脫了罪名，又誤判了秀才宿介。學使施閏章出於愛護人才和維護正義，斷定宿介也是代人受過，他利用心理戰術讓殺人兇犯露出了原形，把幾個嫌疑人關

罵鴨

進黑屋子，牆上抹白灰，手上抹黑灰，預先宣布，神靈會在殺人犯背上寫字。毛大怕神靈寫字，進屋後，一直用背貼著牆壁，出來時再用手捂著背，結果他的背上黑灰白灰一大片。說明殺了人做賊心虛的正是他。施閏章斷清案情，把毛大正法；宿介從秀才降爲青衣，開自新之路；派縣令做鄂生和胭脂的媒人。眞是機智多謀、憐才恤士，對相愛的青年男女有菩薩一樣的心腸。

聊齋頌揚友情親情的故事很多。《張誠》裏的張訥受繼母虐待，同父異母的兄弟張誠千方百計幫他。張誠幫哥哥砍柴，給老虎叼走。張訥上天入地尋找弟弟，歷盡艱辛，兄弟相逢，還找到了早年失散的大哥支撐門戶。大文學家王漁洋非常欣賞《張誠》，認爲是一部絕妙傳奇。

《素秋》裏的俞愼認識了同姓的讀書人俞士忱，結拜爲兄弟，他把俞士忱和妹妹素秋帶回家。素秋是絕色美人，長得粉白如玉。俞愼夫妻像對待同胞弟弟妹妹一樣愛護俞士忱和素秋。不久，俞士忱得了重病，臨死前向俞愼交代：咱們名爲兄弟，實際並不同宗，可以通婚，既然嫂嫂這麼喜歡素秋，我死後，讓素秋給您做妾吧。俞士忱的思維可以理解，他們兄妹受俞愼的關懷還沒報答，他死後素秋無依無靠，素秋受到俞愼妻子的喜愛，好相處，讓素秋給俞愼做妾，既報答了俞愼的恩德，又安排了素秋的終身，順理成章。俞愼卻嚴

一員官

辭拒絕：「弟弟病糊塗了，你讓我收義妹做妾，豈不是想讓我雖然長個人頭卻像驢一樣叫？」俞士忱死前囑咐妹妹，我死後立即把棺材關上，不要讓人看。俞慎好奇地揭開一看，俞士忱變成了一尺長的蠹魚，原來，俞家兄妹是書中蠹魚！素秋怪異的身分暴露了，她很擔心爲人蜚短流長。俞慎說，你放心，我不告訴任何人！他隆重地厚葬並非同胞的弟弟，盡職盡責地安排義妹素秋的婚事。俞慎是典型的正人君子，他身上體現了儒家道德、傳統文化的魅力。

《大力將軍》寫孝廉查伊璜與將軍吳六一的厚施、慨報故事。孝廉查伊璜到野外荒寺飲酒，偶然看到一個乞兒將討得的食物「輕若啓櫝」地放置到古鐘下，那古鐘，數人「力掀舉之，無少動」。查孝廉把乞兒「攜歸餌之」，贈金讓他從軍。十幾年後，查伊璜的侄兒在福建任職，大將吳六一，自稱是查伊璜的「弟子」。侄兒詫異：叔叔是有名的賢士文人，哪來武弟子？他告知偶然來探親的叔叔，查伊璜茫不記憶。登門看望，出迎的將軍「殊昧平生」。查以爲將軍弄錯了，將軍卻大禮參拜，像拜見皇帝。查伊璜如墜五里霧中。將軍「笑曰：『先生不憶舉鐘之乞人耶？』查乃悟。」將軍留查在府中，次日清晨「寢門外三問」，極顯恭敬。查欲返家，將軍不讓走，然後，親自清點財物，將姬婢廝卒、古玩金銀，「敢以半奉先

大力將軍

生」，囑咐丫鬟僕人以後「敬事先生」，親視姬婢登輿，「闐咽並發」。孝廉厚施不問名，將軍豪爽而眞誠的報答，好幾位文學家都對這個故事感興趣，而《聊齋志異》從歌頌人與人之間的眞情出發，寫得格外感人。

《聊齋志異》還寫了自然界動物的動人故事。《鴻》寫一個捕鳥人捕得一隻雌鴻，雄鳥悲慘地鳴叫跟著捕鳥人回家，第二天雄鴻竟然叼來半鋌黃金贖出了雌鴻，兩隻鳥兒雙飛而去。《蛇人》寫耍蛇人養了兩條蛇，名叫「大青」、「二青」。大青死後，二青從山林裏邀請來一條小蛇命名小青，小青不敢吃東西，二青就餵它。二青長得太大不能再耍蛇放歸山林時，跟主人依依不捨，跟小青「交首吐舌」似乎在告別。小青長大後，又是二青來迎接它一起回歸山林。蒲松齡在《蛇人》的篇末說：蠢然一物的蛇都這麼講究友情，人間有些本來有很長時間友誼的人在關鍵時刻卻落井下石，實在「羞此蛇」。蒲松齡在動物身上寄託了美好的理想。

鴻

懲惡揚善是《聊齋志異》的重要特徵。用生動的小說形式，用活靈活現的人物，弘揚眞善美，鞭撻假惡醜，使聊齋成爲對各時代、各層次讀者有教益的書，給人以藝術審美感受的書。

蒲松齡是窮書生，長期做家庭教師，生活在窮鄉僻壤，沒經過商，可是他生活的特殊時代、特殊地區、特殊家庭，給了他商品經濟的特殊感受。蒲松齡生活的時代，商業經濟相當活躍，某些生產部門中的資本主義因素已經有比較明顯的增強；他終生鄉居，家鄉是齊文化發祥的重利的地方，水陸交通四通八達，大運河穿境而過，京城數日可至，貿易連通四海，明代中期以來，山東是經濟率先繁榮的地區之一。蒲松齡的父親科舉不利，靠經商成爲小康之家。蒲松齡自幼耳濡目染，對商業和商人特別感興趣，也比較了解。《聊齋志異》有七十多篇文章與商業或商人有關，數目僅次於寫狐仙的篇章。《聊齋志異》描寫的商業經營五行八作，天南地北。有開店出售的坐賈，有流動販賣的行商，有隔省販賣，有泛海遠渡，有爲商品流通服務的仲介性行業（牙行、典當），也有爲客商提供方便的旅棧業；有手工業作坊，有開採煤礦的商人，有富比王侯的大商人，也有小本求利的小販。《聊齋志異》寫商海風險，也寫到一夜致富神話，爲我們提供了眞實紛繁、精采生動的經濟生活畫面，像時代晴雨表標明時代商業經濟的巨變。

【一夜暴富的神話】

王成是官宦子弟，因爲懶，日子越過越窮，但他爲人耿介，不貪財，他撿到一股金釵，還給失主。丟金釵的老婦恰好是王成祖父的狐仙妻子。她拿出四十兩銀子，讓王成買夏布販到京城，囑咐王成：「要勤快不要懶惰，要抓緊不要懈怠，寧早勿晚。」王成沒有悟出老太太是在指點他：在商場裏，時間就是金錢。他從沒吃過奔波勞碌之苦，遇到下雨就在旅館等，結果貽誤了商機，賠了十幾兩銀子，如果他冒雨提前趕到，可以賺幾倍。更不幸的是，王成剩的銀子給小偷偷走了。有人勸王成到官府告狀，責令店主賠償。王成說，是我運氣不好，跟店主何干?店主感激王成爲人忠厚，送五兩銀子給他，讓他回家。

故宮工筆畫：王成遇雨

王成沒臉見祖母，進退兩難。他看到有人鬥鵪鶉，一賭幾千文錢，靈機一動，買了擔鵪鶉回來。結果天下雨，鵪鶉漸漸死光，最後只剩下一隻。王成難過得想尋死。店主人仔細觀察後說：這隻鳥兒是上品，那些死去的鵪鶉，未必不是被它鬥敗啄死。你不妨天天馴養它，用它來賭鬥也可以維持生活。半年多時間，王成靠鬥鵪鶉，存下二十幾兩銀子。店主人對王成說：有個發大財的機會，就是不知道你有沒有這個運氣。原來，大親王喜歡鬥鵪鶉，每到正月十五，放民間擅長玩鵪鶉的人到宮中參加鬥鵪鶉比賽。店主人囑咐王成：鬥敗了自認倒楣。萬一鬥勝，親王一定買你的鵪鶉，你不要答應。他勉強要你賣，等我點頭才可以賣。王成的鵪鶉把親王最神勇的鵪鶉鬥得垂翅而逃，親王果然要買王成的鵪鶉，幾番討價還價後，六百兩銀子成交。

像蒲松齡那樣的家庭教師一年工錢不超過八兩銀子，一隻小鵪鶉超過他工作六十年的工錢。這就是商品經濟的奇蹟：一隻小鵪鶉和六百兩銀子的「中人之產」絕對不成比例，卻變成兩相情願的交易。

李苦禪畫鵪鶉

《王成》寫的鬥鵪鶉、賣鵪鶉，似詼諧談笑，卻蘊藏不少商業經營章法和經商心理。比如：要眼明手快地抓住稍縱即逝的商機；要看人下菜碟地揣摩經營對手的心理。給王成出謀劃策的店主顯示了出眾的商業才能。這位旅棧業老闆見多識廣，富有商場經驗和對社會人生的深刻觀察。他帶王成進宮鬥鵪鶉，先等其他人的鵪鶉鬥敗後才登場，其他人的鵪鶉成了王成鵪鶉的鋪墊。店主深知親王既嗜好鵪鶉又揮金如土，王成的鵪鶉一旦把宮中御鶉鬥敗，就奇貨可居。他告訴王成要價一千兩，要王成沉住氣，吊親王的胃口。王成缺乏商戰經驗，能得六百兩銀子已喜出望外。按店主分析，稍一拖延，親王肯定上鉤，八百兩銀子可以到手。像王成這樣雖然懶卻誠實善良僥倖致富的人物，像店主這樣審時度勢、思維敏銳、有經營頭腦的人物，堂而皇之地登上了聊齋舞臺，成爲聊齋人物的重要門類。

【從賤商到重商】

《聊齋志異》描寫了由賤商到重商的情況。中國是個長期重農抑商的國家，以躬耕田畝爲榮，卑薄經商取利。司馬遷在《史記》裏寫了《貨殖列傳》，就受到後世學者批判。中國封建社會人員組成「士農工商」，商處最末一等。但是隨著商品經濟的發展，商人地位有所變化，人們對經商的看法也有所改變。蒲松齡就把商排到農的前邊，他在《賭符》裏說：「夫商農之人，俱有本業。」

聊齋名篇《黃英》生動地描寫人們從賤商到重商的變化。《黃英》寫了保守文人馬子才從「賤商」變爲安心與商人爲伍的過程。菊花是黃花，黃英蘊含菊精之意。傲霜挺立的菊花，向來是文人高潔秉性和高雅生活的象徵。《黃英》裏陶家姐弟和馬子才偶然相識，因爲種菊話題談得投機，馬子才邀請陶家姐弟住到家裏。馬子才本是個帶「賤商」思想、自命清高的文人。他喜歡菊花，把種菊當作陶淵明式雅事。他雖然很佩服陶氏姊弟種植菊花的才能，但當陶三郎跟他商量賣菊爲生時，立即嗤之以鼻，說：「以東籬爲市井，有辱黃花矣。」陶生反駁馬子才說：「自食其力不爲貪，販花爲業不爲俗。」陶三郎的觀點反映了新時代潮流：經商不「貪」也不「俗」，是「自食其力」的正當事業。陶三郎還說：「人固不可苟求富，然亦不必務求貧也。」陶三郎的話，顯示出鮮明的商人意識，顯示了市民階層成熟並努力佔據社會主流意識的思想傾向。馬子才對賣菊花不以爲然，認爲是「以東籬爲市井」。所謂「東籬」，指的是文人雅士陶淵明不爲五斗米折腰、「採菊東籬下」、安貧樂道的高潔生活態度。馬子才根據傳統觀念，認爲種菊、賞菊是文人雅事，是精神享受，絕對不能和做買賣這類俗事聯繫起來。馬子才和陶三郎因賣菊的爭執不歡而散。

馬子才丟棄的殘枝劣種，陶三郎都撿了去。到菊花開放時節，到陶家買花的人車載肩負，門庭若市。馬子才發現陶三郎所賣的菊花都是他從沒見過的異種，他厭惡陶生的所謂「貪」，又羨慕他的菊花，「恨其私秘佳本」，想登門問罪，卻發現這些所謂異種正是自己拋棄的劣枝。原來陶三郎有變劣成優的本領，他用天才的藝菊本領，讓盡可能多的人欣賞到高潔的菊花，賣花爲業，何俗之有？馬子才佩服陶三郎非同尋常的育菊絕技，兩人喝得大醉，和好如初。在這之後，陶三郎的賣花業從北到南發展，甚至「於都中設花肆」，大張旗鼓賣花。陶家姐弟賣菊的結果是富甲一方，財大氣粗，有了大片土地，雇傭很多人種花，他們靠經營菊花，從過去靠馬子才接濟，到享用過於世家，從過去借住馬子才的荒園，到自己蓋起講究的樓房。

馬子才喪妻以後迎娶了黃英，馬家所用的東西，都由黃家供應。幾個月後，馬家的東西都是從陶家拿來。馬子才恥以妻富，認爲黃英破壞了他的清風高名，他特別不能忍受賣菊褻

黃英

瀆東籬，不樂意過仰仗妻財的華貴生活。他埋怨黃英：「僕三十年清德，爲卿所累。今視息人間，徒依裙帶而食，眞無一毫丈夫氣矣。人皆祝富，我但祝窮耳！」

馬子才的話語，表達出兩種傳統觀念：其一，傳統男性觀。在封建社會中，女性「嫁漢嫁漢，穿衣吃飯」，沒有社會生存能力，仰男人鼻息生活。黃英不僅養活自己，還養活了丈夫，馬子才非但不以她爲榮，反而傷害了男子漢大丈夫的自尊心；其二，傳統重農輕商思想。在傳統士子眼中，金錢是汙人清白的「阿堵物」，躬耕南畝是清高，從商是追逐銅臭。幾千年封建制度長期採取閉關鎖國的抑商政策，使這種觀念深入人心，在馬子才身上就出現了富裕後要「祝窮」的咄咄怪事。

木雕美人

黃英回答馬子才：「妾非貪鄙，但不少致豐盈，遂令千載下人，謂淵明貧賤骨，百世不能發跡，故聊爲我家彭澤解嘲耳。」這是一番令人耳目一新的東籬經：陶淵明之所以窮，並非沒有能力，而是沒把精力放到求取財富上，這是不爲也，非不能也。用自己的勞動致富，既能使自己過得好一點兒，又爲陶淵明爭口氣，堂堂正正，何恥之有？黃英句句在理地批評了馬子才以貧爲清高的酸腐論調。黃英用古代文人比喻清高的菊花致富心安理得，宣言要改變馬子才「祝窮」傳統，結果馬子才只好認輸，認同了她的商業行爲。

馬子才和陶家姐弟之爭，是新舊思想的交鋒，馬子才表現的是傳統知識份子在商品經濟面前的困惑和不知所措。陶家姐弟賣菊爲業並向跨省區發展，則是資本主義生產方式的萌芽，反映了新興的資產階級人生觀。這個故事有力地說明了傳統的重農抑商思想在商品經濟浪潮中受到的巨大衝擊。

值得注意的是，《黃英》寫的是商品生產，不是在封建社會基於生活必需品的生產再將剩餘部分出售，而是勞動的產品就是供出賣和市場交換的商品，商品換成貨幣，再轉化爲資本再生產。這已帶有了資本主義的性質特點。陶三郎「販花爲業」賺得的錢，就作爲增值資本，再在「村外治膏田二十頃」，種花，賣花。這種從小商品生產分化出來的簡單商品生產，正是資本主義經濟的萌芽。《黃英》描寫了社會由賤商到重商的變遷，說明了在蒲松齡的腦海裏，經商不再是賤業，而是一種「賢豪」之舉。

【成為真正的女人】

我們再拿《小二》來看一下蒲松齡描寫的商業經濟和女性地位。

《小二》寫「絕慧美」的女子趙小二，因爲跟父母一起參加過白蓮教，受人迫害，不得不去山東益都西部一個偏僻的地方立腳。到這種偏僻的地方，一般生活比較艱難，她卻生活得很好。爲什麼？因爲小二成爲一個女經營者，甚至可以叫女企業家：小二爲人靈巧，經營才能超過男子。她開琉璃廠，生產的燈樣子新穎，其他工場比不了。雖然她的價格高卻很容易賣。幾年功夫，她富甲一方。小二對工人管理很嚴格，她的工場幾百工人，沒一個吃閒飯的。小二還懂得勞逸結合，閒暇時，跟丈夫下棋，喝茶，看歷史文學書。她對來往賬目和工人勞動，五天檢查一次，自己拿著賬本，丈夫點名，幹活賣力的工人受到獎勵，偷懶的工人罰跪。小二的工場五天一檢查，檢查這天休息，夫妻飲酒取樂，讓奴僕們唱俚曲。小二對工人的獎勵總是超過他的功勞。

從《小二》我們看到：

第一，工場主的出現。小二「開琉璃廠」，也就是開手工業爲主的工廠。小二手裏的錢不是購置土地，再靠出租土地收取租金過活，而是選擇更有挑戰性的職業：開「廠」。明代以來，手工業、商業迅猛發展，人們逐漸對經營手工業和商業的看法有了轉變。《小二》寫的就是靠開手工業作坊發家的故事。小二琉璃廠的工人已有「數百」，相當可觀，反映當時的手工業已有相當大的規模。一邊生產，一邊經商，是一種產業資本與商業資本結合在一起的、仍然帶有濃厚的封建色彩的新興資產階級，但可以看到，他們主要是靠剝削「傭工」們所創造的剩餘價值來發財，已不是靠封建地租來享福。

第二，商品經營。在封建社會中，人們主要生產生活必需品，將剩餘部分出售，小二開的琉璃廠的產品是「棋燈」，完全是供出賣和市場交換的，是地地道道的商品。

第三，《小二》反映了其他一些新興資本主義經濟形式。《小二》寫到：村裏二百多戶人家，凡是貧窮的人，小二都根據他們的能力貸給資本，結果使得整個村杜絕了遊手好閒的

小二

人。這反映了新的貨幣借貸關係。借貸，本來在奴隸社會、封建社會中早就出現，那時的放款對象主要是小生產者和城市貧民，借款人借款目的主要是爲了維持生活。而現在小二借貸給村民的目的不是爲了讓「貧者」維持生活，而是讓他們作資本去經商或開作坊，去賺錢，小二則通過借貸分享剩餘價值或獲得利潤。這種將閒置的資本轉變爲產業資本或商業資本的新的借貸形式，促進了資本主義經濟的發展。

第四，《小二》塑造了新興的資產者形象。小二是個富有活力的新型資產者，她善管理，指揮數百名手工業工人，制度嚴明，賞勤罰惰，是管理高手。她懂市場，懂以奇取勝，把握顧客的獵奇心理和審美要求，掌握了市場。她會賺錢，也會享受。工作之餘，品茶，下棋，看書，休假日擺起酒席唱「俚曲」，就像現在唱通俗歌曲。她過的不是傳統地主守財奴式生活，而帶有新型享樂型資本家特點。《小二》反映了在商品經濟發展中女性的能力與地位，展示了女性經濟地位的提高和趨於平等的愛情生活。小二摒棄了「嫁漢嫁漢，穿衣吃飯」的傳統女性模式，成爲掌握自己命運的人。在她的琉璃廠中，小二豪邁地擺出了主管架式，丈夫只是一個工作上的幫手而已。女性在經濟上的獨立與地位的提高，使得小二成爲眞正的女人，不再是男人的附庸。小二還是一個善良的人，她賺了錢，就想到村中的窮苦百姓，借給他們「資本」，讓他們賺錢；有時她還直接接濟貧困鄉民，因爲她的幫助，大饑荒中，「近村賴以全活，無逃亡焉」。

《聊齋志異》謳歌了不少像小二式的「女強人」，如青梅叫丈夫安心讀書，「經紀皆自任之」，「梅以刺繡作業，售且速，賈人候門以購，惟恐不得」，生意做得很紅火。鴉頭開始和丈夫王生一起生活時「家徒四壁」，王生憂愁萬分，鴉頭就設法開個小鋪，「王與僕躬同操作，賣酒販漿其中。女作披肩，刺荷囊，日獲贏餘」，日子很快富裕起來。細柳「眉細、腰細、凌波細」，對家計管得更細，她起早摸黑，勤於經紀，幫兒子經商，「貨殖累巨萬矣」。《劉夫人》家裏有錢卻沒男子，就請誠實的廉生拿自己的錢做買賣，獲利巨萬，然後跟廉生四六分成。凡人小二、細柳，狐女青梅、鴉頭，鬼魂劉夫人，都是聰明、善良、能幹的女性經營者，和封建社會所要求的「女子無才便是德」的女性已經有很大差別，已經不是只知三從四德的男性附庸，而是封建末期出現的新女性，是近代中國女商人的前身。

【有錢能使鬼推磨】

《聊齋志異》描寫了金錢決定人生價值的社會風氣的重要變化。

在商品社會裏，金錢是生活的重要砝碼。《白秋練》有一句話：「凡商賈，志在利耳。」金錢是商人追求的最高目標。《白秋練》寫江上女子白秋練和商人之子慕蟾宮戀愛。白秋練因爲聽到慕蟾宮吟詩的聲音害相思病，兩人「互相愛悅，要誓良堅」。商人慕小寰知道了兒子的私情後，憤怒地責罵，擔心兒子「召妓」損失財物。當他「細審舟中財物，並無虧損」後，便不把兒子的風流行爲當作一回事。慕小寰所持的是鮮明的商人哲學，感情不感情的無所謂，只要財物不受損失就行。

兒子回家後，因爲思戀秋練害了相思病。慕小寰爲救治兒子，千方百計尋訪白氏母女。雖然他「窺見秋練，心竊喜」，很欣賞她的美麗，但瞧不起秋練「浮家泛宅」，家無根柢，認爲門不當戶不對，可他又想利用

鼠戲

秋練來治好兒子的相思病，於是哀請白秋練和兒子幽會。一旦兒子恢復健康，他立即翻臉不認人，說白秋練雖然長得不錯，但很小就在船上度日，既「微賤」又「不貞」。恰好是他只顧自己兒子的幸福而陷秋練於「不貞」的境地，然後又以「不貞」的藉口嫌棄對方，明顯帶有自私自利的特徵。

聰明的白秋練洞若觀火，她抓住了商人「重利」的心理弱點，促成了自己的幸福。她對慕生說：凡是商人都是追求利潤的，我有特殊功能，能預測物價，剛才我看到你們船上的貨物，都掙不到錢，你替我告訴你爹，買某種貨物，可以得利三倍；買某種貨物，可以得利十倍。等你們回到家，我的話應驗了，就肯定能做你們家的好媳婦了。對白秋練的話半信半疑的慕小寰，用少部分錢買了白秋練指定的貨物，用大量的錢買了

白秋練

自己認爲賺錢的貨物。結果，他認定賺錢的大賠，白秋練指點的大賺。

慕小寰立即親自到白家下聘，歡天喜地迎白秋練進門。有錢可賺，什麼門第，什麼微賤，什麼不貞，都丟到九霄雲外。白秋練針對商人重利之心誘之以利，使慕小寰前倨而後恭。他之所以迎取白秋練爲兒媳，就是因爲她能預測物價，可以囤積居奇發大財。慕小寰的變化，突出「利」字。可見，在新興市民階層中，赤裸裸的金錢關係已經超越門第綱常觀念。

《白秋練》寫的是人和白鱔豚的奇異愛情，

幻化爲美麗少女白秋練的白鰭豚保持著水族不離水的生物特點，跟商人慕小寰離不開利的商人特性相映成趣。

金錢超越門第綱常的另一個例子是《阿纖》。商人奚山偶然到古家借宿，發現古家的女兒阿纖窈窕秀弱，風致嫣然，就主動替弟弟求親，把阿纖娶回家。阿纖本是鼠精，她善於積粟。阿纖在婚後使家中的糧食不斷增加，這在經商之家看來，無疑是件大好事，闔家歡喜。但當奚山等人知道阿纖出自於一個卑賤低微的、甚至是「不以齒數」的鼠族時，阿纖馬上遭致各種各樣的謾罵和歧視，只得被逼出走。此後奚家境況惡化，一天比一天窮下來，最終又不得不迎回阿纖，和好如初。蒲松齡假借人鼠聯姻的故事，反映在封建社會中的婚姻由於門第高下而產生的誤會和糾紛，而利益最終戰勝門第。

從《白秋練》和《阿纖》看，傳統門第等觀念在金錢攻勢下已軟弱無力。《金和尚》則對「金錢萬能」做了耐人尋味的描寫。

金和尚名爲和尚，卻從不念經，從不做佛事，是個典型的流氓、市儈、惡霸地主，還是操縱市場的奸商。他靠著做雜貨買賣，投機取巧，操縱市場，牟取暴利，幾年內成了暴發戶，買下上千畝良田，蓋起幾十

金和尚

座高房大屋，有佃戶數百家。金和尚和他的弟子對佃戶進行經濟剝削，還污辱霸佔他們的妻女。金和尚住的房子金碧輝煌，光彩奪目。寢室裏掛著繡花帷幕，檀香木床上精美的錦繡被褥疊一尺多高，牆上美人圖、山水畫，都是名家手跡。金和尚出門，幾十個騎馬的人前呼後擁。他還跟社會上的各方人氏廣泛接觸，控制地方官員。金和尚死了，達官貴人華麗的車馬把道路都堵塞了。出殯時，喪儀的旗幟遮天蓋日。殉葬的草人草馬裝飾著彩色金紙冥錢，車馬儀仗紮了幾十輛，馬俑紮了千頭，美人紮了百個。冥宅壯麗得像宮闕似的，樓閣房廊連綿數十畝，千門萬戶。各種各樣的祭品叫不出名字。送葬的地方長官，恭恭敬敬，低頭彎腰，好像朝見皇帝似的對金和尚的靈柩行八拜之禮。

《金和尚》是篇絕好的史料。它寫了商品經濟導致的新型享樂型人物，寫了金錢控制官場、操縱「方面大員」的史實，描繪了掛著「和尚」幌子，實際是封建地主兼奸商的生活圖畫，其生活的極度腐朽和糜爛令人觸目驚心。類似的描寫有著對封建社會政治經濟生活畫影圖形的穿透力。就如泰納在《英國文學史導論》中所說：「文學作品既不是一種單純的想像遊戲，也不是狂熱的頭腦的一種孤立的遐想，而是時代風尚的副本，是某種思想的表徵。」

【誠信和果報】

蒲松齡在關注經濟生活的同時，爲商品社會制定道德：誠信和「果報」。

聊齋有些記錄異聞的篇章，無意中表現出經濟社會的巨大變遷。僅從雜技表演就可以看到當時的經濟十分繁榮。《鼠戲》中民間藝人扛著小戲樓，背著背囊，打鼓板，唱雜劇，歌聲一起，穿著戲服的小老鼠從背囊裏出來，爬上戲樓，人立而舞，男女悲歡，都跟藝人所唱雜劇內容合拍。《蛙曲》中十二個青蛙蹲在十二個小孔裏邊，藝人敲打青蛙的腦袋，青蛙發出鳴叫，好像彈奏樂器，宮商詞曲，清清楚楚。《木雕美人》寫一尺多高的木雕美人，騎在狗身上，手能動，眼睛能轉，跪拜起立，演出昭君出塞，生動活潑，靈活機敏，像現代機器人。從聊齋能看到雜技表演的多樣化，《口技》顯示了民間藝人高超的技藝，《偷桃》已經可以算大型魔術演出，而《小人》寫到唯利是圖的商人爲了謀取暴利竟然把兒童從放學途中拐走，用藥讓小孩的身體暴縮，變成在盒中表演的「小人」。

《聊齋志異》眞實地反映了商品經濟活躍時期商人對金錢的崇拜，也批判了他們的道德墮落。唯利是圖使一些商人人性扭曲，道德喪盡。《金陵乙》寫一個酒商，在酒裏摻水，加毒藥，使酒量再大的「善飲者，不過數盞，便醉成泥」，由此而「富致巨金」。《雲翠仙》中的小販梁有才，靠妻子之力過上安逸生活，聽說將妻子賣與娼家可得千金時，頓生邪念，簽約把妻子賣掉。金錢使夫妻之情、人倫道德喪失殆盡。

做人要誠信，經商更要誠信，不能不擇手段，唯利是圖。蒲松齡創造出「誠信」和「果報」相結合的道德準則。對爲了金錢而昧了良心的人，給以嚴厲的鞭撻。他經常借用生死輪回觀念表明講誠信的人必定有好下場，巧取豪奪者必遭上天嚴懲：

偷桃

年過八旬的小商人金永年，忽然夢到神人對他說：因爲你做買賣誠實，上天賜給你一個兒子。於是，他七十八歲的妻子果然生了個傳宗接代的兒子。

《任秀》寫任建之和申竹亭一起經商，任得了重病，囊中還有二百多兩銀子，他委託申竹亭把一半銀子寄給妻子，另一半送申竹亭。申竹亭把銀子全部侵吞。若干年後，申竹亭在船上設賭局遇到任建之的兒子任秀，在鬼魂幫助下，申竹亭的二百兩銀子盡數歸任秀。

《蹇償債》寫王卓向李八公借了一石綠豆作資本，生前沒還上，死後變成驢駒到李家來償還……

逆子乃前世欠債者來討還，是中國古代約定俗成的說法。蒲松齡頗喜歡這個命題，《拆樓人》寫一個有地位的人無意中害死個賣油的，後來他家裏蓋樓正要上樑時，看到當年賣油的來了，接著聽到內宅傳出少爺出生的消息。於是，此人明白：這是賣油的人討債來了。樓剛蓋起，拆樓人已到了。兒子長大，果然賭博無賴，把家產蕩盡。

蹇償債

蒲松齡還把「子討父債」的傳統命題放到商業活動裏。《柳氏子》寫柳西川將同伴辛辛苦苦掙來的錢佔爲己有，同伴銜冤而死，轉世爲柳西川愛子，放蕩奢侈，將柳西川千方百計聚斂來的財富全部蕩盡後，又長起病來。柳西川有頭肥驢子，兒子非吃驢肉不可，眞殺了驢子，又只吃一口，像成心作對。柳西川如此溺愛仍然不能挽回柳氏子的生命，撒手而去，柳西川思念不已。柳

柳氏子

西川的村人在登岱時意外遇到已死的柳氏子，柳氏子對村人個個熱情對待，一聽到乃父，立即變了樣子，似茫然不相識。經村人說明，父子相約見面。有社會經驗的店主人提醒柳西川：令郎聽到你時「神情冷落，似未必有嘉意」。建議柳先躲在櫝中以察詞色。柳氏子到了，聽說柳某沒來，大罵「老畜產哪便不來」！且說：「彼是我何父！初與伊爲客侶，不圖包藏禍心，隱我血貲，悍不還。今願得而甘心，何父之有！」

「善有善報，惡有惡報，不是不報，時候未到」。機關算盡，都逃不脫上天的「果報」。「果報」成了無形的社會法律，「果報」擔任起獎善懲惡的社會教育功能。蒲松齡想用傳統觀念框架洶湧的商品大潮，雖然不免迂腐，善良的願望卻也可敬。

一部文學史早就證明，現實主義作家作品都具有高度的社會認識價值。馬克思說過，英國小說家狄更斯、薩克雷等「向世界指示了政治和社會的眞理，比起政治家、政論家、道德家合起來做得還多」。恩格斯則認爲，巴爾札克的創作比起當時的政治經濟學、歷史學、統計學的大量統計更詳盡、更有說服力。馬克思、恩格斯對英法小說家的分析，同樣適合蒲松齡對封建末期社會的反映。從《聊齋志異》看到商品經濟的繁榮，商業與商人地位的提高，新的商品生產、經營模式的出現，一批新型的資產者的產生，新的社會關係與新的觀念的形成，十分難能可貴。《聊齋志異》儘管不是一部清初的商業發展史，作者也無意於專門去描繪當時商業經濟的種種情況，甚至很難找到一篇自始至終完整地描繪當時商業經營的作品，但一切都在那麼自然而然的描寫之中，爲我們提供了一幅有關清初商業經濟十分眞實、生動、豐富的畫卷，是我們認識當時社會的極好材料。這就是蒲松齡及《聊齋志異》的偉大之處。

《聊齋志異》近五百篇，包括兩種完全不同的作品：一種是幾百字甚至幾十字的奇聞軼事；一種是長達數千言、人物栩栩如生、情節波瀾起伏的故事，是眞正的短篇小說。這兩種作品大概各佔一半。聊齋眞正的短篇小說能從前人作品找到「本事」（原型）的又有大約百篇，也就是說，將近二分之一的聊齋小說不是蒲松齡獨創，而是改寫前人作品，魯迅先生曾經說《聊齋志異》「亦頗有從唐傳奇轉化而出者」。蒲松齡改寫前人作品一曰出新，二曰求異。或者將前人作品點鐵成金，或者對已是名篇的前人作品另闢蹊徑，寫出別樣風情。蒲松齡改寫傳統題材，有幾十篇成爲膾炙人口的名篇，如：《畫壁》、《種梨》、《陸判》、《香玉》、《促織》、《畫皮》、《向杲》、《俠女》、《續黃粱》、《趙城虎》、《胡四娘》、《勞山道士》、《蓮花公主》、《姊妹易嫁》等。改寫傳統題材是《聊齋志異》成書的重要途徑。蒲松齡是如何改寫前人作品並成爲名篇的？從幾個方面把聊齋名篇跟它的「本事」（原型）對照，就一目了然了。

【讓傳統題材綻放思想芬芳】

蒲松齡生活的時代，貪官污吏橫行，土豪劣紳欺壓良民，老百姓水深火熱。蒲松齡借改寫傳統題材，刺貪刺虐，巧妙抒寫人民苦難。《促織》、《向杲》、《續黃粱》是突出代表。

《促織》一事早就見於《明朝小史》：「宣宗好促織之戲，遣使取之江南，價貴數十金。楓橋一糧長，以都督遣覓，得一最良者，用所乘駿馬易之。妻謂駿馬所易，必有異，竊視之，躍出，為雞啄食，懼，自縊死。夫歸，傷其妻，亦自經焉。」因為一隻小促織，一對夫婦喪命，是小說的絕好材料，《明朝小史》卻只是簡略記錄。

蒲松齡做了脫胎換骨再創造，故事更豐富曲折，也更震撼

李燕畫狐

人心。在聊齋故事裏，皇帝讓地方上供蛐蛐，不是傳統產蛐蛐的地方，而是不產蛐蛐的華陰縣；不是偶而要一次，而是要經常供應；皇帝玩促織的結果，不是促織貴數十金，而是民不聊生，官吏借此搜刮，百姓傾家蕩產。成名因爲促織，家產賠盡，自己被打得膿血淋漓。老百姓還不如小蛐蛐！最好的促織的獲得，《明朝小史》寫駿馬所易，駿馬所易雖然金貴，但畢竟有駿馬可易，蒲松齡讓幾十歲的讀書人成名像兒童一樣捉蛐蛐。捉蛐蛐的過程，從巫婆算命，到成名親自到大佛殿捉，寫得細緻生動。蛐蛐死則是因爲成名的兒子揭盆觀看，比《明朝小史》裏妻子看更可信，好奇是兒童的天性。故事結局，《明朝小史》裏是夫婦都死了，當然可悲，聊齋寫得更加深刻，更有諷刺意味，平時最疼兒子的母親因爲兒子弄死了蛐蛐，說兒子死期到了；天真的兒童爲了一隻小蛐蛐投井自殺。《明朝小史》裏促織被公雞啄食造成悲劇。蒲松齡筆下促織卻能鬥敗大公雞，還能伴隨著音樂跳舞。皇帝一高興，一人得志，雞犬升天。撫臣得到皇帝獎

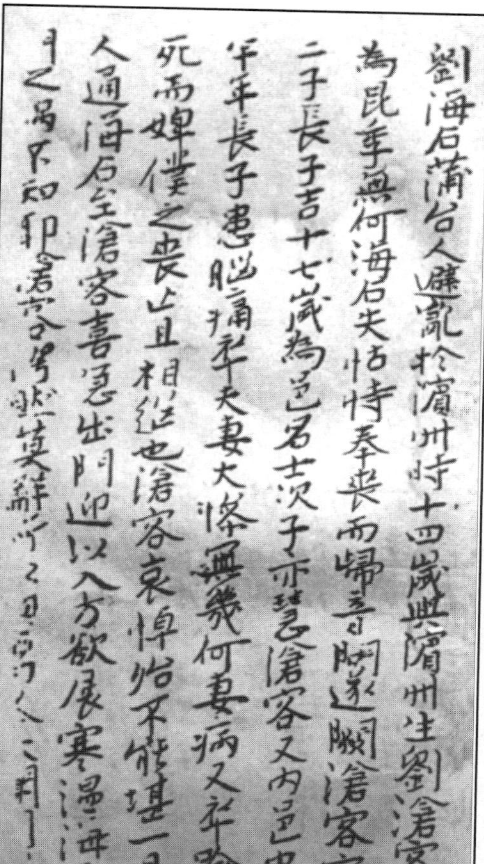
劉海石蒲台人避亂於濱州時十四歲與濱州生劉滄客
為昆季無何海石失怙恃奉喪而歸音問遂闕滄客家
二子長子吉十七歲為邑名士次子亦慧滄客又內邑中
半年長子患腦痛卒夫妻大慟無幾何妻病又卒數
死而婢僕之喪亡且相繼也滄客哀悼殆不能堪一日
人適海石至滄客喜急出門迎以入方欲展寒溫海
不知耶滄客愕然莫解所以

手稿

勵，讓縣宰錄取成名做秀才。成名成了一個擅長養促織的人，沒幾年時間，田也有了，樓也有了，「裘馬過世家」。蒲松齡這樣改寫促織故事，目的就是爲了說明，天子偶用一物，就能造成百姓賣婦貼兒的慘劇，直接把批判矛頭指向只知享樂不顧百姓死活的皇帝和媚上邀寵、殘民以逞的官吏。

需要說明的是，《促織》是半個世紀以來一直選入高中語文課本的聊齋名篇，遺憾的是，教科書把版本選錯了，從而也將蒲松齡的藝術構思分析錯了。《促織》有蒲松齡親筆手稿存在，教科書卻採用了蒲松齡去世後若干年出版的青柯亭排印本，這個版本增添了成名之子魂化促織的情節。教科書《促織》「預習提示」中有這樣一段文字：「文中寫的由求神問卜而得佳蟲和兒子魂化促織而輕捷善鬥兩個片段，是作者幻

王六郎

龍二

想的，用以推動故事由悲向喜的發展。故事的結局，悲劇變成喜劇，並沒有削弱對封建統治者的譴責力量。因爲盡人所知，魂化促織是不可能的。這個喜劇結局蘊含著深沉的悲哀。」從蒲松齡的手稿看，魂化促織根本不是蒲松齡的「作者幻想」，反而違背蒲松齡的創作思想，導致人物形象扭曲和聊齋神鬼狐妖藝術意蘊的表淺化、直露化。這是另外一個問題，筆者曾有專文分析。

讓傳統題材綻放刺貪刺虐思想光輝的又一範例是《向杲》。

《向杲》跟六朝小說《述異記·封邵》當官的化虎吃老百姓有關，更直接的師承是唐代李復言《續玄怪錄·張逢》。張逢偶爾投身一片綠草地，變成「文彩爛然」的猛虎，因爲不願意吃豬狗牛羊，就把福州錄事鄭糾吃了。張逢恢復人形後把變虎食人的奇遇告訴眾人，被鄭糾的兒子聽到，「持刀將殺逢」，因爲人化虎食人「非故殺」，不了了之。

向杲化虎是對張逢化虎的再創造。張逢化虎是奇特的，又是偶然的，張逢假如不遇到那片草地，就化不了虎；張逢和鄭糾之間也沒有必須食之而後快的仇恨。向杲就完全不一樣。向杲化虎也是偶然，是一位道士「以布袍授之」，易袍後「身化爲虎」。但向杲化虎卻是必然和必須的：向杲的哥哥給惡霸莊公子所殺，官府受賄，向杲「理不得伸」。莊公子又得知向杲「日懷利刃」要

向杲

伏擊他為兄報仇，請了「勇而善射」的焦桐做護衛。向杲要想報仇，不管是官了還是私了，都無法報。他只有化成老虎才能把惡霸的腦袋咬下來。又因為人化虎的事荒誕而沒有根據，雖然向杲明白地承認「老虎就是我」，莊公子家卻無奈他何。這樣的復仇比起手刃仇人要高明得多，既能報仇雪恨，又能保護自己。

人化虎，是古代小說的傳統寫法。《向杲》則是蒲松齡運用天才構思創新，人化虎成了對付黑暗勢力的法寶。蒲松齡的人虎之變寫得很生動，向杲變成老虎後先是「驚恨」，接著就想：「得仇人而食其肉」也很好。人化虎的心理寫得妙，虎恢復人形更精采。向杲化成的猛虎咬死了莊公子，莊公子的保鏢焦桐箭射猛虎，向杲所化之虎被射死，向杲就回到人間，合情合理。主人被老虎咬死，保鏢射虎，保鏢不射，老虎不死，向杲不生。蒲松齡在「異史氏曰」裏說，天下令人髮指的事太多了，使人恨不能暫時化作老虎對付這個黑暗社會。《向杲》是中國小說史上「人虎換位」最成功的作品。

九山王

讓傳統題材綻放刺貪刺虐思想光輝的第三個範例是《續黃粱》。《續黃粱》是在唐傳奇《枕中記》基礎上做的批判黑暗吏治的新文章。《枕中記》寫盧生在一家客店做夢，位極人臣，富貴榮華，醒來發現入睡前店主人蒸的黃粱未熟，體會到人生如夢，對功名利祿喪失了興趣。《續黃粱》不像《枕中記》宣揚黃粱一夢、繁華轉眼成空，而是借夢對黑暗官府進行全景式素描。《枕中記》的盧生畢竟還有建功立業的濟世抱負；《續黃粱》裏的曾孝廉沒入夢就琢磨得勢後如何結黨營私；入夢後成了一人之下、萬人之上的宰相，奴隸官府、賣官鬻爵、枉法霸產、魚肉百姓，死後在地獄裏受到上刀山、下油鍋的嚴厲懲罰，再世做女人，託生到乞丐家，給人做妾並被殺。蒲松齡自己認爲《續黃粱》可算《枕中記》續篇，因爲時代不同，它們的思想意蘊很不相同。《枕中記》是「人生如夢」的思想符號；《續黃粱》卻「刺貪刺虐」，是對黑暗吏治全景式素描。

【精雕細鏤人情世態】

對傳統題材的改造第二個表現是將前人簡短談片改成精雕細鏤的人情世態，曲折生動、一唱三歎的動人故事，創造出過目難忘的豐滿形象。《香玉》、《俠女》、《姊妹易嫁》、《胭脂》、《胡四娘》可算代表。

《香玉》，據清初《勞山叢拾》記載，故事來源於民間傳說：勞山上清宮有個煙霞洞，洞前有株數百年的白牡丹，明代即墨的藍侍郎到此遊歷，喜歡上這株牡丹，想移植到家中。晚上，一個白衣女子來向道士告別，說，我明天就走了，

二班

某年某月某日，我還要回來。第二天，果然藍侍郎派人來取花，道士將這個日子及白衣女子說回歸的日子都記下來。到了牡丹回歸的日子，道士發現園中牡丹舊址處牡丹怒放，趕快告訴藍侍郎，藍侍郎發現自己家移來的牡丹已經枯萎。

《勞山叢拾》記載的白牡丹花神故事不過是「齊東野人」的簡單閒話，牡丹化成的白衣女子跟道士也沒有感情交流，到了蒲松齡筆下，《香玉》成爲聊齋最動人的愛情故事之一。《勞山叢拾》裏所說的即墨藍氏移牡丹的情節，成爲描寫香玉和黃生生死戀的緣由。《香玉》創造了三個性格鮮明的人物：香玉赤誠而執著，絳雪冷靜而沉著，黃生風雅而多情。牡丹花神香玉、耐冬花神絳雪、癡情的黃生成爲古代小說人物畫廊的著名形象。

禽俠

《俠女》明顯受唐傳奇《原化記．崔愼思》影響。進士崔愼思賃房居住，見房主頗有姿色，求爲妻。婦人自稱身分不合，自願做妾。生了一個兒子後，有天夜裏，崔忽見婦人自屋而下，白練纏身，右手握匕首，左手攜人頭，自稱其父爲郡守所殺……說完，逾牆而去。崔驚歎的功夫，女子忽然返回，說要給嬰兒哺乳。待了一會兒，崔愼思奇怪聽不到嬰兒啼，發現兒子已被殺。

蒲松齡借鑒唐傳奇，沒有照貓畫虎，而是做神妙創造。《俠女》雖取意於唐傳奇，但在主要環節上脫胎換骨：唐傳奇女主角報仇過程中借男子暫棲身，和男主角缺乏深層感情交流；俠女與顧生惺惺相惜，俠女和其他人物比如顧母也有感情交流，人與人之間溫情熙熙，次要人物顧生、顧母也頗具風采。唐傳奇女主角報仇後殺死親生子，雖可解釋爲絕兒女情的果決行爲，畢竟不近人情；《俠女》變怪戾的「殺子」而代之溫馨的「生子」，爲「舉止生硬」的俠女平添一層溫和色彩。俠女「生子」不僅成爲刻畫人物的重要一筆，還成爲小說情節發展的樞紐，進而成爲《俠女》能將傳統題材點鐵成金的關鍵。

《姊妹易嫁》的本事是宋代錢易《南部新書》一段不到兩百字的記載：冀州長史吉某爲兒子求崔敬長女爲妻，花轎臨門時，崔妻和長女抱頭大哭，長女認爲吉家門戶低，堅決不肯嫁。此時，崔家的小女兒代替姐姐登上花轎。後來吉家的兒子做了宰相。

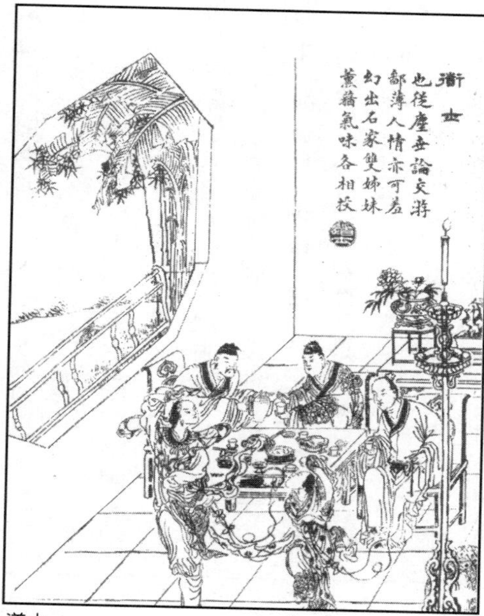

道士

蒲松齡改寫《姊妹易嫁》時，把故事時間、地點和清初拉近，把男女雙方的經濟地位拉遠，男主角是明末山東掖縣的毛相國毛紀，他未得志時窮得無立錐之地，父親給人放牛謀生。張大戶之所以將大女兒許給毛紀，是因爲得到神人啓示：毛紀將來會成爲貴人。張家長女嫌貧愛富，發誓說：「死不從牧牛兒。」在花轎臨門時，張家長女眼零雨而首飛蓬，死也不肯上轎，慷慨豪爽的妹妹毅然代嫁。後來嫁了富人的姐姐家產蕩盡，只好出家做尼姑；嫁了窮人的妹妹成了宰相夫人。因爲《姊妹易嫁》

內容爲群眾喜聞樂見，故事生動曲折，人物個性突出，不僅小說長期活躍在大眾口耳相傳中，還被呂劇、柳子戲、梆子戲、五音戲等地方劇種搬上舞臺，盛演不衰。

《胭脂》是聊齋名篇，篇末註明，斷此案的官員是蒲松齡恩師施閏章。但蒲松齡經常讓現實生活的眞實人物擔任虛擬時空的證人，胭脂案到底是不是眞實的案件？是不是施閏章斷的案件？都有待進一步考證。

從有關資料看，青年男女偷期密約，有個不速之客插進來李代桃僵，最終發生命案，再費盡曲折地斷案，這是中國古代小說和戲劇最常見的傳統題材。至少有三四個小說、劇本跟《胭脂》情節極其類似，如五代時的小說《李崇龜》，南戲和元雜劇《王月英月夜留鞋記》。明代馮夢龍《情史》輯錄的《情累》更與《胭脂》如出一轍：張生對臨街樓上的少女一見鍾情，少女贈紅繡鞋，張生請賣花的陸老太幫忙與少女私會。鞋落入陸老太做屠戶的兒子手中，冒名頂替，跟少女來往半年後，被少女父母發現。屠戶殺死了少女父母，事發後斷案官吏讓張生與少女對質，發現張生被冤枉，再從繡鞋線索找到了陸屠。聊齋故事《胭脂》基本情節和《情累》相似，但是斷案的過程寫得更曲折生動：縣令把鄂生斷成殺人犯，知府吳南岱聰明地斷明了鄂生之冤，又武斷地把秀才宿介斷成兇手；學使施閏章採用心理戰讓眞正的兇犯毛大露出原形。

姊妹易嫁

《胭脂》既是傑出的人情小說，也是引人入勝的斷案故事，曾被戲劇大師梅蘭芳改編爲《牢獄鴛鴦》演出。

《胡四娘》是聊齋故事中描寫世情的名作，取材於明代小說《鵝容夫人傳》。鵝容就是宰相周延儒，《明史》有傳。《鵝容夫人傳》寫的是鵝容夫人的父親算卦算得鵝容將來必是貴人，就將大女兒許給他，小女兒嫁給富人。大女兒在家中受到歧視，總是默默紡織，不置一詞，結果周延儒金榜題名，擺了數十里儀仗前來迎娶。《鵝容夫人傳》寫出一個沉穩莊重、遠見卓識的女性形象，但人物描寫簡略，情節缺乏大起大落。

胭脂

蒲松齡改寫成《胡四娘》，基本情節相似，卻拋棄了流水賬似的人物列傳寫法，窮形盡相地寫人物生活中最典型的片段：胡家兄妹和僕人在程孝思不得志時，百般嘲笑、戲弄。胡公慶壽時，胡四娘的嫂子和姐姐挖苦胡四娘的賀禮是「兩肩荷一口」。二姐說，程生能考中，挖了我的眼睛去。四娘的丫鬟說，只怕到時候捨不得眼珠子。二娘的丫鬟說，二娘食言，用我的眼睛代替。程孝思得志，胡家的人立即換成一副趨炎附勢的面孔：「申賀者，促坐者，寒暄者，喧雜滿室」，「口有道，道四娘，耳有聽，聽四娘」，一切圍繞著此前他們還極力冷淡的四娘。四娘被眾星捧月。恰好這時，二娘的丫鬟滿臉流淚地跑進來，說四娘的丫鬟要挖她的眼睛。蒲松齡像天才雕刻師，刪繁就簡，對前人之作另起爐灶，創制出珠圓玉潤的藝術精品。

【奇思奔馳、寓意勸世】

前人粗陳梗概的作品，被蒲松齡改寫成為奇思奔馳、寓意勸世的哲理名篇。《勞山道士》、《畫皮》、《陸判》、《趙城虎》、《種梨》是範例。

《勞山道士》的故事原型是《紙月》《取月》《留月》，三個簡短故事來源於唐傳奇《宣室志》和《三水小牘》。簡略地寫三件異人異事：一位刻紙如月，用紙剪個月亮貼到牆上，把整個屋子照得亮亮堂堂；另一位把月亮取到自己的懷裏，隨時拿出來照明；還有一位能把月光保留在籃子裏，沒有月亮時拿出來照明。

勞山道士

蒲松齡汲取了《紙月》《取月》《留月》的情節，卻賦予豐富的社會內容，成為百姓喜聞樂見的故事。王生嬌惰不肯作苦，他「慕道」實際上是嚮往不勞而獲的安逸生活，他不知道任何安樂生活都得經過艱苦勞動才能得到。他到勞山學道，道士讓他先學砍柴，沒多久，他就受不了。在他「陰有歸志」想回家時，有天晚上，他的老師跟幾位朋友一起飲酒，老道士剪紙如鏡，黏在牆上，變成光明洞照的月亮，壺中美酒總也飲不完，桌上的筷子擲到月亮中，變成美麗的嫦娥飄然而下，載歌載舞。王生對這輕歌曼舞、月宮仙境十分羨慕，暫時打消了回家的念頭，但王生只知道神仙生活的安逸，不知道神仙道術是修煉而來，仍然不願意繼續「早樵而暮歸」的勞動，要求回家，要求老師略授小術。他不要求修道業，偏要學穿牆術，還不就是想做偷雞摸狗的勾當？道士囑咐他好好進行道德修養，否則就不靈。王生不聽，在妻子跟前賣弄，結果腦袋觸在硬硬的牆壁上。蒲松齡在「異史氏曰」裏說：世界上像王生這樣的人多得很。他們不是老老實實做人，而是想取巧，倒行逆施，不到頭碰硬牆，栽個大筋斗，是不會甘休的。

蒲松齡把瑣細佚聞《紙月》、《取月》、《留月》改寫成給讀者，特別是青少年讀者以美的享受和道德啓迪的名作《勞山道士》，被多次拍成電視劇、美術片，在最近一次大學生文藝會演中，還作爲「魔術」演出，是聊齋標誌性作品。

《畫皮》明顯的原型有兩個：一個是唐傳奇《集異記》「崔韜」，崔韜遇到件怪事，有只老虎脫去虎皮就變成美女，他藏起虎皮把美女帶回家做妻子，多年後，妻子披上虎皮重新變成老

畫皮

虎，把崔家父子都吃掉了。另一個是明代馮夢龍《古今譚概》的「鬼張」，高郵指揮張某遇到一個美女帶回家同居並生了兒子，他發現那個女子經常把自己的頭取下來放到膝蓋上加以修飾後再把頭接上，張某入戶斬之，發現那個美女竟然是塊破船板。蒲松齡借鑒這兩個怪異短片寫成了聊齋最有名的鬼故事之一《畫皮》。

《陸判》是富有諧趣的聊齋故事，它的原型有三個：其一是六朝小說《幽明錄》，美貌的賈弼之夜夢一個面貌可怕的人要求跟他換頭，醒來他變成個可怕的醜人；其二是唐傳奇《原化記》，狂生劉某跟朋友打賭，將一個死婦背到家裏且說是自己妻子，結果死婦復活嫁爲其妻；其三是清初《虞初新志》輯錄的明代「換心記」故事：萬曆年間有個愚魯至極的富翁之子，在夢中被金甲神用巨斧挖走心換上另一顆心，文思大進，不幾年中了進士。蒲松齡用這三個簡短奇聞，改寫成《陸判》，把換心、換頭的怪異情節寫得入情入理而且富於人情味。

陸判

《趙城虎》故事原型是《古今譚概》的「杖虎」條：內容是寫登州知府于子仁得知郡內有人被老虎所吃，下令隸卒捕虎，隸卒進入深山把捕虎令焚燒了，吃人之虎現身，弭耳帖尾跟隸卒回到府衙，于子仁厲聲斥責並杖虎，老虎受杖後沿原路返回深山。這個故事很別致，蒲松齡對這個故事的改造，是把原本怪異性簡短談片寫成曲折生動富於人情味的新奇故事。

蒲松齡自稱「才非干寶，雅愛搜神」，《種梨》的本事恰好見於干寶《搜神記》「徐光種瓜」：東吳時有個叫徐光的人，在市上施行法術，他向賣瓜人要個瓜，賣瓜人不肯，他就把吃完的瓜種種在地上。一會兒瓜苗長出，延蔓、開花、結瓜，分給大家吃。這時，賣瓜者發現，這些瓜原來都是自己的。

這是很簡短的記錄，蒲松齡改寫成一個興味盎然的故事。一個昏聵的鄉人在市面上賣梨，道士向他討個梨，他不肯給，道士不依不饒，說哪怕給我個很小的梨也成；賣梨者極吝嗇，堅決不給，眾人勸說也不聽；市面上好事者掏一文錢買個梨給道士。道士說：我並不是想要梨，我只是想用這梨核。接著就是像電視小品的種梨。有一個細節特別有趣，道士種下梨後，要澆水，唯恐天下不亂的好事者故意討來碗開水澆上，梨樹居然瞬息間發芽、長成樹、開花，樹葉扶疏，碩果滿枝。從道士種梨到梨子滿樹，道士摘下來送給大家吃，再到道士叮叮咚咚砍樹，扛起樹幹走掉，賣梨人都好奇地做觀眾，當他發現道士的梨原來是自己車上的梨再去追趕時，道士已經無影無蹤，而道士丟掉的樹幹竟然是賣梨人車上的車把！

種梨

《種梨》是最早傳到西方的聊齋故事，一八四八年美國傳教士衛三畏把《種梨》譯成英語，發表在《中國報導》上。

所謂「讀書破萬卷，下筆如有神」，蒲松齡沒有走萬里路的榮幸，卻能讀萬卷書，他站在前人肩上妙手創新，對傳統題材重新構築，取得了青出於藍而勝於藍的效果。

從聊齋到紅樓

康熙五十四年即西元一七一五年，對中國文學是個重要年份。這一年，蒲松齡在淄川寒風瑟瑟的茅草房中飄然而逝，曹雪芹在鍾鳴鼎食的江寧織造府誕生。兩位偉大的小說家似乎在進行中國小說接力賽，蒲松齡矗立起古代短篇小說的藝術高峰，曹雪芹矗立起長篇小說的藝術高峰。《聊齋志異》和《紅樓夢》還和《詩經》、《楚辭》、唐詩、宋詞、元雜劇一起形成中國古代文學綿延不斷的藝術高峰。一七一五年，兩位神州小說巨匠一生一死，多麼有趣的巧合！這個時間，離莊子在《齊物論》最早提出「小說」這個詞兒，已經過了二十個世紀。

《聊齋志異》是中國最傑出的短篇小說集；《紅樓夢》是中國最傑出的長篇小說。《紅樓夢》和《聊齋志異》之間有沒有繼承關係？這是個有趣的課題。旅美臺灣經濟學家趙岡早就提出：賈璉丟九龍珮勾引尤二姐的細節是學《聊齋志異》王桂庵丟金釧給芸娘的情節。研究者還陸續提出過：《紅樓夢》甄賈寶玉是學聊齋眞假阿繡；寶玉挨打喊姐姐妹妹是學聊齋孔生在嬌娜開刀治腫塊時，貪近嬌姿，不唯不覺苦，還怕割得太快；王熙鳳對尤二姐親熱異常的同時，費盡心思加害，跟《聊齋志異．邵氏》裏的金氏對待夫妾的手法如出一轍。

曹雪芹究竟看沒看過《聊齋志異》，值得深入考證，而文本對照考察則發現，紅樓對聊齋有多方面承傳。

【相似的命名藝術】

在人物命名上，紅樓對聊齋有明顯承傳：

人名決定命運：

《紅樓夢》裏香菱人生多磨折，幼年被賣，給呆霸王做妾，根據曹雪芹的構思，香菱最後被夏金桂害死；聊齋裏的菱角美麗聰慧，她跟胡大成一見鍾情訂了婚，遭遇戰亂，兩人天南海北，菱角的父親要把她另許他人，菱角歷盡磨難忠貞不移。香菱和菱角這兩個名字都包含命運多蹇的意思，都跟陸遊《書齋壁》詩有關：「平生遭際苦縈

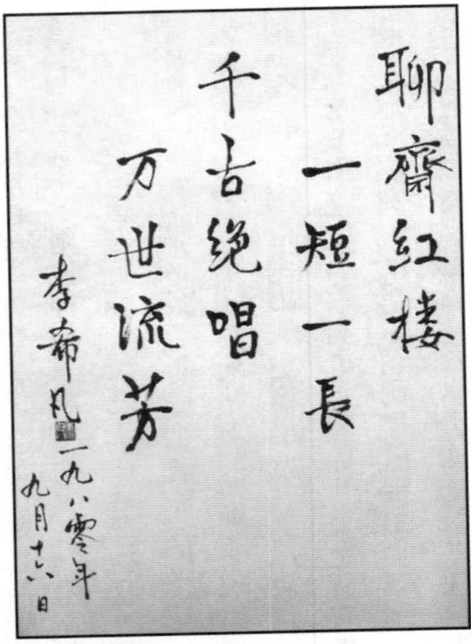
聊齋紅楼
一短一長
千古绝唱
万世流芳
李希凡
一九八零年九月十六日
李希凡題詞

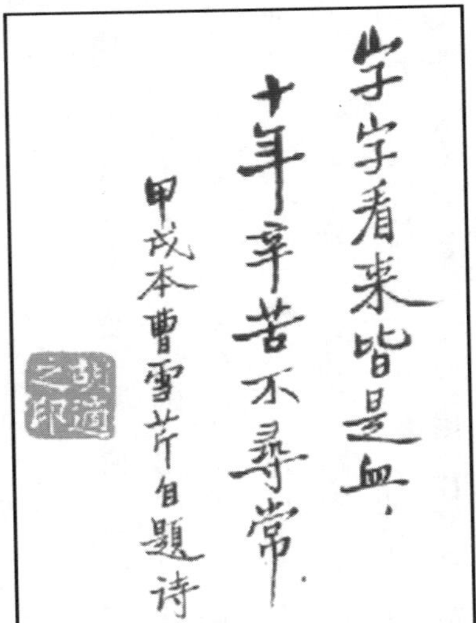
字字看来皆是血，
十年辛苦不尋常
甲戌本曹雪芹自題詩
胡適之印
胡適書曹雪芹自題詩

纏，菱刺磨作芡實圓。」陸游自注：「俗謂困折多者謂菱角磨作雞頭。」

《紅樓夢》裏甄家的丫鬟後來成了身居高位的賈雨村的正室夫人，她的命運是由她的名字決定的：「嬌杏」，字面是嬌美的杏花，音諧僥倖成功；聊齋裏有個跟她有同樣命運的人，《雙燈》男主角無才無德，卻夜夜有美女自投，這也因爲他的名字，他姓魏，名叫「運旺」，諧音的意思是因爲他運氣旺。

小說人物的命運由名字決定，小說人物給晚輩取名也決定命運：《雲蘿公主》有兩個兒子，長子出生時，公主說，此兒福相，取名「大器」；次子出生時，公主說，豺狼也，取名「可棄」。後來大器十七歲及第，可棄賭博無賴，名如其人。王熙鳳的女兒由劉姥姥取名「巧姐」，後來給狠舅奸兄賣到妓院，根據曹雪芹構思，巧姐被劉姥姥從妓院救出來，巧姐能逢凶化吉，遇難呈祥，都取決於她的名字。

賈雨村

一個人命運由名字決定，一家人的名字也和命運息息相關：

聊齋：有個姓田的人死在洞庭湖，兒子長大後到洞庭湖。夜晚跟幾個人喝酒，遇到個「盧十兄」，實際是父親的鬼，按他的指點，遷回父親的遺體。兒子名叫良耜，耜是掘土工具，良耜果然把父親掘出來帶回家安葬，遺骨他鄉的人靠兒子入土爲安，所以叫「田子成」。

紅樓：香菱本名甄英蓮，是甄士隱的掌上明珠，家人抱她看燈，把她丟了。那個家人叫「霍啓」，諧音「禍起」；甄英蓮諧音眞應憐；保不住女兒的父親眞是廢物，名字就叫「甄費」。

小說人物的命名互相制約並構成作品布局：

聊齋：重人不重錢的少女叫「連城」，價值連城也；她愛的男子喬生，「喬」者高也，喬生秉性高潔；兩人生死相戀，共同復活時偏偏從陰間帶回個願意跟連城二美共一夫的少女，當然是多餘的，所以她名字叫作「賓娘」。

紅樓：林黛玉是絳珠仙子到人世還淚，她的侍女一個叫「雪雁」，雁是候鳥，待在雪地裏還有活路？一個叫「紫鵑」，是啼血之鳥。賈府四小姐叫：元春、迎春、探春、惜春。四千金的名字合起來是她們的命運：「原應歎息。」「琴棋書畫」是仕宦小姐的「基本功」，在「琴棋書畫」前各加一個動詞，成爲四侍女的名字：抱琴、司棋、侍書、入畫，天衣無縫。

雙燈

聊齋、紅樓都在故事情節發展中不斷地用人物的名字做文章：

聊齋：《蓮香》裏邊桑生愛上兩個女子，一名蓮香，一名李女，李女後來借燕兒之體還魂，再嫁桑生，蓮香給她揭蓋頭說：「似曾相識燕歸來。」既是古詩，又是對李女借燕兒的身體還魂的詼趣描繪。《仙人島》裏的王勉，字黽齋，仙女就棍打狗，用他的名字取笑挖苦：「黽翁頭上，再著一夕便成龜。」

紅樓：寶玉和寶釵的名字和古詩有關：「此鄉多寶玉」，「寶釵無日不生塵」。寶釵在酒席上射覆，射寶玉的「玉」，寶玉回答：「敲斷玉釵紅燭冷」，是古詩，又是寶玉和寶釵婚姻的結局。

《聊齋志異》和《紅樓夢》在人物命名上最大不同表現在：在《聊齋志異》中，作者有很多鍾愛的男性。蒲松齡從儒家經典中給他們十分美好的名字，類似的現象在《紅樓夢》中找不到了。紅樓突出地表現出「女兒是水做的」、「男人是泥做的」，顯示出宗法社會的世紀末情緒。

田子成

《聊齋》把篤於兄弟情誼的人叫「張誠」，取自《中庸》：「誠者，自成也。」叫「曾悌」，字「友于」，取自《論語》：「弟子入則孝，出則悌」，「孝乎惟孝，友于兄弟」。叫「向杲」，杲杲為日出之貌。

《紅樓》裏的兄弟，賈珍和賈璉，是狼狽為奸的壞蛋；賈環和賈寶玉，是恨不能你吃了我、我吃了你的烏眼雞。賈璉有個不引人注目的小兄弟曰「賈琮」，第二十四回寫賈寶玉給賈赦請安，賈琮來問好，邢夫人說：「哪裏找活猴兒去，你那奶媽也不收拾你，哪裏像大家念書的孩子。」可見賈琮頑劣邋遢。賈琮常跟賈環一起出現，看來物以類聚。六十四回寫「寶玉亦無與琮、環可談之語」，說明賈寶玉跟這兩個兄弟話不投機半句多。

賈府「玉」字輩的男性，賈珠早死，餘下者除「賈寶玉」以三字命名外，其他四位按年齡順序依次為「珍」、「璉」、「環」、「琮」，音諧「眞聯還宗」，有深刻反諷之意。這四個人都是敗家子，沒有一個可以給賈家光宗耀祖，更不可能聯合起來光大祖業。所以第五回榮寧二公對警幻仙子說：「吾家自國朝定鼎以來，功名奕世，富貴風流，雖歷百年，奈運終數盡，不可挽回者。故遺之子孫雖多，竟無可以繼業。」榮寧二公只拜託仙子關照賈寶玉。賈府兩位老兄弟名字更有深意：賈政，諧音「假正」；賈赦，諧音「假赦」，必然敗家。二位榮國府頂樑柱式大人物，名字居然是這樣的含義。賈寶玉有時感歎誰誰玷污了好名好姓，不是沒有道理。倒是他那些唱戲的朋友沒有玷污好名好姓，如蔣玉菡、柳湘蓮。

《聊齋》把進入仕途的正人君子叫「張鴻漸」，取自《易・漸》：「鴻漸於干。」叫「馬驥」，字「龍媒」，驥者，駿馬也，龍媒，

張誠

還是駿馬，《穆天子傳》：「天馬來，龍之媒。」他們金榜題名，出將入相，仕途順利。

《紅樓夢》裏做官的，是賈雨村那樣的人物，忘恩負義，落井下石，站高岸兒，所以，他表字「時飛」，「實非」也。和他一塊起復的官員叫「張如圭」，音諧「如鬼」。賈政最迂腐、最無用，最一本正經又喜歡惡俗不堪的趙姨娘。他身邊的人，只知沾光（詹光）、善騙人（單聘人），他手下的賈府庫房的總管則是個「無星戥」（吳新登）。這兒成了洪洞縣，是《紅樓夢》裏那句話：「黑母雞，一窩兒！」

《聊齋》把孝子叫「陳錫九」，把不肯讓異姓妹妹做妾的叫俞愼，字謹庵。《紅樓夢》才不會有這樣的好名兒，只有扒灰的扒灰，養小叔子的養小叔子。

《紅樓夢》當然也有所謂正面男性形象。如賈寶玉、柳湘蓮、賈蘭。「賈寶玉」者，假寶玉也，在更深層次上，更高層次上，是封建家族的不肖子弟。

有趣的是，《紅樓夢》正面男性，名字常帶有女性色彩，甚至是爲女性服務的，如賈蘭，大約就是爲了突出「到頭誰似一盆蘭」的李紈，才得到那樣一個名吧。「好男人」的名字總帶點兒女人味兒，大約就是凡是沾了男人光的女人就變成魚眼睛這一觀點的反

葫蘆僧

證了。

如果說《聊齋志異》裏邊的男性人名表現著作者對於宗法封建制社會的不絕的希望，那麼可以說，《紅樓夢》裏邊的男性顯示著作者對於宗法社會的徹底的絕望。忽喇喇大廈將傾，連一個標誌著倫理綱常、可以作樑柱的人名字都造不出或不願意造了。

賈寶玉

【相似的關鍵題旨】

紅樓對聊齋的承傳表現在關鍵題旨的相似：

一、《葬花吟》受到《聊齋志異．絳妃》「討風神檄」的影響。紅學家多認爲《葬花吟》受唐寅《花下酌酒歌》影響，《葬花吟》詩句確實和唐寅的詩接近，但思想意蘊卻和《討風神檄》更近。在《絳妃》裏，蒲松齡寫「余」夢遇花神絳妃，絳妃因受到「封家婢子」即風的欺凌，請「余」幫助寫討伐文章，於是有了《討風神檄》。《葬花吟》與《討風神檄》共同之處是：它們都暗喻黑暗時世是「風」或「風刀」，歎息處在風摧殘下的「花」，實際是人。《討風神檄》寫紅花紛紛飄落，綠葉驚惶地凋零，埋葬了香花，掩埋了玉瓣；《葬花吟》有「花謝花飛飛滿天」、「風刀霜劍嚴相逼」，意思一致。《討風神檄》寫花「朝榮夕悴」，和《葬花吟》「紅消香斷有誰憐」，意思相近，都是說在風的摧殘下，花憔悴了，枯萎了。《討風神檄》基調是批判社會，《葬花吟》和它的思想聯繫比和唐寅聯繫更近。唐寅詩也是代花抒情的，但它寫的是對歲月流逝的無奈和感傷，是淡淡的哀愁，是「閒愁逸致」，歸類可歸到晏殊式的「無可奈何花落去」。《討風神檄》和《葬花吟》表達的卻是香草美人之思，是對時世的憤懣，是濃濃的怨愁，歸類應歸到屈原式的天問情結。《討風神檄》和《葬花吟》都用自然界的風喻指社會黑暗勢力。他們筆下受到摧殘的花，指美好事物，指人的心靈。不管是《討風神檄》還是《葬花吟》，都是憤世嫉俗，都是對現實社會的抗議。

二、二郎神判詞和《好了歌解》從《聊齋志異》和《紅樓夢》中都能找到對封建官僚制度的總寫，《席方平》二郎神判詞和《好了歌解》有相當可比性。二郎神判詞，把整個冥司做了徹頭徹尾的揭露：閻羅是「羊狠狼貪，竟玷人臣之節」，郡司和城隍「上下其鷹鷙之手」，「人面而獸心」。冥世即人生，官場已經完全腐朽，沒有繼續存在的理由。《紅樓夢》基於跟聊齋同樣的認識，寫「忽喇喇似大廈傾」、「昏慘慘似燈將盡」，《好了歌解》是整個封建社會人生理想大破滅的總寫。「陋室空堂，當年笏滿床；衰草枯楊，曾爲歌舞場」，用調侃性、揶揄性、挖苦性語言，生動地寫出「世紀末」官場的興衰遞變，榮枯轉換，充滿對整個封建社會的懷疑、失望、否定情

黛玉葬花

緒。這情緒跟聊齋二郎神判詞一脈相承，而且表現得更加決絕。聊齋還有二郎神主持正義，紅樓沒有了，落了片白茫茫大地眞乾淨。

【相似的詩化愛情】

中國文學詩歌傳統源遠流長，詩歌和小說結合也很早。自六朝小說《清溪廟神》開以詩傳情先河，男女贈答成了愛情主人公傳統交流方式。唐傳奇《鶯鶯傳》「待月西廂下」和「爲郎憔悴卻羞郎」可算代表。從六朝到明清小說，人物吟詩是表達感情的方式，也僅僅是表達感情的方式。到了《聊齋志異》和《紅樓夢》中，詩歌不僅是愛情的經典表現方式，還跟人物生命共同存在。聊齋、紅樓的愛情描寫更加詩意化，呈現人物的詩化存在。可以毫不誇張地說：如果除掉詩歌，某些聊齋、紅樓人物，比如白秋練和林黛玉，將不復存在。

《聊齋志異．白秋練》中，詩在戀愛中有無比重要的作用：詩可以傳情，可以爲媒，可以問卜，可以療疾，可以救命。戀人離不了詩，宛如魚兒離不了水。

慕生愛詩，隨父南遊經商「輒便吟誦」，總看到船艙「窗影憧憧」，似有人竊聽。他發現聽詩者是「十五六歲傾城之姝」。愛詩少女白秋練因詩生情，得了相思病，病得氣息奄奄，卻不肯邁出求愛步伐，在母親的

席方平

幫助下見到心上人，「嫣然含笑」。慕生強其一語，第一句就是詩：「為郎憔悴卻羞郎。」二人因詩生情，以詩傳情，以詩治病，秋練讓慕生三吟王建「羅衣葉葉」療病，讀到第兩遍，秋練說「妾瘉矣」，到第三遍，「嬌顫相和」。白秋練和慕生所吟《春怨詞》並非情詩，而是借景寫情，大自然的美，化為愛的成分，詩中的春鶯、芳草、東風、楊柳，像年輕人爛漫的青春。詩歌給愛情蒙上浪漫的激情和洋溢的朝氣。

因為慕父阻撓，慕生不能跟秋練結合。慕生為情憔悴，吟詩再次變成治病藥石。正如慕生的表白：「聞卿聲，神已爽矣。」慕生喜歡秋練柔曼的吟詩聲，聽到吟詩聲則沉痼盡失。詩歌本身並無治病作用，但詩歌成為戀人感情的載體，將戀人心心相印而不可言說的聯繫，變成生機勃勃、實實在在的聲音，才產生了治療作用，這就是所謂「心病終須心藥醫」，「解鈴還須繫鈴人」。

白秋練和林黛玉是完全不同的人物，白秋練是神奇的「物而人」——珍稀動物白鰭豚；林黛玉是真實的深閨小姐。白秋練是自從小時即把柁棹歌的貧賤之女；林黛玉是寄寓公侯府的探花千金。兩個如此不同的人卻有共同特點：愛詩如命。白秋練喜歡前人詩歌，因為誦詩愛上慕生，能從前人詩歌中感受愛的真諦；林黛玉有選擇地喜歡前人詩歌（如李義山的詩），能以詩言志，以詩傳情，能將詩歌變成思想的載體、心靈的吟唱，林黛玉本身就是優秀的詩人。

《題帕三絕句》是黛玉愛情的宣言。

《題帕三絕句》出現在第三十四回寶玉挨打後。寶玉挨打，人人登場表演，賈母表演家長的威風，王夫人表演夫婦的隔離和猜忌，鳳姐打花呼哨，寶釵表演遇事的精明。林黛玉的表現與其他人都不同，黛玉沒有像鳳姐跑前跑後、噓寒問暖，沒有寶釵手中治棒瘡的藥，卻對寶玉感同身受、痛徹心扉。寶玉挨打後，昏睡中聽到悲切聲，睜眼細認啼哭之人，「只見兩個眼睛腫得桃兒一般，滿面淚光」的林黛玉。寶玉安慰黛玉一番，黛玉走後，寶玉派晴雯送兩條舊手帕給黛玉，「這裏林黛玉體貼出手帕子的意思來，不覺神魂馳蕩：寶玉這番苦心，能領會我這番苦意，又令我可喜；我這番苦意，不知將來如何，又令我可悲；忽然好好的送兩塊舊帕子來，若不是領會我深意，單看了這帕子，又令我可笑；再想令人私相傳遞與我，又覺可懼；我自己每每好哭，想來也無味，又令我可愧。如此左思右想，一時五內沸然。黛玉由不得餘意綿纏，令掌燈，也想不起嫌疑避諱等事，便向案上研墨蘸筆，便向那兩塊舊帕上走筆寫道……」黛玉完全理解寶玉送舊帕的意圖，知道：二人感情雖已接近瓜熟蒂落，但婚姻卻不是他們能操縱的。「可喜」，「可悲」，「可笑」，「可恨」，「可愧」，對二人面臨的局勢洞若觀火，對如何爭取愛情幸福，卻一籌莫展。林黛玉情不自禁地以詩歌表達內心的渴望和苦悶，表達忠貞不渝的愛情：

眼空蓄淚淚空垂，暗灑閑拋卻爲誰？
尺幅鮫綃勞惠贈，爲君那得不傷悲？

拋珠滾玉只偷潸，鎮日無心鎮日閑。
枕上袖邊難拂拭，任他點點與斑斑。

彩線難收面上珠，湘江舊跡已模糊。
窗前亦有千竿竹，不識香痕漬也無？

題帕詩是貨眞價實的情詩，毫不隱諱的情詩，將林黛玉對封建閨訓致命的離經叛道裸呈無遺。對一位千金小姐來說，這是極危險的情詩。倘被人發現，寶黛之間的「私相傳遞」必將成爲醜聞，以詩歌形式「私託終身」的林黛玉必將丟人現眼，像賈母批判過的，要入賊情一案。

按照古代小說傳統寫法，黛玉題帕詩應傳到寶玉手中，引起共鳴或和詩，二人感情由此再向前發展，然後這詩給別有用心的人發現，拿來做誣陷寶黛的文章……曹雪芹之爲天才，就表現在他總是不按規矩出牌。林姑娘寫了不啻愛情宣言的詩，這詩卻不和賈寶玉見面。至少，前八十回賈寶玉沒見到林黛玉題帕詩。至於後三十回如何安排黛玉題帕詩？寶玉「寒煙漠漠，落葉蕭蕭」對景悼顰兒時，會不會從紫鵑手裏接過黛玉的詩？……已是難解之謎。黛玉題帕詩似乎只是寫給讀者看，讀者知道黛玉對寶玉的感情發展到什麼地步——像娥皇、女英對大舜——寶玉自己卻不知道。寶黛愛情的「猜謎遊戲」還要饒有趣味地進行下去。寶黛釵的愛情「三岔口」還會津津有味地演下去。

正是在這些微細地方，讀者能切實感受到《紅樓夢》把傳統寫法打破了。《紅樓夢》對黛玉題帕詩的處理，蘊藉而巧妙，不是傳統小說中你吟我唱，更不是一覽無餘，它是人物心理和個性的集中表現，又像海明威所說的「冰山」，八分之一在水面，八分之七在水下，留下很大的空間讓讀者思索。

就運用詩歌創造人物形象而言，聊齋人物白秋練和紅樓人物林黛玉有明顯的共同之處。就與詩歌的深層次關係而言，二人則迥然不同：

白秋練有詩歌愛好，林黛玉有詩人氣質；

白秋練是業餘愛好，林黛玉是專業高手；

白秋練借詩傳情，林黛玉以詩抒情；

白秋練是普及層次的票友，林黛玉是提高層次的行家。

……

聊齋人物白秋練和紅樓人物林黛玉，二者都愛詩，卻有俗雅之分，有剛入門和登堂入室之分。在以詩言情上，有淺深、樸雅之別。

與白秋練相比，林黛玉的詩有更深的歷史內涵、更深的文化含義、更大的心理容量。從這一點上看，《紅樓夢》比《聊齋志異》更深邃、成熟、雋永。

【相似的知己之戀】

紅樓對聊齋的承傳還表現在知己之戀。

古代小說戲劇中男女主角常因慕色一見鍾情，以《西廂記》爲代表：「驀然見五百年前風流業冤……眼花繚亂口難言，魂靈兒飛上半天。」蒲松齡對佛殿相逢的愛情模式駕輕就熟。「色」和「性」在聊齋愛情中佔相當重要的位置。從美學層面看，以「色」、「性」爲由的愛情與知己之戀不可同日而語。不少研究者認爲，《紅樓夢》創造了知己之戀的模式，其實不然。知己之戀即使不能算蒲松齡的發明創造，他也算得上第一個圓滿表現者。《連城》使古代愛情小說擺脫了一見鍾情、肌膚相親的模式，是對陳陳相因的愛情描寫的革命。《連城》寫出了富有近代色彩的愛情，寫知己之戀，開《紅樓夢》先河。連城和喬生，一個是富商小姐，一個是窮書生，他們之間的「知己」是超越貧富之別的知己。

寶黛愛情把「知己之戀」寫得更完美。寶黛愛情的基礎是思想投合，小說寫他們「心情相對」，就是指共同的思想傾向。賈寶玉是封建家庭的逆子，他不肯通過科舉取得功名，鄙視封建社會的最高道德「文死諫、武死戰」，他尊重個性，尊重個人意志，要求個人自由發展，希望無拘無束地生活，渴望心靈的自由。寶玉實際否定的是封建主義的禮法觀念和封建秩序。這一切使他在賈府爺兒們之中，鶴立雞群，比紈袴子弟更讓賈政們擔心和憂慮。整個賈府，除了晴雯等所謂「奴才」外，只有林黛玉是他的知心。林黛玉從不要求賈寶玉光宗耀祖、升官發財，只要求一個眞實的賈寶玉，坦誠的賈寶玉，忠於愛情的賈寶玉。寶黛愛情有深刻的思想內容。寶黛共同的思想是複雜的，複合型的，既有共同的叛逆思想、民主思想，又有共同的感傷主義和虛無思想。共同的叛逆思想和民主思想使他們成爲封建家長必須改造——甚至不惜拿大板子改造——的對象，使他們時時感到「高處不勝寒」的孤立無援，也使他們更加相依相戀。感傷主義和虛無思想，使他們對殘酷現實無可奈何，對自己的婚姻一籌莫展。寶玉和黛玉，一個是貴家公子，一個是侯門千金，他們之間的知己是思想叛逆的知己，也是感傷文化的知己。寶黛心心相印，他們的感情只能互相意會而永遠不曾言傳。曹雪芹天才地安排情節：寶玉挨打後讓晴雯送給黛玉舊手帕，黛玉在上邊題了詩，這幾乎可以算是愛情宣言的《題帕詩》並沒有傳到寶玉手裏。寶玉對黛玉訴衷情，說睡裏夢裏也忘不了你，聽者偏偏是襲人，而且成爲向王夫人進讒的出發點。寶黛受到的心靈的壓力是空前的、不可克服的，感情表達是曲折隱晦又富於美感的。寶黛愛情最終只能是水中月、鏡中花，寶黛愛情是一曲「知己之戀」的悲歌。

【相似的女性理家】

紅樓對聊齋的承傳表現在女性管家才能：

女性的管家才能在聊齋紅樓的展現極爲相似。我們把聊齋人物細柳理家和紅樓人物鳳姐理家做一下對比。可以發現，她們理家很重要的共同點是：有殺伐決斷，拒絕婦人之仁。

後母虐待前子是千百年中的普遍現象，一些爲了避免後母惡名者，矯枉過正，坐視前子放縱不管不問，結果比虐待還壞。聊齋人物細柳在丈夫死後，如果對前房子姑息遷就溺愛，即使前房子不成材，人們也不會責備。如果嚴厲責罰前房子，則會被世人指爲虐待前房子的惡後母，成爲街談巷議對象。細柳對這兩種可能性洞若觀火，我行我素，只要能讓前房之子成材，不管世人有什麼輿論，不管自己頂什麼罵名。前房之子長福不肯讀書，細柳先是罵，後是打。長福不聽，細柳就讓他換掉讀書的衣服，跟僕人一起操作，穿著破衣放豬，跟僕人一起吃殘湯剩飯。天冷了，長福身上沒有禦寒衣，腳上沒有鞋子，凍得縮著腦袋像乞丐。細柳爲萬夫所指，成了人們不能娶後妻的一面鏡子。長福不堪牧豬之苦逃走，細柳也聽之任之。幾個月後，長福連討飯都討不到，只好回家，請求母親處分。經過一番刻骨銘心的挫折，長福懂得讀書上進。細柳正是拒絕婦人之仁，才讓前房子成材。

細柳

鳳姐協理寧國府，跟細柳管前房之子有相似之處。細柳是後母，不擔事兒；鳳姐是隔府，也難深管。細柳稍有不慎，會有鄰居說三道四；鳳姐稍有不周，寧國府管家奶奶們會七嘴八舌，榮國府邢夫人也會指手劃腳。王熙鳳卻頂風而上，「勇挑重擔」協理寧國府。快刀斬亂麻，使寧國府本來的無頭緒、雜亂、推托、偷閒、偷盜等現象都消滅了。王熙鳳既是管理榮國府的管家，又是蛀空榮國府的蛀蟲。對寧國府來說，王熙鳳卻是撥亂反正的及時雨。在治理寧國府過程中，王熙鳳不曾徇私舞弊，她用超強的能力，任勞任怨，打了場女性理家的漂亮仗。

對細柳和鳳姐，蒲松齡和曹雪芹把她們跟集弱集怯集懦的男性做對比，認爲她們的能力遠在男人之上。《細柳》「異史氏曰」：細柳「不引嫌，不辭謗，卒使二子一貴一富，表表於世。此無論閨閣，當亦丈夫之錚錚者矣！」《紅樓夢》第十三回「秦可卿死封龍禁尉，王熙鳳協理寧國府」結尾：「金紫萬千誰治國，裙衩一二可齊家。」

閨閣離官府最遠，細柳和鳳姐卻不約而同地都利用官府達到目的。細柳製造的「僞金案」和鳳姐製造的「停妻再娶案」，即使不能說從一個模子裏刻出來，至少異曲同工。細柳親生兒子長怙不愛讀書，細柳讓他學做生意，他拿本錢賭錢，賭輸了再欺騙母親。爲了徹底改變長怙的惡習，細柳不得不忍心設下計謀，把親生兒子送進監獄：長怙要求跟隨商人入洛陽，想以學習做生意爲名，任意賭錢、嫖娼。細柳明知長怙的打算，卻假裝不知，出碎金三十兩，並交給他一錠大銀，說是祖上留下的，讓兒子壓裝。長怙帶著銀子到洛陽，就住在名娼李姬家中，三十兩銀子用完，發現帶的巨金是假的。妓女告發了他，他給押進監獄。這時長福按照母親的布置到洛陽救出長怙，長怙從

鳳姐弄權

此改惡向善。「僞金案」是細柳精心設計、一手操縱的案件。目的並非眞想把兒子抓進監獄，而是用極端手段教育兒子改邪歸正。

王熙鳳讓張華狀告賈璉，製造「國孝家孝中停妻再娶案」。鳳姐造假案目的是一箭雙鵰，既教訓漁色的賈璉及其引誘者賈珍，又借官府力量拔去眼中釘肉中刺尤二姐，絕對不是想置賈璉於死地。王熙鳳讓張華告狀，明確地說，只不過是借他一鬧，大家沒臉。賈璉雖讓鳳姐惱火異常，但鳳姐不能不考慮丈夫的前程和名聲，不能讓賈璉當眞跟察院打交道。張華告狀，拉扯上旺兒，牽扯上賈蓉，卻愣是不傳犯案正頭香主賈璉。這就是按鳳姐要求暗箱操作。張華告狀後，鳳姐馬上派人向察院行賄，讓察院虛張聲勢，堂堂察院變成了替鳳姐出氣的所在。接著，鳳姐大鬧寧國府，出了胸中惡氣，鎭懾了賈珍，教訓了賈蓉，淨賺二百兩銀子！

閨閣人物利用官府製造假案，聊齋和紅樓何其相似乃爾！當然，紅樓人物鳳姐身上所包容的社會容量、思想容量，反映社會的廣泛深刻程度，不是聊齋人物細柳所能比擬的。細柳是小家碧玉，鳳姐是豪門奶奶。鳳姐跟上至皇宮，下至寺院發生聯繫，她的日常事務廣泛地跟社會經濟生活、政治生活發生密切聯繫。「理家」幾乎是細柳生活全部，卻僅是鳳姐生活一個方面，鳳姐「少說有一萬個心眼子」，是個「水晶心肝玻璃人兒」，是個豐滿的藝術典型。

【相似的烏托邦】

紅樓對聊齋的承傳還表現在他們共同企盼的烏托邦式理想樂土：聊齋的海底龍宮和紅樓的大觀園。

作家總有自己的理想，當理想不能實現時，作家會幻想。杜甫幻想廣廈千萬間大庇天下寒士，蘇東坡幻想進入美麗的月宮。小說巨匠蒲松齡和曹雪芹，都幻想烏托邦式樂土，用小說創造出心目中的理想世界，又因爲理想世界的喪失而更加悲哀。

聊齋的烏托邦華嚴樓閣，彈指立現，爲主人公安身立命：《羅刹海市》，馬驥進入龍宮，龍王把公主嫁給他，龍宮的一切，都是潔淨的，透明的，富有光澤的，馬驥和龍女過著如詩如畫的日子，在玉樹下吟詩。花開滿樹，花瓣落地，鏗然作響。樹上時有異鳥來鳴。海底龍宮，是有出將入相願望的學子青雲得志的烏托邦，是有才能者希望雄才得展的烏托邦，還是凡夫俗子渴望富貴榮華的烏托邦。是貨眞價實的烏托邦。

大觀園是賈寶玉和眾姐妹逃避現實的烏托邦。但大觀園卻不像聊齋遠離人世的海底龍宮，它是舊址新園、府中之園。這個美麗、純潔的所在，是在兩個最骯髒、最齷齪的原址基礎上建立起來的。大觀園原址是寧國府會芳園和榮國府東院。這兩個地方恰好是賈府最醜惡、最骯髒，充滿罪孽的地方。東府只有石頭獅子乾淨，會芳園更是藏汙納垢。賈珍父子以守喪爲名，聚賭、玩變童；天香樓上，秦可卿因醜行暴露上吊自殺；就連黃葉滿徑的小路，也見證了「癩蛤蟆想吃天鵝肉」的賈瑞調戲王熙鳳。榮國府東院是老色鬼賈赦的住處。灰燼飛出鳳凰，糞堆長出靈芝，在會芳園和賈赦舊居基礎上建起的大觀園，成爲清淨美麗的少女集聚地。

太虛境

牡丹亭

大觀園雖然在兩個污穢原址上建造，但建造伊始，就受到賈寶玉殷切關注。賈寶玉介入，使大觀園獲得了和賈珍賈赦迥然不同的思想主導。大觀園的題額多數出自賈寶玉，凸碧堂、凹晶館這些地方又是出自林黛玉。在宗法森嚴的貴族之家，忽然出現一個屬於年青人的獨立王國，是非常特殊的現象。這是作者苦心營造的氛圍。賈寶玉總想讓大觀園跟外邊世界隔絕，讓姐姐妹妹們、丫鬟戲子們，在大觀園裏邊過自由自在的日子，遠離滿腦子功名利祿、滿肚子男盜女娼的男人，賈寶玉想把大觀園變成保護女兒們的堡壘，變成眞正的烏托邦。但紅樓大觀園這一烏托邦跟聊齋的海底龍宮不一樣。紅樓的烏托邦跟現實世界犬牙交錯，跟現實有千絲萬縷的聯繫，跟黑暗齷齪比鄰而居，隨時受到醜惡現實的侵擾：不管賈寶玉正在做什麼，只要一聲「老爺叫寶玉」，立即屁滾尿流跑到父親跟前聆受教訓。不管賈寶玉如何討厭仕途經濟，峨冠博帶，只要「興隆街大爺」一來，就不得不穿戴整齊奔出大觀園，跟賈雨村「探討」文章經濟。不管賈寶玉和林黛玉如何情投意合，賈寶玉如何討厭「金玉良緣」，只要宮裏傳出貴妃的旨意，賜給寶玉和寶釵同樣的紅麝香串，林黛玉立即打翻醋缸，寶黛愛情立即產生危機。晴雯、芳官、五兒，大觀園一個個單純美麗的侍女，相繼喪失了自由或生命。悲劇的眞正意義在於：把美好的東西毁滅給人們看。曹雪芹創造大觀園，正是爲了毁滅大觀園。

聊齋紅樓都創造烏托邦，《聊齋志異》還能夢想，還相信夢想；《紅樓夢》卻夢醒了，且無路可走。

我們從五個方面簡單剖析了紅樓對聊齋的承傳。《聊齋志異》和《紅樓夢》在本質上，都是中國文化這片肥沃土地上長出的大樹。只是他們的作者因爲生活閱歷不同，在書裏邊體現了不同特點。既然它們是在同一塊土地上長出的，他們就不可避免的有許多相同之處。最主要的當然是：它們對於中國傳統文化的傳承。《紅樓夢》對《聊齋志異》的傳承，這個課題值得繼續深入研究。

後記

二〇〇四年初夏，我同時在看兩部書的清樣：金盾出版社的《〈聊齋志異〉文白對照精選》和山東教育出版社《從〈聊齋志異〉到〈紅樓夢〉》。後一書的書名顯示，我的研究已向《紅樓夢》轉舵。

沒想到，清樣還沒看完，我又被拉回聊齋。

中央電視臺科學與教育頻道「百家講壇」編導組長魏學來先生打電話邀請做聊齋講座。

蒲松齡逝世二百九十周年前夕，「說聊齋」系列節目播出。

「百家講壇」中的編導勤奮敬業，敏於思考，多有創見。節目製作過程中，我從「央視青年人」身上學到不少東西。比如，我在海峽兩岸出版的幾種蒲松齡傳記，都習慣按傳主一生分段描述事蹟。「百家講壇」「蒲松齡生平和創作」一講，通過電子信件跟魏學來反覆溝通，馬上要赴京拍攝時，魏學來突然打電話說：製片人意見：蒲松齡生平最好按問題講。我當即斷然拒絕。但是，放下電話一想：有何不可？說不定更集中、更有吸引力。於是「苦行僧」「三苦並存」的想法油然而生。再如，我一直將「愛情和女性」列為一講，已經定下拍攝時間後，魏學來打電話說：製片人意見：這一講宜分成兩講。分就分吧，分完傳過去，電話又來了：製片人意見：女性再分兩講。那就再分，反正聊齋是寶庫，十講二十講都有的講。事實證明，「央視青年人」強化群眾喜聞樂見內容的意見很對。讓大學校園、科研機關寶塔尖式學術研究為廣大觀眾所知，中央電視臺「百家講壇」是個非常好的平臺。

中央台「說聊齋」拍攝前，中華書局編輯宋志軍先生就打電話跟我商量出版「說聊齋」。我稱「小宋」的編輯也是位非常敬業聰慧的青年，他身上體現了「老中華」傳統，他對書稿提出了許多很好的意見。

雖然我從一九八六年開始在大學講壇講聊齋專題，這次《講聊齋》卻滲透了很多人的心血：中央電視台「百家講壇」製片人萬衛先生，主編王曉先生，責編劉德華先生，編導組長魏學來先生，編導郭巧紅女士、蘭培盛先生，中華書局編輯宋志軍先生，付出了辛勤勞動；山東省委宣傳部、淄博市委宣傳部的領導給予關照和支援；山東電視臺、淄博電視臺曾派員協助「說聊齋」拍攝；蒲松齡故居爲本書提供精美圖片。在此一併深致謝忱。

今年農曆四月十六日，恰好是蒲松齡誕生三百六十五周年。蒲松齡生前寥落，身後卻獲「世界短篇小說之王」美譽。聊齋如日月經天、江河行地，有經久不衰的藝術生命力。

馬瑞芳

二〇〇五年三月十二日於山東大學

國家圖書館出版品預行編目資料

馬瑞芳講聊齋／馬瑞芳著. -- 一版. -- 臺北
市 ： 大地, 2006〔民95〕
面 ； 公分. -- （大地叢書 ： 10）
ISBN 986-7480-45-7 （平裝）

1. 聊齋誌異 - 評論

857.27　　95000609

馬瑞芳講聊齋

大地叢書010

作者	馬瑞芳
發行人	吳錫清
主編	陳玟玟
出版者	大地出版社
社址	114台北市內湖區內湖路2段103巷104號
劃撥帳號	0019252-9（戶名：大地出版社）
電話	02-26277749
傳眞	02-26270895
E-mail	vastplai@ms45.hinet.net
美術設計	洸譜創意設計股份有限公司
封面設計	洸譜創意設計股份有限公司
印刷者	普林特斯資訊有限公司
一版一刷	2006年02月

大地

定　價：250元